데이지 다커
DAISY DARKER

데이지 다커

초판 1쇄 인쇄일 2026년 2월 9일 ｜ **초판 1쇄 발행일** 2026년 3월 4일
지은이 앨리스 피니 ｜ **옮긴이** 이민희 ｜ **펴낸이** 김석원 ｜ **펴낸곳** 도서출판 밝은세상
출판등록 1990. 10. 5 (제 10 - 427호) ｜ **주 소** (10881) 경기도 파주시 문발로 119, 202호
전 화 031-955-8101 ｜ **팩 스** 031-955-8110 ｜ **메일** wsesang@hanmail.net
블로그 blog.naver.com/balgunsesang8101 ｜ **인스타그램** www.instagram.com/wsesang
ISBN 978-89-8437-517-8 (03840) ｜ **값** 19,000원 ｜ 잘못된 책은 구입한 곳에서 교환해드립니다.

데이지 다커
DAISY DARKER

앨리스 피니 장편소설
ALICE FEENEY

이민희 옮김

밝은세상

시글라스 평면도

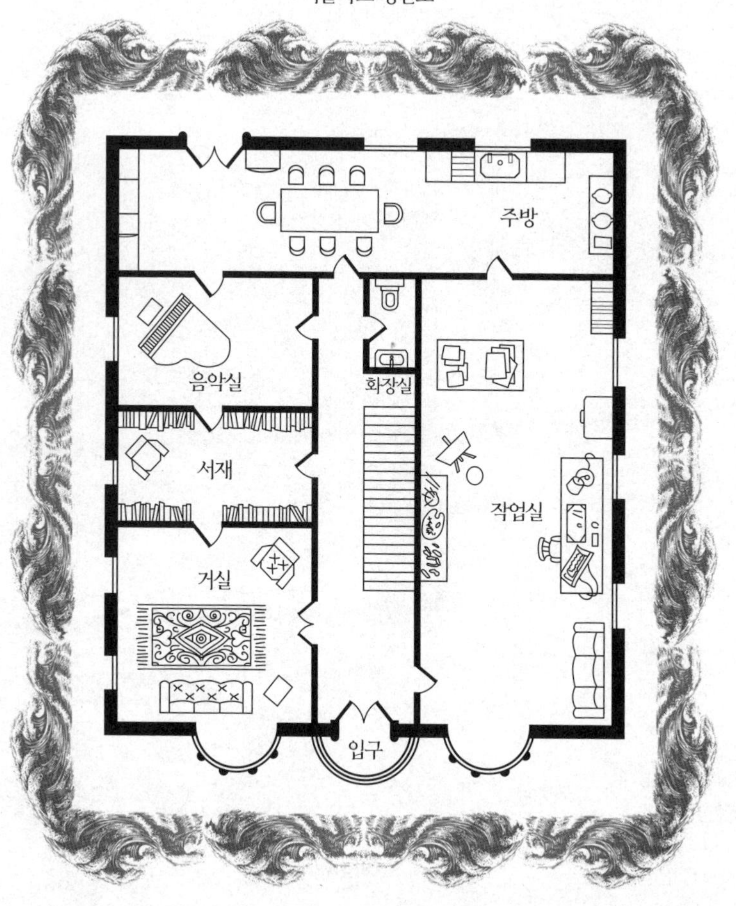

　제가 이 소설을 처음 접한 시기는 작년 크리스마스 직후입니다. 갈색 종이로 포장하고 끈으로 묶은 이 소설 원고가 런던 도심에 있는 저의 사무실로 배달되었습니다. 그 어디에도 발신인의 이름이 적혀 있지 않았고, 동봉한 편지나 메모도 없었습니다. 요즘 작가들은 이메일로 원고를 보내고, 저는 청탁하지 않은 원고는 받지 않기에 아무런 사전 연락도 주지 않고 보낸 이 원고를 어떻게 처리해야 할지 몹시 난감했습니다.

　포장지를 풀고, 원고 표지에 적힌 작가 이름을 본 순간 저는 두 눈을 의심했습니다. 제가 알기로는 이미 오래전 고인이 된 분이었으니까요. 저는 유령의 존재를 믿지 않습니다만 원고를 몇 장 읽어본 결과 그분이 아니면 결코 쓸 수 없는 내용이라는 걸 확인했습니다.

　오랜 고민 끝에 저는 이 원고를 책으로 출간하기로 했습니다. 출판사에서 법적인 문제가 있어 등장인물의 이름을 일부 변경한 점 말고 내용은 그대로입니다. 이 원고는 소설이 아니라 실화일 수도 있다는 점을 미리 밝혀둡니다.

1장

　나는 심장이 자주 멈춰 마치 숙명처럼 죽음의 위기를 겪어야 하는 아이로 태어났다.

　내가 세상에 나온 날은 두 번이나 연이어 죽음 가까이 갔던 날이기도 하다. 나는 태내에서 거꾸로 자리를 잡고 있었고, 의사는 난산이 예상되자 황망한 얼굴로 아빠에게 산모와 태아 중 한쪽을 포기해야 한다고 말했다. 아빠는 잠시 망설이다가 산모를 택했다.

　조산사는 아기가 나오자마자 살아있길 바라는 희박한 기대감을 안고 내 등을 토닥였고, 내가 숨을 터뜨리는 순간 병실에 있던 사람들 모두가 환호와 박수를 보냈다. 정작 엄마는 나를 제대로 쳐다보지도 않았다. 엄마에게 딸은 이미 둘이나 있었으니까.

　1975년은 지금처럼 의술이 발달하지 않았을 때라 병원에서도 내 심장에 심각한 문제가 있다는 사실을 알아차리지 못했다. 의사는 출산 직후 내 푸르스름한 피부색을 보고도 심장에 문제가 있다는 사실을 간파하지 못했고, 그저 난산 탓이려니 했다.

엄마는 우리 세 자매 이름을 꽃 이름에서 따와 지었다. 첫째인 로즈는 아름다웠지만 날카로운 가시가 있었고, 나보다 네 살 위인 둘째 릴리는 백합처럼 희고 고왔지만 독살스러웠다. 엄마는 한동안 내 이름을 지어주지 않고 뭉그적대다가 세례를 받을 무렵이 되어서야 마지못해 데이지라는 이름을 지어주었다. 더 예쁘고 뜻깊은 꽃도 많은데 하필이면 늘 꺾이고, 짓밟히고, 어디서나 곁다리일 뿐인 꽃을 내 이름으로 택한 것만 보더라도 엄마가 나보다 언니들을 더 사랑하고 있다는 느낌을 지울 수 없었다. 그런 생각이 들 때마다 내 마음은 더없이 서글펐다.

이름은 첫인상에 깊은 영향을 미치고, 심지어 삶의 방향을 결정짓기도 한다. '데이지 다커'라는 이름 탓인지 유아기 때부터 내 인생의 행로가 꼬이기 시작했다. 내가 두 번째로 생의 중대한 위기를 겪은 날은 다섯 번째 생일 때였다. 나는 선천성 심장질환을 안고 태어나 몸의 발육 상태도 좋지 않았고, 나이도 겨우 다섯 살에 불과할 때인데 영국에서 미국까지 헤엄쳐 가겠다고 오기를 부리다가 심장이 멈추는 위기를 자초했다. 비교적 수영을 잘하는 편이었던 나는 아침 일찍 출발하면 점심 무렵 뉴욕에 도착할 수 있을 거라 상상했지만 미처 콘월 앞바다를 벗어나지 못하고 기절하면서 내가 얼마나 허황한 망상에 사로잡혀 있었는지 스스로 증명했다.

첫째 언니 로즈가 바다에 뛰어들어 구해주지 않았더라면 내 인생은 그대로 끝장났을 것이다. 나를 부축해 뭍으로 끌어낸 로즈는 갈비뼈 두 대에 금이 갈 만큼 열정적으로 심폐소생술을 실시했고, 그 결과 사경을 헤매던 나는 다시 세상의 빛을 볼 수 있게 되었다. 로즈가 걸스카우트에서 응급처치 요령을 잘 배워둔 덕분이었다. 로즈는 가끔 나를 괜히 구해주었다며 후회했다.

두 번째 위기를 겪은 이후 내 인생은 많이 달라졌다. 내 심장이 온전하지 않다는 사실을 그때 처음 깨달았다. 의사들은 마치 똑같은 대본을 외우기라도 한 듯이 이구동성으로 내가 열다섯 살을 넘기지 못하고 요절할 거라 말했다. 수년 동안 계속된 검진과 수술은 내 남은 인생이 많지 않다는 사실을 깨닫게 해줄 뿐이었다. 내 심장질환이 매우 희귀했기 때문에 수술받을 때마다 외국에서 의사들이 참관하러 왔다. 그럴 때마다 나는 마치 괴물이 된 기분이었다. 언제 터질지 모르는 시한폭탄을 몸에 지닌 괴물.

나는 하루라도 더 오래 살기 위해 의사들이 권하는 베타차단제, 세로토닌 억제제, 합성 스테로이드, 호르몬제를 열심히 복용했다. 어른들도 자주 병원 신세를 지게 되면 견디기 힘들어하지만 나는 비교적 잘 참아냈다. 나는 주어진 의료시스템을 최대한 활용했고, 괜한 자기 연민에 빠져 시간을 허비하지 않았다. 열세 살이 되기 전까지 여덟 번이나 삶과 죽음의 경계를 넘나들었지만 내가 아직 살아있는 이유다.

현재 내 나이 스물아홉, 나는 의사들이 예견한 생존의 시간을 이미 오래전에 훌쩍 뛰어넘었다. 누구나 이제 곧 죽을 거라는 사실을 알게 되면 삶을 바라보는 자세가 달라질 수밖에 없다. 자주 죽음을 목전에 두었던 나는 최선을 다해 주어진 운명을 바꾸고자 다짐했고, 결국 소기의 목표를 달성했다. 많은 사람들이 내가 예견된 운명을 돌파할 수 있도록 도와주었다. 나는 기회가 주어진다면 그분들에게 진 빚을 갚고 싶다. 무려 여덟 번이나 죽음의 위기를 딛고 일어선 나는 사소한 일에 연연하지 않고, 언제나 마음을 한껏 열어젖히고 넓고 깊은 포용력을 가진 사람이 되고자 했다. 나는 아직 살아있고, 친구처럼 허물없이 지내는 조카도 있고, 요양원에서 자원봉사도 하고 있다.

병원에서 나와 가장 친하게 지내는 환자가 말했다. “행복의 비결이 뭔지 알아? 이미 충분히 행복하다는 사실을 아는 거야.”

사람들은 내 나이를 실제보다 어리게 본다. 엄마도 내가 가끔 옷을 어린아이처럼 입는다고 탐탁지 않아 한다. 나는 빈티지 티셔츠에 멜빵 원피스를 즐겨 입고, 두 갈래로 땋은 머리를 좋아한다. 내 가슴 한가운데 남아 있는 분홍색 수술 흉터는 내가 그동안 겪은 시련을 보여주는 증표다. 내가 수영복이나 브이넥 셔츠를 입으면 지나가던 사람들이 죄다 호기심 어린 눈으로 쳐다본다. 나도 샤워할 때면 저절로 가슴의 흉터에 눈길이 간다. 만약 수술 흉터가 남지 않았더라면 아무도 내가 선천적 심장질환으로 죽을 고비를 여덟 번이나 넘긴 사실을 알 수 없을 것이다. 어릴 때만 해도 의사들이 2년에 한 번씩 내 몸을 절개하고 필요한 의료 처방을 내렸다. 그럴 때마다 나는 도로를 달릴 수는 없어도 잘 관리되고 있는 자동차 같다는 느낌을 받았다.

가족은 지문처럼 고유하다. 우리 가족의 지문은 내가 태어나기 전부터 많이 마모되고 상처나 있었다. 나는 어디서나 아름다움을 발견하는 재능이 있다. 할머니, 엄마, 아빠, 언니들이 나를 어떻게 생각하든지 과거에 무슨 일이 있었든지 마음에 담아두지 않고 가족 모두를 사랑한다.

할머니는 우리 가족 가운데 유일하게 나에게 무조건적 사랑을 베풀어왔고 지금도 한결같이 그대로다. 할머니는 나와 이름이 같은 데이지 다커가 주인공으로 등장하는 책을 쓰기도 했다. 내 이름이 낯설지 않다면 할머니가 쓴 《데이지 다커의 작은 비밀》을 읽었기 때문일 수도 있다. 할머니가 직접 글을 쓰고 그림을 그린 동화책으로 전 세계 어느 서점에 가든지 접할 수 있다. 할머니가 책의 주인공 이름을 데이지 다커로 정한 이유는 내가 그런 식으로나마 오래 살길 바라서였다. 나에게는 대단히 감동적인 결정이었지만 내 부모와 언니들의 관심사는 나와는 크게 달랐다. 그들은 할머니가 돌아가시고 나서 받게 될 저작권료에 관심이 있을 뿐 나에 대해서는 크게 신경 쓰지 않았다.

《데이지 다커의 작은 비밀》이 세계적인 베스트셀러가 되면서 할머니는 어마어마하게 많은 돈을 벌었다. 할머니는 자선단체 기부나 불우이웃 돕기에는 기꺼이 돈을 쓰면서 정작 우리 가족들에게는 좀처럼 지갑을 열지 않았다. 할머니는 재산이 많으면 불행해진다고 굳게 믿었고, 가족들이 손을 벌릴 때마다 어떤 용도에 필요한지 꼬치꼬치 따져 묻고 나서 대답이 합당해야만 지갑을 열었다.

우리 가족들은 저마다 할머니가 돌아가시면 차지하게 될 저작권료에 눈독을 들이고 있다. 땅끝마을에 사는 유명 점술가는 할머니가 여든 살을 넘기지 못할 거라 예언했다. 할머니는 그 점술가의 예언을 철석같이 믿었기에 더는 신작을 쓰지 않기로 했다.

　내일은 핼러윈이자 할머니의 여든 번째 생일이다. 할머니는 내일을 인생의 마지막 날이라 믿고 있고, 가족들은 비로소 저작권료를 손에 넣을 수 있게 되었다는 기대감과 함께 흐뭇한 마음을 감추지 못하고 있다. 우리 가족은 10년 전 로즈의 결혼식 이후 처음으로 한자리에 모이게 되었다. 할머니는 '시글라스'로 우리 가족 모두를 초대했고, 한 사람도 빠지지 않고 참석하기로 했다. 할머니를 볼 수 있는 마지막 날이 될 수도 있으니까.

　콘월 해안에 위치한 할머니 집 시글라스는 내게 어린 시절 가장 행복했던 추억을 간직한 곳인 동시에 몹시 슬픈 기억으로 남아 있는 곳이기도 하다. 엄마 아빠가 이혼한 후 나는 여름방학이나 크리스마스 휴가, 부활절을 할머니 집에서 언니들과 함께 보냈다. 엄마 아빠나 언니들, 할머니의 출판 에이전트는 어떻게 생각할지 몰라도 나는 땅끝마을 점술가의 예언을 진지하게 받아들이고 있다. 나와 내 이름처럼 때로는 말로 설명할 수 없는 무언가가 사람의 앞날을 결정하니까. 《데이지 다커의 작은 비밀》이라는 책은 우리 가족을 영원히 바꿔놓을 수 있는 일종의 예언서였다. 나에겐 비밀이 있고, 이제 그 비밀을 공유할 때가 되었다.

2004년 10월 30일 오후 4시

시글라스를 다시 눈앞에 마주하니 숨이 멎는 느낌이 든다. 런던에서 콘월까지 차로 다섯 시간 걸리지만 기차를 이용하면 좀 더 시간이 단축된다. 나는 기차에 앉아 번잡한 도시가 추억이 깃들어 있는 시골길로 바뀌는 풍경을 묵묵히 감상했다. 나는 몹시 번잡하고 바삐 돌아가는 런던보다는 느리고 단순하고 고요한 시골 풍경이 좋다. 장시간 차를 타고 이동하면 가끔 멀미가 나는 편인데 오늘은 끄떡없다. 나는 다른 가족들보다 일찍 시글라스에 도착하고 싶었고, 실제로 그렇게 되어 다행이다.

시글라스는 지난번 왔을 때와 별반 달라진 점이 없다. 빅토리아 양식 석조주택으로 작은 첨탑들과 청록색 기와로 이루어진 지붕, 화강암으로 된 외벽을 장식한 푸른 유리들이 햇빛을 받아 반짝인다. 시글라스는 콘월 해안에서 가까운 섬에 자리한 집으로 멀리서 보면 철썩이는 파도에 둘러싸인 건물처럼 보인다. 일부러 찾아보지 않으면 잘 보이지 않는 곳이다. 블랙샌드 베이로 알려진 작은 해변과 가파른 절벽, 이정표 없는 오솔길이 있는 곳. 사람들이 접근하기 힘든 곳이기도 하지만 다들 시글라스를 꺼리는 이유는 따로 있다.

할머니는 모친에게서 시글라스를 물려받았다. 증조할머니가 어느 공작과 카드 게임을 벌여 이긴 결과 소유권을 획득하게 된 건물이었다. 술을 좋아했던 공작은 친구들과 파티를 즐기려고 지은 이 건물을 그저 그런 시골 여성에게 빼앗긴 후 울분을 참지 못하고 시름시름 앓다가 바다에 몸을 던졌다는 이야기가 전해지고 있다. 실제로 있었던 일인지 누군가가 지어낸 이야기인지 모르지만 시글라스는 우리 가족의 일부나 다름없는 건물이다. 할머니가 태어난 집이고, 평생을 보낸 집이고, 다른 곳으로 이사를 꿈꾼 적이 없는 집이다. 할머니는 책을 써서 많은 돈을 벌었는데 주거 환경 개선에는 별 관심이 없었다. 그 결과 시글라스는 이제 바다로 서서히 주저앉고 있는 느낌이 들 만큼 많이 쇠락했다.

지난 수 세기 동안 대서양의 거친 파도와 비바람과 싸워온 시글라스는 점점 바다에 침식되고 있다. 집 안은 온통 습기로 가득하고, 벽에 칠한 페인트는 벗겨지고, 마룻바닥은 삐걱거리고, 가구는 낡아 으스러질 것처럼 보인다. 하지만 시글라스는 여전히 나에게 각별한 의미로 다가오는 집이다. 이

흔한 부모와 서로 닮은 구석이라고는 눈 씻고 찾아봐도 없는 우리 세 자매는 저마다 살아가느라 바빴고, 그나마 가끔 한 번씩 시글라스를 방문하는 사람은 나밖에 없었다. 그래서 이번 주말 모임은 여러모로 특별했다. 연민이나 미움은 세월이 흐르면 점점 희미해지다 사라지기도 하지만 죄책감은 평생 떨쳐버릴 수 없다.

오늘 시글라스로 향하는 내 발길은 마지막처럼 유난히 쓸쓸하게 느껴진다. 오솔길은 절벽에 이르러 끊긴다. 절벽 위에서 블랙샌드 베이로 내려가는 방법은 두 가지가 있다. 100미터 절벽 아래로 뛰어내려 죽거나 바윗길을 조심스럽게 내려와 간조에 바닷길이 만들어지는 방조제로 가야 한다. 바윗길을 걸을 때는 발밑을 특히 조심할 필요가 있다. 자칫 발을 헛디디면 그대로 사망이니까. 오랜 세월 블랙샌드 베이를 봐왔지만 내 눈에는 여전히 세상에서 가장 아름다운 곳으로 보인다.

오후가 되면서 해는 흐린 하늘에 낮게 걸려 있고, 파도 소리가 배경음악처럼 들려온다. 내 눈에 들어오는 건 검은 모래와 바다, 낮게 깔린 하늘뿐이다. 시선을 좀 더 멀리 두고 집중해서 봐야 비로소 하얀 파도가 부서지는 시글라스가 눈에 들어온다.

나는 바위 절벽에서 블랙샌드 베이까지 내려와 신발을 벗어들고 모래가 발가락을 간지럽히는 감촉을 즐기며 걸었다. 근처에 녹슨 손수레가 있었지만 뒤에 올 가족들이 이용하도록 내버려두었다. 나는 본토와 섬을 잇는 방조제 길을 가로질러 건너고 있다. 시글라스에 가려면 물이 최대한 빠지는 간조에 드러나는 방조제 길을 이용해야 한다. 시글라스는 바닷물이 차 있는 만조에는 세상과 단절된다. 할머니는 사람보다 책을 좋아하는 편이었다. 시글라스는 독서와 함께 여생을 보내고 싶어 하는 할머니에게는 더없이 이상적인 곳이었다.

내 인생의 흔적들은 검은 모래로 이루어진 이 외딴섬 여기저기에 남아있다. 지난 시간이 남긴 잔해들은 내가 두려움에 휩싸여 이곳을 떠나지 못한 날들을 상기시켰다. 아직 가보지 않은 미지의 장소와 미처 만나보지 못한 생면부지의 사람들, 그들을 끝내 만나보지 못하리라는 예감은 슬픔이 되었다. 나는 어른이 되어도 어린 시절 품었던 꿈이 이루어지리라는 희망을 품을 수 없다.

잠시 바다 냄새를 맡으면서 옷깃을 파고드는 서풍과 뺨을 간질이는 햇살에 몸을 맡기고 시글라스에 돌아온 기분을 맛보고 싶지만 여유를 부리고 있을 형편이 아니다. 나에게는 주어진 시간이 많지 않다. 나는 발밑에서 부서지는 모래의 감촉을 느끼며 발길을 재촉했다. 갈매기 울음소리가 내 귀에는 위협적인 말로 바뀌어 들려온다.

'돌아가! 돌아가! 돌아가!'

나는 불길한 기분을 달래며 걸음을 재촉했다. 가족들이 내 추억의 보물창고에 들이닥쳐 기분을 망치기 전 눈에 가득 담아두고 싶다.

나처럼 가족들과 만나길 기대하는 동시에 두려워하는 사람이 있을까?

현관문에 매달린 종이 음울한 소리로 나를 맞는다. 어린 시절, 내가 할머니에게 크리스마스 선물로 만들어준 종이다. 현관문 수납장 위에는 무서운 얼굴 형상을 한 호박 등이 놓여있다. 이맘때면 할머니가 즐겨 내놓는 장식품이다. 현관문을 두드리기도 전에 문이 활짝 열리더니 올드 잉글리시 시프도그인 포핀스가 눈앞에 나타났다. 할머니의 오랜 반려견이다. 회색과 흰색 털이 섞인 포핀스가 혀를 길게 내밀고 꼬리를 흔들며 내게로 다가온다. 나는 너무나 반가운 마음에 포핀스에게 기쁘게 인사한다. 개의 갈색 눈을 가린 털을 한군데로 모아 묶어놓은 핑크색 리본이 앙증맞다. 나에게 다가와 코를 대고 킁킁거리던 포핀스가 고개를 돌린다. 녀석의 시선을 따라가보니 작달막한 키의 노부인이 환하게 웃고 있다. 오후의 희미한 햇볕이 세월이 흐르는 동안 풍화된 노인의 얼굴을 따스하게 감싸고 있다. 할머니는 머리부터 발끝까지 보라색과 분홍색 차림이다. 남들 눈에는 괴짜 노인이나 동화 작가 비어트리스 다커로 보였겠지만 내 눈에는 그저 사랑스러운 할머니일 뿐이다.

"어서 안으로 들어오렴. 비 맞기 전에."

나는 할머니의 말을 정정하려다 그만두었다. 분명 좀 전까지 햇살이 얼굴을 간질이는 걸 느꼈는데 하늘을 보니 어느새 먹구름에 점령당해 사방이 어두컴컴해져 있다. 갑자기 폭풍이 밀려오려는 듯 강한 바람이 불면서 몸이 으슬으슬해진다. 할머니는 자연 현상을 한발 앞서 알아채는 혜안이 있다. 나는 포핀스를 따라 집 안으로 들어선다.

할머니가 나와 포핀스를 두고 주방으로 가며 말했다. "오느라 힘들었을 텐데 다들 도착하기 전까지 잠시 쉬어라."

주방에서 뭔가 맛있는 냄새가 난다.

"몹시 시장할 텐데 뭘 좀 먹을래?"

"아니, 괜찮아요. 나중에 같이 먹을게요."

할머니가 주방에서 음식을 만드느라 조리 도구가 달그락거리는 소리가 들려온다. 나도 돕고 싶은데 할머니는 요리할 때 누군가 옆에서 거드는 걸 좋아하지 않는다.

언제나 먹을거리에 진심인 포핀스가 나를 향해 못마땅한 표정을 지어 보이더니 주방으로 어슬렁거리며 걸어간다. 내가 굳이 먹길 원하지 않는다면 혼자라도 먹겠다는 듯이.

할머니는 애정 표현이 서툰 편이다. 모처럼 이루어진 가족 상봉을 앞두고 할머니도 나만큼 긴장했을 수도 있다. 우린 누구나 저마다의 방식으로 불안에 대처한다.

시글라스에 오면 언제나 벽에 걸린 시계들이 가장 먼저 눈에 들어온다. 현관 복도에 무려 여든 개의 시계가 걸려 있다. 각종 시계가 똑딱거리는 소리가 들려온다. 할머니는 나이를 한 살씩 더할 때마다 시계를 구입해 현관 벽에 걸어두 있다. 우리 가족들에게 시간이 얼마나 중요한지 각인시키려는 의도로. 어렸을 때는 온갖 시계들을 볼 때마다 무서운 느낌이 들었는데 지금은 살날이 얼마 남지 않았다고 '똑딱, 똑딱, 똑딱' 끊임없이 속삭이는 것 같다.

원인을 알 수 없는 불안감이 느껴지더니 온갖 추억과 회한이 밀려든다. 익숙한 집 안 모습, 내가 오래도록 그리워한 냄새, 짭조름한 바다 공기가 어우러져 아스라한 지난날을 떠오르게 한다. 벽돌과 대들보에도 바다 냄새가 스며들어 있다.

하얗게 칠한 벽과 나무 바닥이 이전보다 좀 더 닳았을 뿐

딱히 변한 건 없다. 우리 가족들의 과거 모습이 떠오른다. 할머니가 왜 이 집을 떠나고 싶어 하지 않는지 이해할 수 있다. 만약 내 소유의 집이었다면 나 역시 떠나지 않았을 것이다.

생일을 맞아 가족들을 모두 한자리에 불러 모은 할머니의 의중이 궁금했다. 가족들을 그다지 좋아하지도 않으면서. 이 시점에서 할머니가 반드시 매듭짓고자 하는 일이 있다고 봐야 한다. 가족 간에 얽히고설킨 사랑과 미움의 실타래를 쉽게 풀 방법은 없다. 만약 죽기 전에 인생을 바꿀 기회가 주어진다면 나는 어떤 실수를 바로잡아야 할까? 인생의 명암과 부침에는 늘 그럴 만한 이유가 있는 법이다. 텅 빈 캔버스는 모든 가능성을 향해 열려 있지만 허전하고 지루한 느낌이 든다.

나는 삐걱거리는 계단을 올라갔다. 이 집에서는 어딜 가나 기억의 잔영들이 너울댄다. 창문과 마루 틈새로 들어온 지난날의 목소리가 바닷물 소리로 위장해 현실을 침범한다. 이 집에서 뛰어다니며 놀던 우리 세 자매가 때로는 서로에게 상처를 주던 모습이 지금도 눈에 선하다. 어린 시절은 자아를 찾는 여정의 일부다. 다만 모두가 결승선에 도달하지는 않는다.

나는 이 집에서 가장 작은 방으로 들어섰다. 흰색 가구들과 여기저기 벗겨진 데이지 무늬 벽지가 눈에 들어온다. 딱히 달라진 부분이 보이지 않을 만큼 예전의 모습을 간직하고 있다. 할머니는 부서지거나 망가지지 않는 한 바꾸지 않는다. 어릴 때 우리가 시글라스에 놀러 오면 할머니는 각자의 방에 놓인 꽃병에 꽃을 꽂아주었다. 오늘 내 방의 꽃병은 비어 있다. 그 대신 솔방울과 말린 꽃잎, 작은 조개껍질이 담긴 은색 접시가 놓여 있다. 내 시선이 책장에 꽂힌 《데이지 다커의 작은 비밀》에 닿는다. 그 책을 보니 내가 간직해온 비밀이 떠오른다. 그 누구와도 공유할 수 없었던 비밀. 나는 일단 그 비밀을 다시 머릿속 상자에 깊이 넣어두었다.

바다에서 들려오는 파도 소리가 그나마 내 불안한 마음을 차분하게 가라앉혀준다. 파도가 바위에 부딪치며 창문에 물보라를 뿌린다. 창밖을 내다보니 바다는 그 어느 때보다 차갑고 어두운 시선으로 나를 응시하고 있다.

모처럼 가족들이 모두 모이는 자리가 마련되었다. 다른 가족들도 나처럼 자기만의 비밀을 간직하고 있을까? 잠시 후 만조가 되면 이 집은 여덟 시간 동안 세상과 단절된다. 아침에 물이 빠지면 다시는 우리 가족이 한자리에 모이지 못할 거란 예감이 든다.

3장

2004년 10월 30일 오후 5시

아빠가 가장 먼저 도착했다. 애정 표현이 서툰 아빠가 우리 가족에게 사랑을 표하는 나름의 방식이다. 만조가 되면 바다에 갇히는 섬, 현관 복도 벽면이 시계로 가득 찬 집의 외동아들로 자란 아빠라 시간 감각이 예민하다. 아빠가 간조가 되어 밖으로 나갈 수 있는 때를 손꼽아 기다린 날이 얼마나 많았을지 짐작할 수 있다. 나는 내 방 창문 앞에 서서 검은 모래 위를 걸어오는 아빠를 바라보았다. 분홍과 보라로 물든 하늘이 아빠의 자취와 어우러져 독특한 풍경을 자아낸다. 아빠는 나를 발견하고도 반갑게 손을 흔들어주거나 웃지 않는다.

아빠 이름은 프랭크 다커고, 오케스트라를 지휘하는 작곡가다. 오케스트라를 이끌고 전 세계를 돌아다니는데 수입은 그저 그랬다. 아빠는 단원들의 급여와 여행 경비를 부담해야 하다 보니 늘 주머니 사정이 좋지 않았다. 음악을 사랑하는 아빠의 가족은 우리가 아니라 오케스트라 단원들일지도 모른다.

아빠는 나이에 비해 건강해 아직도 머리가 검고, 큼지막한 여행 가방을 들고 다닌다. 아빠는 오늘도 나처럼 방조제 길 초입에 놓인 손수레를 이용하지 않고 커다란 여행 가방을 손에 들고 있다. 오랜 세월 피아노를 치느라 등이 굽은 탓인지 정장이 헐거워 보인다. 마치 할머니 생일이 아니라 누군가의 장례식에 온 사람 같다. 아빠는 현관에 다다르기 전 마음을 가다듬으려는 듯 잠시 걸음을 멈춘다. 아빠도 할머니가 이 집을 여자 자손에게 물려주리란 걸 잘 알고 있을 것이다. 증조할머니의 유언에 따라 시글라스는 다커 집안의 여자 자손만이 소유할 수 있다. 오케스트라를 꾸려오느라 경제 사정이 바닥인 아빠는 집을 상속받지 못한다는 사실을 알게 되자 몹시 실망했다. 만약 아빠가 시글라스를 상속받았다면 이미 오래전에 팔아버렸을 것이다.

아빠가 나를 탐탁지 않게 여긴다는 걸 알지만 나는 인사를 건네려고 아래층으로 내려갔다. 시큰둥한 나와 달리 포핀스는 반갑게 꼬리를 치고 있고, 할머니는 현관문을 열고 활짝 웃었다.

"먼 길 오느라 수고했다, 프랭크."

아빠가 어색하게 고개를 끄덕였다. "오랜만이에요, 어머니."

"그러게 자주 좀 왔어야지." 할머니의 말은 농담 같지만 진심이 담겨 있다. 세월이 흐르는 동안 사람들에게는 많은 변화가 일어났다.

아빠는 시계가 잔뜩 걸린 벽면을 흘깃 보고 나서 가방을 내려놓고 검은색 모직 코트를 옷걸이에 걸었다.

할머니가 거실로 들어서려는 아빠를 제지하며 말했다. "일단 방문 기록기의 타임카드부터 찍어야지."

덩치 큰 남자는 곧 어린아이 시절로 돌아간다.

현관문에서 가장 가까이 걸어둔 시계는 공장에서 직원들의 출퇴근 시간을 관리하던 시계다. 아빠는 할머니가 바라는 대로 이름이 적힌 타임카드를 시계 투입구에 밀어 넣고 나서 시간을 찍은 뒤 보관함에 넣는다.

"이제 됐어요?"

할머니가 웃으며 말했다. "이 집의 오래된 전통은 우리가 아무리 멀리 떨어져 있어도 우리를 하나로 묶어 준단다. 네 이름이 적힌 타임카드를 보면 알 수 있을 거야. 내 하나뿐인 아들이 얼마나 오랜만에 엄마를 보러 왔는지."

할머니가 나에게는 타임카드를 찍으라고 한 적이 없다. 아빠와 달리 나는 할머니를 자주 찾아왔으니까. 타임카드를 찍은 아빠는 거실로 걸음을 옮겼다.

바다가 보이는 창, 대형 벽난로, 1950년대에 유행한 주크박스, 파스텔 색조의 소파, 안락의자, 책의 무게를 감당하지 못해 아래로 비스듬히 내려앉은 나무 선반, 할머니가 직접 그린 새와 꽃이 뒤덮인 청록색 벽지가 시야에 들어온다.

할머니는 구석에 놓인 트롤리에서 스카치 병을 꺼내 든다. 할머니가 눈빛으로 마실 거냐고 묻기에 나는 고개를 가로저었고, 아빠는 고개를 끄덕이며 포핀스의 목덜미를 쓰다듬어준다. 할머니는 아빠의 잔에 스카치를 따라주고 나서 민트와 얼음을 부숴 넣은 잔에 럼주를 부어 모히토를 만들었다. 시글라스는 침하 작용으로 미세하게 기울어졌기에 술을 마실 때는 항상 잔을 들고 있어야 한다. 엄마는 우리 가족들이 잔을 들고 있어야 하는 까닭에 술을 많이 마시게 되었다고 했지만, 나는 그 말에는 동의하지 않는다. 우리 가족은 슬픔을 잊고자 하거나 그 속에 빠져 허우적대고 싶을 때 술을 마신다. 우리 가족은 술로 균열을 덮는 데 익숙하다.

할머니와 아빠는 어색한 분위기를 깨고 대화의 시동을 걸기 위해 술을 마신다. 아빠는 내가 아파 병원에 있을 때 단한 번도 병문안을 오지 않았고, 엄마와 이혼하고 난 이후로는 아예 죽은 딸 취급했다. 나는 생각만 해도 우울해지는 과거를 잊으려고 애써 미소 지었다.

이번에는 로즈가 도착했다. 어린 시절 하마터면 바다에서 익사할 뻔했던 나를 구해준 적이 있는 큰 언니 로즈. 빼어난 미모에 무척이나 똑똑한데 상처가 아물 날이 없을 만큼 힘든 삶을 살았다. 나보다 다섯 살 많고, 키가 한 뼘이나 크고, 정장 재킷에 스트라이프 티셔츠, 발목을 덮는 청바지 차림이다. 로즈와 나는 가깝게 지낸 적이 없고, 자매라는 혈연관계 말고는 유대감이 전혀 없다시피 했다. 로즈의 직업은 수의사고, 그래서인지 사람보다 동물을 더 좋아했다. 포핀스가 꼬리를 흔들며 현관으로 달려와 로즈의 환심을 샀다. 로즈는 결혼한 지 일 년도 안 돼 이혼했고, 이내 동물병원을 열었다. 큰 컵에 물을 따라 든 로즈가 아빠 옆 소파 끄트머리에 앉는다.

만조가 가까워지면서 바닷물이 서서히 방조제 길을 잠식하기 직전에 나머지 가족들도 모두 도착했다. 엄마가 가장 늦게 온 건 다분히 의도적이라고 봐야 한다. 약속 시간 엄수가 철칙인 아빠를 고의로 도발하려는 속셈이 보인다. 엄마의 이름은 낸시 다커고, 20여 년 전 아빠와 이혼했는데 여전히 '다커'라는 성을 버리지 않았고, 할머니와도 수시로 연락을 주고받고 있다. 런던에 사는 엄마는 둘째 언니 릴리, 손녀 트릭시와 동행해 시글라스에 왔다. 트릭시는 우리 부모의 유일한 손녀고, 할머니의 하나밖에 없는 증손녀다.

나를 바라보는 엄마의 눈빛에서 냉랭한 기운이 느껴진다. 엄마는 사계절 내내 겨울처럼 냉랭한 사람이다. 어느덧 나이가 쉰다섯이었지만 여전히 매력적이고, 젊은 시절에는 오드리 헵번을 떠올리게 할 만큼 아름다웠다. 지금도 검은 단발머리를 고집하고 있고, 배우처럼 우아하게 걷는다. 엄마는 만약 실수로 아빠와 결혼하지 않았다면 영화배우가 되었을 것이다. 결혼과 출산 문제로 경력이 단절된 여성은 회한을 품기 마련이다.

엄마가 아빠와 결혼해 우리 자매들을 낳지 않았더라면 어떤 삶을 살았을까? 엄마의 주장대로 배우로 성공했을까? 그건 확신할 수 없는 일이다.

엄마는 아빠와 이혼할 때 제법 두둑한 합의금을 받았지만 금세 다 써버렸다. 요즘은 낮 시간대에 TV에서 나오는 퀴즈로 용돈을 벌고 있다고 했다. 엄마는 참가 횟수가 많아 때로 고가의 경품을 받긴 했어도 재능의 영역이라고 할 수는 없다. 할머니가 엄마와 릴리, 트릭시를 맞으려고 현관문을 열었을 때는 이미 비가 억수처럼 퍼붓고 있고, 길은 진창으로 변해 있다. 다들 하나같이 신발이 진흙투성이다. 릴리는 교통 체증과 내비게이션, 할머니가 할부금을 내주는 차를 탓하느라 여념이 없다. 릴리의 삶은 언제나 불평불만의 연속이다.

릴리의 외모는 로즈의 아담한 버전이라고 할 수 있지만 광대뼈와 두뇌가 없다는 게 차이점이다. 열일곱 살에 미혼모가 된 릴리는 그 이후 변변한 직업 없이 살아오고 있다. 릴리가 학교에 다닐 때부터 뿌리고 다닌 향수 냄새가 진동한다.

릴리는 몸매가 훤히 드러나는 옷을 입고 있고, 화장도 진하게 한 모습이다. 릴리의 마음 씀씀이처럼 배배 꼬인 밝은 염색모 사이로 어두운 뿌리가 드러나 보인다. 내가 사랑하는 조카 트릭시를 포함해 우리 가족은 모두 검은 머리다.

열다섯 살인 트릭시는 호기심이 일어 눈에 보이는 대로 묻는 시기를 지나 나보다 아는 게 많은 책벌레가 되었다. 내 사랑스러운 조카 트릭시는 할머니나 엄마와 달리 대단히 예의 바르고 다정한 아이다. 트릭시는 예전에 내가 그랬듯이 제 엄마가 싫어하는 옷을 즐겨 입는다. 오늘은 흰 레이스 깃이 달린 분홍 스웨터에 분홍 코듀로이 치마를 입고 있다. 심지어 안경테와 작은 여행 가방도 분홍이다. 트릭시가 어깨까지 내려오는 곱슬머리를 펴지 않고 그대로 놔두는 것도 릴리의 눈살을 찌푸리게 만드는 요인이다. 트릭시는 제 엄마가 못마땅해하든 말든 천진난만한 웃음으로 시글라스의 냉랭한 분위기를 순식간에 녹여버렸다.

트릭시가 환한 웃음을 지으며 할머니에게 인사했다. "증조할머니, 생신 축하해요!"

할머니가 증손녀를 향해 활짝 웃었다. "내일이 생일이지만 정말 고마워."

가족들 사이에서 포옹과 안부의 말이 오갔다. 어느새 다들 얼굴에 미소를 드리우고 있다. 우리 가족 사이에서는 개기일식처럼 보기 드문 모습이다.

다들 코트와 젖은 신발, 스타킹, 양말을 벗는 사이 트릭시가 나에게 다가와 인사했다. "반가워요, 데이지 이모."

"나도 반가워, 트릭시."

할머니가 좌중을 둘러보며 말했다. "자, 다들 타임카드를 찍어. 그래야 누가 언제 다녀갔는지 똑똑히 알 수 있을 테니까."

엄마는 한숨을 푹 쉬었다. "어머님, 우리는 가족이지 회사 직원이 아니잖아요."

할머니가 씩 웃으며 말했다. "가족이니까 더욱 방문 기록을 남겨두어야지."

아빠가 현관 복도로 걸어오면서 즐겁던 분위기는 다시 차갑게 식는다.

트릭시가 아빠에게 달려가 안겼다. "할아버지!"

아빠가 말했다. "우리 삐약이가 어느새 이리 많이 컸구나!"

우리 모두 마찬가지지만 아빠는 정말 오랜만에 트릭시를 보게 되었다. 삐약이는 내 어린 시절 애칭이었다. 아빠는 로즈를 '똑똑이'라 불렀고, 릴리를 '공주님'이라 불렀고, 나를

‘삐약이’라 불렀다. 나를 향한 아빠의 애정이 트릭시에게로 옮겨간 기분이 들어 마음이 씁쓸하다. 아무리 그래도 트릭시를 질투의 대상으로 보는 건 어리석기 그지없다.

아빠는 좀처럼 엄마에게 눈길을 주지 않았다. 엄마는 아빠가 착용한 넥타이를 바짝 조이고 싶어 하는 얼굴로 아빠를 노려보았다. 엄마와 아빠는 이혼 이후 몇 년 동안 비교적 우호적인 관계를 유지했지만 하나의 사건 이후 신뢰감이 완전히 무너지게 되었다. 두 사람은 로즈의 결혼식이 열린 날에도 동떨어진 자리에 앉아 서로를 외면했다. 엄마의 분노는 시간이 흐르는 동안 잦아들기는커녕 점점 더 커졌고, 기회가 있을 때마다 여지없이 밖으로 표출되었다. 엄마는 이제 서슴없이 아빠에게 독설을 날리고 있다.

“프랭크, 그토록 애지중지하는 오케스트라를 내팽개치고 여긴 어쩐 일이야? 오케스트라 단원들과 잠시도 떨어지기 싫어하잖아?”

잠시 이어진 우리 가족의 어색한 평화와 화목은 금세 금이 갔다.

나는 서서히 바닷물에 잠식되어 가는 방조제 길을 바라보고 있다. 이제 가족들은 모두 도착했고, 만조 이후 여덟 시간이 지나기 전에는 그 누구도 시글라스를 떠날 수 없다.

4장

2004년 10월 30일 오후 6시

할머니의 초대를 받고 거실에 모인 우리는 다들 아무 말 없이 자리에 앉았다. 현관 복도 벽에 걸어둔 시계 소리가 귀에 들릴 만큼 다들 침묵을 지키고 있다.

할머니가 미소를 지으며 말했다. "우리 가족 모두가 이렇게 한자리에 모여 정말 좋구나. 내가 다 같이 모였을 때 보려고 오래된 비디오테이프를 몇 개 챙겨두었어. 추억을 떠올리게 해주는 비디오가 다들 모처럼 만나 서먹한 분위기를 무마해 줄 것 같아서. 로즈, 비디오 좀 틀어 줄래?"

로즈가 비디오테이프를 건네받았다. 원래 책이 놓여 있던 테이블에 비디오테이프들이 가지런히 놓여 있었다. 비디오테이프에 붙은 흰색 라벨에 각각 날짜가 적혀 있는 게 보였다. 1975년부터 1988년까지.

로즈가 비디오를 틀자 다들 엄마를 주목했다. TV 화면에 웨딩드레스 차림의 엄마가 보였다. 30년도 넘은 비디오테이프라 화질이 뿌옇고 무성영화처럼 소리도 나오지 않았지만 엄마는 감탄사가 절로 나올 만큼 아름다웠다. 나는 한 번도 본 적 없는 할아버지가 교회 통로에서 걸어 나와 아빠와 나란히 섰다. 할아버지는 1970년대에 유행하던 긴 머리에 정장 차림이었고, 아빠는 젊고 건강해 보였다.

아빠가 낯선 미소를 지으며 말했다. "내 8밀리 캠코더로 찍은 영상이야."

엄마는 젊은 시절 자기 모습에 반한 듯 아무 말도 하지 않고 화면을 응시하고 있다.

엄마와 아빠는 대학 시절에 처음 만났다. 엄마는 1학년, 아빠는 4학년 때였다. 두 사람은 연극동아리에서 만나 함께 활동했다. 엄마는 한때 배우가 되고 싶어 했는데 아빠를 만나 열아홉 살에 임신하는 바람에 인생이 예기치 않은 방향으로 선회하게 되었다.

교묘하게 디자인한 웨딩드레스에 감춰져 사람들 눈에 잘 띄지 않아도 엄연히 로즈도 등장하는 비디오다. 당시 사회적인 통념상 엄마는 임신 사실을 알게 되자마자 학교를 그만두고 결혼식을 올렸고, 아빠가 돈을 모아 함께 런던으로 떠날 때까지 시글라스에서 할머니와 함께 살았다. 결혼 초기에 엄마는 아빠에게서 즐거움을 찾았고, 아빠는 엄마의 슬픔을 달래주며 서로 감정의 조화를 이루어나갔다. 처음에는 부부 사이가 그리 나쁘지 않았는데 음악이 엄마에게서 아빠를 빼앗아 갔다. 내가 태어났을 때 우리 부모는 명목상 부부지 남남이나 다름없었다.

"다락방에 비디오테이프들이 한 상자나 있더라. 프랭크와 낸시가 시글라스에서 보낸 크리스마스, 생일, 여름휴가 때 찍은 비디오테이프들이야. 이번 기회에 우리 가족이 다 함께 비디오를 보는 시간을 가져도 각별한 의미가 있지 않을까 생각했다." 할머니가 잠시 우리를 둘러보고 나서 말했다. "인간은 망각의 동물이라 세월이 가면 뭐든 다 잊기 마련이지. 오래된 비디오를 보면서 지난날 우리에게 어떤 일이 있었는지 돌아볼 기회로 삼았으면 한다."

아빠와 엄마의 결혼식 영상은 3, 4분이 넘지 않았다. 그 당시에는 촬영 비용이 비싸 꼭 필요한 부분만 찍으려고 했을 것이다. 교회 계단에서 하객들이 색종이로 접은 꽃을 던졌고, 엄마 아빠가 서로 마주 보며 활짝 웃는 장면을 마지막으로 결혼식 영상은 마무리되었다.

그 사랑은 어디로 갔을까?

아빠가 자리에서 일어나며 말했다. "난 일단 짐을 풀러 가야겠어."

엄마가 아빠를 쳐다보지도 않고 말했다. "어디로? 침실이 부족하잖아.”

“난 음악실을 쓸 테니까 걱정 마.”

“그래, 알았어.”

아빠가 거실을 떠나자 우리는 말없이 서로의 눈치를 살폈다. 아빠는 감정 표현이 서툴러 엄마가 늘 두 배는 더 자주 감정을 드러내야 했다. 아빠는 마치 음악을 통해서만 감정 표현이 가능한 사람 같았다. 그래서인지 우리의 어린 시절에는 어둡고 우울한 느낌의 피아노곡이 늘 배경음악처럼 깔려 있었다.

트릭시가 말했다. “결혼식 모습이 아름다워요.”

칭찬의 뜻으로 한 말이었지만 엄마는 마음에 들지 않는 얼굴이다.

엄마가 말했다. “신선한 공기 좀 쐬고 와야겠어. 내 정원도 잘 있는지 둘러보고.”

우리들 가운데 아무도 엄마가 말한 ‘내 정원’이 할머니 소유고, 바깥에 나가기에는 날이 어둡다는 사실을 말하지 않는다. 엄마는 무성영화 시대 배우처럼 소리 없이 거실을 나선다. 남은 가족들은 다시 어색한 분위기 속에서 침묵을 지킨다.

로즈의 마음이 불편해 보인다. 로즈는 눈치가 빨라 폭풍이 불어닥치기 직전 잠시 평화를 유지하고 있는 집안 분위기를 감지한 듯했다. 엄마 아빠가 이혼할 무렵 로즈는 우리 부모의 사이가 얼마나 험악했었는지 기억하고 있다. 서로 상대가 잘못했다고 주장하는 시시비비 공방전과 볼썽사나운 맹비난의 소용돌이가 이어지다가 이혼으로 마무리되었다.

우리는 곧 하나둘씩 거실을 빠져나갔다. 연극이 끝났기 때문이 아니라 이제 곧 다시 시작될 연극에 참가하려면 각기 대사를 준비하고 연습해야 하기에.

나는 위층 층계참에서 창밖을 내다보았다. 광활한 대서양이 눈에 들어온다. 시선을 내려 정원을 보니 어스름한 달빛 속을 거니는 엄마의 모습이 보인다. 엄마는 아빠가 학업을 마칠 때까지 시글라스에 사는 동안 꽃과 식물에 푹 빠져 지냈다고 한다. 책을 쓰느라 바빴던 할머니가 엄마에게 집 뒤편 땅을 정원으로 가꿔 보라고 권하면서부터다. 현재 엄마가 사는 런던에서는 정원은커녕 작은 화단조차 구경하기 힘든 형편이라 엄마는 요즘도 가끔 시간을 내 시글라스를 방문하고 있다. 엄마가 시글라스에 오는 이유는 할머니가 보고 싶어서가 아니라 오로지 정원을 둘러보고 싶어서다.

내가 어릴 때만 해도 시글라스의 정원은 엄마가 전권을 가진 공간이었다. 엄마는 우리 자매들에게도 정원 출입을 허락하지 않았다. 로즈와 릴리는 엄마가 몰래 유독 식물이나 마리화나를 기르고 있기 때문이라고 했다. 하지만 내가 기억하는 엄마는 정원에서 혼자 자유로운 공상에 빠져들길 좋아했다.

엄마는 자식을 빼고는 모든 걸 잘 키웠다. 우리 자매들은 엄마의 마음에 들 만큼 예쁘고 곱게 자라지 못했다. 지금 창밖은 몹시 어두운 데다 추웠고, 석유처럼 검은 바다는 은은한 달빛과 별빛을 머금어 금빛으로 반짝이고 있다. 정원에서 몸을 숙이고 뭔가를 채취하던 엄마가 내 눈길을 감지한 듯 창문을 올려다보았다. 나는 마치 죄라도 저지른 양 소스라치게 놀라 창문을 떠나 방으로 돌아왔다.

5장

2004년 10월 30일 오후 8시

짐을 푼 가족들은 비로소 익숙한 분위기에 젖어 든다. 오랜 시간 떨어져 지낸 가족들과 재회하니 마치 시간 여행을 함께 떠나온 느낌이다. 다만 우리는 오늘 감정의 범람을 자제해야 한다. 엄마 아빠도 서로 얼굴을 붉히며 대립하지 않으려고 조심하는 모습이 감지되었다. 엄연히 할머니 생일을 축하하기 위해 모인 자리인 만큼 주인공을 속상하게 해서는 안 되니까.

내가 트릭시와 함께 거실 한구석에서 스크래블 보드게임을 하고 있을 때 릴리가 우리를 향해 소리쳤다.

"이제 게임 그만하고 식사하자."

트릭시가 고개를 저으며 말했다. "엄마, 잠깐만요. 아직 게임이 안 끝났어요."

릴리가 성큼 다가오더니 보드를 뒤집어 알파벳 조각들을 바닥에 쏟아버렸다.

"이제 끝났으니까 됐지?"

릴리는 거울을 보며 매무새를 다듬고 나서 거실을 나선다.

나는 트릭시와 자주 어울려 노는 편이다. 릴리가 엄마가 된 건 트릭시에게 악재였지만 내가 이모가 된 건 축복이었다. 트릭시가 태어났을 때 릴리의 나이는 고작 열여덟 살이었다. 릴리는 엄마 역할을 제대로 해내기에는 너무 어렸고, 나는 매주 이틀 정도 시간을 내 트릭시와 놀아주었다. 내 수고를 아는지 모르는지 릴리는 단 한 번도 고맙다는 말을 한 적이 없다. 릴리는 여전히 나를 철부지 취급하고 있어 우리 사이에 대화가 단절된 지 오래다. 릴리는 나를 어리다고 무시하면서도 정작 자기 잘못은 돌아보지 않는다.

나는 트릭시와 함께하는 시간이 즐겁다. 트릭시가 그늘 없는 아이로 씩씩하게 자라는 모습을 볼 때마다 그 무엇과도 견줄 수 없는 기쁨을 느낀다.

나는 트릭시와 함께 식당을 겸하는 주방으로 들어섰다. 주방의 한쪽 벽면 전체가 거대한 칠판이어서 할머니는 가끔 기발한 아이디어나 스케치, 역사의 뒤안길로 사라진 작가의 명언 따위를 적어두는 곳으로 사용했다. 왜 죽은 사람이 남긴 말은 산 사람의 말보다 더 깊이 있고 무겁게 들릴까? 할머니는 오늘 칠판에 초콜릿 브라우니 레시피와 시 한 편을 적어두었다. 분필로 새 한 마리도 정교하게 그려놓았다. 핼러윈 장식도 눈에 띄었다. 천장에는 검은색과 주황색으로 된 종이 사슬이 드리워져 있고, 군데군데 양초와 호박, 한구석에는 마녀의 빗자루도 있다.

식당 한가운데에 500년 된 너도밤나무로 만든 길고 튼튼한 원목 식탁이 있다. 할머니가 우리 가족 모두를 위해 특별히 하나씩 만들어준 의자가 원목 식탁을 둘러싸고 있다. 날렵한 하얀색 엄마 의자, 둥글넓적한 검은색 아빠 의자, 고상한 빨간색 로즈 의자, 화려한 색상의 릴리 의자, 데이지가 그려진 내 의자, 분홍색과 보라색이 섞인 할머니 의자, 은색 별무늬가 있는 트릭시 의자.

저녁 만찬 메뉴는 로스트 치킨이다. 요크셔푸딩과 감자를 곁들인 닭고기에 그레이비소스를 듬뿍 뿌린 요리다. 식탁보에는 할머니가 직접 그린 호박, 솔방울, 조개껍질, 사탕이 그려져 있다.

나는 식욕을 잃은 탓에 음식을 많이 남겨 할머니를 볼 면목이 없다. 다른 사람들은 음식이 마음에 드는지 감자 한 조각까지 남김없이 먹어 치웠다. 단 한 번도 가족들을 위해 요리를 만들어본 적 없으면서 늘 불평을 일삼는 릴리조차도 음식이 맛있는지 군소리 없이 먹고 있다. 빈 술병을 보니 엄마와 아빠는 주량보다 술을 많이 마신 게 분명하다. 엄마는 아빠의 말들을 술로 희석했다. 술에 취한 엄마는 식탁 끝에서 간신히 눈을 뜨고 있고, 아빠는 반대편 끝에서 엄마의 눈치를 살핀다. 이혼 전 아빠는 엄마를 박절하게 대했으면서 오히려 지금은 애정이 있는 척한다.

사랑은 잃고 나서야 후회하는 건가?

차분하고 조용하던 분위기가 갑자기 왁자지껄하게 떠들고 웃는 소리로 변한다. 알코올이 윤활유로 작용한 탓인지 반복적으로 오래된 추억 이야기들이 쏟아져 나온다. 다들 적어도 몇 번은 들은 이야기라 지루할 법도 한데 분위기를 깨지 않으려고 잠자코 듣고 있다.

대화가 끊겼을 때 트릭시가 입을 열었다. "증조할머니, 왜 데이지 이모만 책에 등장하고, 엄마와 로즈 이모는 나오지 않아요?"

천진난만한 아이들이 가끔 어른들에게 곤란한 질문을 던지긴 하지만 트릭시는 이제 그 정도로 어린 나이는 아니었다. 좌중의 시선이 나에게 쏟아진다. 오래전 언니들은 나에게 떠올리기조차 싫은 잘못을 저질렀고, 그날 이후 나는 언니들과 관계를 단절하고 지내왔다. 다만 모처럼 가족들이 모두 모인 자리에서 과거의 어두운 이야기를 끄집어내 분위기를 망치고 싶지 않다. 오늘 이 자리는 할머니 생일을 축하하려고 마련되었으니까.

떠올리기 불편한 기억들이 내 머릿속에서 똬리를 틀고 있을 때 할머니가 나를 구해주었다.

"그냥 '데이지'라는 이름을 빌렸을 뿐이야. 트릭시, 다음번 책에는 네 이름도 넣어줄까?"

"고맙지만 사양할게요. 저는 동화보다는 살인사건을 다룬 스릴러에 등장하고 싶어요."

할머니는 글을 쓰기 전에는 작가들의 책에 삽화를 그려왔다. 내가 병원에서 심장질환으로 불치병 진단을 받은 해, 할머니는 한 유명 작가의 무례한 말을 듣고 다시는 남의 책에 삽화를 그리지 않기로 결심했다. 할머니는 자존감을 지켜나갈 비용과 나의 심장병 치료비가 필요했기에 악착같이 저작에 매달렸다.

할머니는 병원 대기실에서 나를 간호하며 틈틈이 쓰고 그린 동화를 출판사에 보냈다. 우여곡절을 거친 끝에 할머니의 데뷔작 《데이지 다커의 작은 비밀》이 세상의 빛을 보게 되었다. 할머니가 쓴 동화는 출간되자마자 평단의 극찬을 받으며 명작 반열에 올랐다.

할머니가 트릭시에게 말했다. "살인사건을 다룬 스릴러가 인기 있는 건 어제오늘 일이 아니지. 다만 누군가의 인생을 끝장내려 할 때 굳이 살인을 선택할 필요는 없어. 살인 말고도 얼마든지 좋은 방법이 있으니까."

할머니가 살인에 대해 언급하자 로즈만 빼고 다들 불편한 기색이다. 로즈는 수의사로 일하면서 죽어가는 동물들을 많이 봐왔기에 상대적으로 죽음에 대한 감각이 무뎌졌을 수도 있다. 로즈가 일하는 동물병원은 현재 재정적으로 매우 어려운 형편이다. 로즈는 무급을 불사하며 많은 동물을 질병과 죽음의 위기에서 구해내고 있다. 몇 년 전에는 암탉 두 마리를 할머니에게 보내주었다. 할머니는 암탉 두 마리의 이름을 각각 에이미와 에이다로 지었고, 아직도 시글라스 뒤편 닭장에서 키우고 있다.

로즈가 레드와인을 한 모금 홀짝이고 나서 말했다. "끝까지 발각되지 않고 아무도 모르게 감쪽같이 죽이는 방법도 있어요."

트릭시가 물었다. "어떻게요?"

로즈가 트릭시를 물끄러미 바라보았다. "발가락 사이에 인슐린을 주사하는 거야. 웬만해서는 눈에 띄지 않는 부위지. 인슐린 주사액은 우리 동물병원에서도 쉽게 구할 수 있어. 분실이나 파손이 잦아서 몇 개쯤 사라진다고 해서 딱히 의심받지도 않아."

트릭시는 물론이고 가족들 모두가 로즈를 빤히 쳐다보았다.

이번에는 엄마가 나섰다. "독초도 있어. 독미나리나 벨라도나도 독초의 일종이지. 좀 더 우아하게 죽이고 싶으면 모르핀이나 청산가리도 괜찮겠네. 둘 다 식물에서 추출할 수 있는 약제야. 독초는 우리 주변에 흔하고, 술잔에 몰래 넣으면 마시고 나서 일 초도 안 되어서 죽어."

아빠가 고개를 저었다. 엄마 아빠가 서로 동의하는 일이 한 가지라도 있을지 의문이었다.

아빠가 말했다. "뭘 그리 복잡하게 생각해? 골프채로 머리를 때리면 간단하게 끝날 텐데."

릴리가 사악하게 웃으며 말했다. "계단에서 확 밀어버리든지."

내가 덧붙였다. "아니, 계단보다는 절벽이 쉽겠네."

할머니가 웃으며 중얼거렸다. "정말이지 무시무시한 가족이구나."

6장

10월 30일 오후 9시

간조까지 아홉 시간 전

릴리가 말했다. "애 앞에서 끔찍한 살인 얘기는 그만해요." 그런 다음 딸을 향해 소리쳤다. "트릭시, 넌 잠자리에 들 시간이 지났잖아. 어서 위층 방으로 올라가."

트릭시가 황당하다는 듯이 릴리를 빤히 쳐다보았다. "나, 열다섯 살이에요. 누가 이렇게 일찍 잠을 잔다고 그래요?"

"그럼 열다섯 살처럼 옷을 입었어야지. 사람들이 너를 보면 아직 솜사탕을 보면 환장하는 다섯 살짜리로 알겠네. 어른들끼리 할 얘기가 있으니까 넌 얼른 들어가서 자."

"엄마는 왜 나를 빨리 들여보내고 싶어서 안달을 부려요? 담배를 피우고 싶어서 그러네."

"좋은 말 할 때 얼른 어른들에게 인사하고 방으로 올라가. 넌 책을 좋아하잖아. 책을 읽다보면 금세 잠이 들 거야."

릴리가 책을 읽는 걸 본 적이 없다. 책을 세상에서 가장 지루해하는 사람이니까. 그 반면 릴리가 재미있어하는 일들은 나와 전혀 맞지 않았다.

"아직 디저트도 안 먹었는데."

"남자애들이 왜 널 좋아하지 않는지 생각해본 적 없어? 디저트를 먹어도 정말 괜찮은지 네 허리를 보고 말해."

트릭시가 분홍색 안경 너머로 릴리를 노려본다. 눈물이 고이는 걸 겨우 추스른 트릭시는 식탁을 돌며 어른들의 뺨에 일일이 입을 맞춘다. 이기적이고 사악한 릴리의 몸에서 이리 사랑스럽고 착한 아이가 나온 건 기적이나 다름없다. 트릭시가 식당에서 나가자마자 릴리는 담배에 불을 붙인다. 우리의 시선 따위는 아랑곳하지 않고.

"저 나이 때는 새침하고 삐딱해야 제격인데 트릭시는 너무 고지식해서 탈이야. 트릭시 친구들도 똑같아. 허구한 날 지구 온난화네, 뭐네 지루한 얘기만 늘어놓는 애늙은이들."

할머니가 더는 참지 못하고 한마디 했다. "트릭시는 그 나이 때 너에 비하면 천사야."

릴리가 할머니 말을 들은 체 만 체하며 말했다. "여긴 휴대폰이 안 터져요. 유선전화를 써야겠어요."

2004년인데 우리 가운데 릴리만이 휴대폰을 보유하고 있다. 남색 노키아 휴대폰. 우리는 휴대폰을 하늘에서 떨어진 운석이라도 되는 듯이 신기한 눈길로 쳐다본다.

할머니가 빈 접시를 치우며 말했다. "전화 끊겼어."

"아니, 왜요?"

"요금 미납으로."

"전화 없이 어떻게 살아요?"

"나는 전화가 필요 없어, 받는 것도 귀찮아."

릴리는 잔뜩 심술이 난 표정으로 입을 다물었다.

할머니는 늘 우리에게 관심을 보였고, 자주 소식을 물었다. 하지만 우리가 할머니에게 들려주는 이야기는 그때그때 달라지는 창작물에 가깝다.

할머니는 먼저 아빠에게 안부를 물었다. 아빠는 지적인 과시욕이 강해 유명인이 한 말을 마치 자기 견해처럼 둔갑시켜 말하기도 하고, 일부러 어려운 말을 자주 사용했다. 피아노는 아빠의 연인이자 친구다. 아빠가 제대로 공부하고 완벽에 가깝게 해낼 수 있는 유일한 과목. 아빠는 오늘도 오케스트라를 대동하고 방문했던 도시들, 함께한 음악가들 얘기를 늘어놓느라 여념이 없다.

엄마는 시큰둥한 표정으로 아빠의 얘기를 듣다가 눈을 부라리며 콧방귀를 뀌기 일쑤다.

"동물병원은 좀 어떠니?" 할머니가 로즈에게 물었다. 마치 폭탄 돌리기 게임을 하는 느낌이다.

"그냥 그래요."

"잘 버텨내고 있어?"

"그럭저럭요."

로즈는 아무리 돌발적인 질문을 해도 당혹스러워하는 기색이 없다.

"릴리, 넌 어때? 일자리는 구했어?"

릴리는 여전히 실업자 신세를 면하지 못하고 있다. 요즘도 실업수당과 아동 수당, 할머니의 도움을 받으며 어렵사리 살아가고 있다. 릴리는 담배 한 개비를 더 꺼내 식탁에 놓인 촛불에 대고 불을 붙인다. 릴리가 담배 연기를 깊이 빨아들였다가 한숨처럼 내뿜는다.

"요즘은 일자리 구하기가 하늘의 별 따기 보다 어렵다고 하잖아요."

아빠가 이죽거렸다. "하늘을 봐야 별을 따지."

릴리가 자리에서 벌떡 일어나 말없이 주방을 나간다. 단단히 화난 얼굴이다.

이제 할머니가 나에게 물을 차례가 되었다.

내가 아직 요양원에서 자원봉사를 하는지 물으려나?

요양원 일은 재미도 없고, 보수도 시원찮지만 보람 있다.

할머니가 나에게 묻기 전에 엄마가 아빠를 질책했다. "릴리가 일자리 문제로 가뜩이나 심란해하는데 왜 그리 심한 말을 해? 혼자 아이를 키우며 살아가는 게 쉬운 줄 알아?”

마치 아빠를 당장이라도 죽일 것 같은 표정이다. 나는 엄마가 왜 릴리를 한결같이 두둔하는지 궁금할 따름이다. 아마도 엄마가 젊었을 때 겪은 일을 릴리가 그대로 답습하고 있기 때문일 수도 있다.

아빠도 물러서지 않고 맞선다. 아빠 입장이라면 그냥 조용히 넘어가는 게 최선일 텐데 지난 30년 동안 굳어진 습관이라 고치기 쉽지 않아 보인다.

“릴리는 이제 어린애가 아니라 딸아이가 있는 엄마야. 당신이 알아서 보모 노릇을 해주니까 릴리가 자꾸만 처지를 망각하고 일자리를 구하지 않는 거야.”

“나라도 릴리를 도와주어야지. 당신처럼 허구한 날 음악 여행이나 다니면 돈이 나와, 밥이 나와?”

“당신은 릴리를 돕고 있다고 하지만 실제로는 전혀 도움이 안 되니까 하는 소리야. 릴리가 혼자 일어설 수 있도록 독립심을 갖게 해야 하는데 당신이 그냥 알아서 다해주니까 자꾸만 매달리는 거야. 결과적으로 당신은 릴리를 돕는 게 아니라 망치고 있어.”

“릴리가 어때서?”

"버릇없고, 이기적이고, 지독하게 게으르지. 릴리가 제대로 된 엄마라면 트릭시를 잘 돌봐야 하는데 자기 외모만 꾸미느라 여념이 없잖아. 여태껏 돈 한 푼 벌어본 적 없으니 경제 개념이 생길 리 없지."

그때 릴리가 다시 식당으로 들어선다. 아빠가 하는 말을 들었는지 잔뜩 일그러진 얼굴이다. 릴리는 식탁을 지나쳐 냉장고로 걸어가더니 화이트와인 한 병을 꺼내 든다.

어느 가족이나 크고 작은 갈등이 있기 마련이지만 잘못 수습하면 평생 풀리지 않는 상처로 남을 수 있다. 난 우리 가족들을 갈라놓은 치명적인 사건이 터지기 전에는 더러 행복한 시간이 있었다는 걸 기억한다. 우리 가족도 예전에는 지금처럼 모이기만 하면 으르렁대지 않았다. 할머니의 생일을 맞아 어렵사리 마련한 자리인데 분위기가 엉망이 되어 가고 있어 안타까울 따름이다.

할머니가 인내심을 발휘하며 물었다. "케이크와 샴페인 먹을 사람?"

내가 얼어붙은 분위기를 바꾸려고 선뜻 나섰다. "저요!"

굵은 빗방울이 창문을 때리고, 창틈을 비집고 들어온 바람에 촛불이 심하게 일렁거린다. 할머니는 손수 만든 초콜릿케이크와 오래된 샴페인을 가져와 식탁에 내려놓았다. 아빠가 샴페인을 따 각자의 잔에 따른다.

할머니가 자리에서 일어나 샴페인 잔을 들고 우리를 둘러보며 말했다. "내 생일을 축하해주러 와줘서 고맙다. 땅끝마을 점술가의 점괘가 맞는다면 이번이 내 마지막 생일이 되겠지. 우리 가족 모두가 이렇게 한자리에 모여 이 순간을 함께 즐길 수 있어 기쁘구나. 자, 다커 가의 영광을 위하여 건배."

모두들 할머니를 따라 샴페인 잔을 들어 올리며 건배를 외쳤다. "다커 가의 영광을 위하여!"

할머니가 말을 이었다. "오늘 우리에게 맛있는 음식을 제공해준 에이미와 에이다에게도 감사의 말을 전하고 싶다."

아빠가 샴페인을 홀짝이며 로즈에게 작은 목소리로 물었다. "에이미와 에이다는 누구야?"

로즈가 속삭였다. "할머니가 키워온 닭들이에요. 위대한 여성인 에이미 존슨과 에이다 러브레이스에서 이름을 따왔죠."

아빠가 질색했다.

할머니가 말했다. "에이미는 슬프게도 월요일에 죽었어. 상심한 에이다는 사흘 뒤 뒤따랐고."

엄마가 메스꺼운 표정으로 물었다. "그 닭들이라면 나이가 적어도 열 살은 되었을걸요? 그런 닭으로 요리해도 괜찮아요?"

할머니가 말했다. "죽지는 않을 테니까 걱정하지 마. 이왕

죽음에 대한 말이 나와서 하는 말인데, 다들 내가 돈을 무덤
까지 싸 들고 갈 수 없다는 걸 잘 알 거야. 내가 죽고 나면 내
재산이 어떻게 될지 다들 궁금할 테니, 지금 이 자리에서 내
유언을 공개하도록 하마."

7장

우리 가족의 시선이 일제히 할머니에게 집중되었다. 아빠는 상체를 앞으로 기울였고, 엄마는 허리를 꼿꼿이 세웠고, 릴리는 손에 들고 만지작거리던 휴대폰을 내려놓았고, 로즈는 냅킨으로 종이학을 접던 손길을 멈추었다.

"이 봉투에 내 유언장이 들어있단다." 할머니는 식탁에 봉투를 내려놓고 가족들의 얼굴을 한 사람씩 새길 듯이 응시했다. "오늘 아침 변호사 앞에서 서명을 마친 유언장이다. 우리 가족 모두를 위해 신중하게 고민해서 내린 결론인 만큼 다들 내 뜻을 흔쾌히 받아들이길 바란다. 과거는 이미 지나갔고, 미래는 아직 오지 않았지. 나는 지금 이 순간이 우리 가족의 미래를 지킬 유일한 기회라고 믿어 의심치 않는다."

할머니가 아빠를 바라보았다. "프랭크?"

"네, 어머니."

"너에게는 현관 벽에 걸린 여든 개의 시계를 주마. 앞으로 시간을 좀 더 현명하게 사용하길 바란다."

아빠의 놀란 입이 다물어지지 않는다. 할머니는 아랑곳하지 않고 곧바로 엄마를 보며 말했다. "낸시, 네가 예쁜 손녀를 셋이나 안겨주어 너무 고마웠다. 네 몫으로는 트롤리를 물려 줄게. 너처럼 한물갔어도 아직 술을 담기에는 썩 괜찮을 거야."

엄마의 얼굴이 충격과 분노로 물들었다. 반면 기대감이 충만한 로즈와 릴리는 회심의 미소를 지었다.

할머니가 이번에는 로즈와 릴리 쪽으로 고개를 돌렸다. "로즈, 너에게는 행복한 미래를 그리길 바라면서 내 미공개 삽화들과 붓들을 물려주마. 릴리, 너에게는 이 집의 모든 거울을 물려줄게. 거울을 열심히 들여다보면서 네가 지금 어떤 사람이 되어 가고 있는지 성찰하길 바란다."

이제 아무도 웃지 않는다. 다들 다음에 할머니의 입에서 무슨 말이 나올지 우려스러워하는 표정이다.

"우리 가족 가운데 유일하게 데이지만이 여태껏 나에게 단 한 푼의 돈을 요구한 적이 없었다." 할머니가 만면에 미소를 지으며 말했다. "데이지 이름으로 여러 자선 단체에 내 전 재산을 기부하기로 했다."

내가 웃으며 말했다. "할머니, 고마워요."

릴리가 내 말에 인상을 찌푸렸다. 고맙다고 한 말은 분명 내 진심이었지만 내심 할머니가 나에게 시글라스를 물려주길 바랐던 적도 있다. 우리 가족 가운데 나만큼 시글라스를 사랑하는 사람은 없었으니까.

할머니는 샴페인을 한 모금 마시고 나서 다시 말했다. "시글라스는 트릭시에게 물려주기로 했다. 트릭시가 우리 가족의 미래라는 사실에 다들 이견이 없을 줄 안다. 내 나머지 재산과 향후 발생할 저작권 수입은 트릭시가 성인이 될 때까지 신탁으로 관리하기로 했다."

릴리가 다시 담배에 불을 붙이며 말했다. "잠깐만요. 그러니까 할머니의 재산 전부를 자선 단체에 기부하고, 이 집과 저작권료를 트릭시를 위해 남긴다고요? 그럼 저에게는 아무것도 남기지 않겠다는 뜻이잖아요? 할머니, 노망나셨어요?"

로즈가 비웃듯이 픽 웃는다. 로즈는 다른 가족들과 달리 딱히 기분이 상해 보이지 않는다.

할머니는 한숨을 푹 내쉬었다. "내가 분명히 말하는데 넌 나중에 트릭시의 소유가 될 신탁재산을 넘봐서는 안 돼. 너뿐만 아니라 우리 가족 모두 이제부터 그 누구의 도움도 받지 않고 스스로 살아가는 방법을 배우길 바란다. 세상은 너희들에게 빚진 게 없어. 난 이제부터 마지막 책을 쓰며 여생을 보낼 거야. 너희들 마음에 안 들지도 모르겠지만.”

아빠가 말했다. “글을 쓰지 않은 지 오래되셨잖아요?”

“그동안 딱히 쓰고 싶은 글이 없었는데 이제 생겼어. 이기적이고 사악한 가족 이야기.”

엄마가 물었다. “우리 가족 이야기를 쓰려고요?”

할머니가 말했다. “이제 막 구상을 끝냈어.”

아빠가 샴페인 잔을 거칠게 내려놓으며 말했다. “우리 가족 이야기라면 책이 그다지 많이 팔릴 것 같지 않네요. 우리에게 재산을 물려줄 생각이 없었으면서 굳이 여기까지 부른 이유가 뭐죠? 저는 어머니의 하나뿐인 아들인데 어떻게 이럴 수 있어요?”

릴리가 끼어들었다. “아빠, 목소리를 좀 낮춰요. 트릭시가 다 듣겠어요.”

할머니가 말했다. “우리 가족의 앞날을 위해 내가 무엇을 남기고 떠나야 할지 오래전부터 생각해왔고 그대로 했을 뿐이다.”

다들 무거운 얼굴로 침묵에 휩싸인다. 그때 뎅그렁 울리는 종소리와 함께 현관문이 쾅 닫히는 소리가 들려온다.

지금은 밤 10시라 만조일 텐데?

이 시간에 바닷물에 잠긴 방조제를 건너는 건 불가능할뿐

더러 시글라스에 더 올 사람은 없다.

엄마가 속삭였다. "트릭시가 밖으로 나갔나?"

릴리가 대꾸했다. "이 깊은 밤에 비를 맞으며 산책한다고요? 절대로 아닐 거예요."

복도를 저벅저벅 걸어오는 발소리가 들려온다. 소리가 유난히 큰 걸 보니 트릭시의 발소리는 아니다.

발소리가 점점 가까워지는 동안 가족들 모두 긴장한 얼굴로 주방 문을 바라본다. 주방 문손잡이가 돌아가자 다들 일제히 숨을 멈춘다.

8장

10월 30일 오후 10시

간조까지 여덟 시간 전

주방 문이 활짝 열리면서 안으로 들어온 남자의 모습이 눈에 들어온다. 그제야 긴장이 풀린 아빠는 등받이에 등을 털썩 기댔고, 엄마는 숨을 몰아쉬었고, 릴리는 가볍게 욕설을 내뱉었다. 주방을 밝히고 있는 촛불이 바람에 일렁이며 모두의 얼굴에 섬뜩한 무늬를 만들어낸다. 로즈만이 차분하게 감정을 통제하며 평정심을 유지하고 있다.

나는 복도의 조명을 받고 서 있는 남자가 누군지 한눈에 알아보았다. 코너 케네디.

코너 케네디가 주방으로 들어선다. 내가 어릴 적 한때 남몰래 짝사랑한 상대. 이성의 관심을 이끌어내는 방법을 잘 알던 릴리와 달리 나는 남자에 관해서는 숙맥이었다. 어쨌거나 여기 모인 우리 가족들 가운데 내가 만약 코너와 연인 사이가 되었더라도 우리를 축복해줄 사람은 아무도 없었을 거라 확신한다. 그때도, 지금도, 앞으로도.

할머니가 침묵을 깼다. "코너, 어서 오너라."

엄마가 물었다. "어머님이 코너를 초대했어요?"

"코너도 우리 가족이나 다름없으니까."

아빠가 식탁을 내려다보며 중얼거렸다. "가족의 범주를 어디까지로 정하느냐에 따라 다르겠죠."

코너가 아빠의 말은 들은 체도 하지 않고 할머니에게 말했다. "회사 일이 꼬여 늦는다고 전화하려 했는데 연결이 안 되더라고요."

릴리가 샴페인을 레모네이드처럼 벌컥 들이켜고 나서 말했다. "유감스럽게도 이 집 전화는 불통이야."

코너가 말했다. "아무튼 시글라스에 꼭 오고 싶었어요."

그 말을 들은 할머니 얼굴이 크리스마스트리에 장식한 별처럼 빛난다. 할머니는 오래전부터 코너에게 애정이 많았다. 이 집 여자들 누구나 그랬듯이. 코너를 처음 만났을 때가 떠오른다. 어떤 기억들은 아무리 떨쳐버리려 해도 사라지지 않고 도사리고 있다가 기회가 되면 다시 수면 위로 부상한다.

∞

우리 가족이 코너 케네디를 처음 본 날은 무더운 여름날이었다. 당시 아홉 살이었던 코너는 시글라스 맞은편 해변에서 양동이와 삽을 들고 혼자 앉아 있었다. 시글라스에 첫 번째 무단 침입자가 나타난 셈이었다. 사실 블랙샌드 베이는 공유지지만 평소 찾아오는 사람이 전혀 없다시피 했다. 깎아지른 절벽을 기듯이 조심스럽게 내려와야 하고, 사시사철 수영 금지 표지판이 세워져 있는 곳이라 굳이 위험을 무릅쓰고 찾아오려는 사람은 없었다.

나는 첫눈에 반한다는 말을 믿지 않았지만 그런 일이 우리 가족 모두에게 일어날 줄은 꿈에도 몰랐다. 그때 나는 네 살, 릴리는 여덟 살, 로즈는 아홉 살이었고, 시글라스에서 우리만의 세계에 갇혀 살고 있을 때였다. 아빠는 오케스트라와 함께 전 세계를 떠돌고 있었고, 엄마는 7월에 우리를 시글라스에 데려다 놓았다가 8월에 다시 데려가곤 했다. 할머니에게 엄마가 어디에 갔는지 물으면 '저기 어디'라는 대답이 돌아왔다. 나보다 언니들이 엄마를 더 그리워했다. 나는 할머니가 계시는 시글라스가 좋았고, 내 집처럼 편안하게 느껴졌다.

블랙샌드 베이에 낯선 아이가 앉아 있는 모습을 본 건 처음이었다. 할머니와 우리 세 자매는 우뚝 걸음을 멈추고 검은 모래에 앉아 있는 아이를 바라보았다.

릴리가 먼저 나서서 말을 걸었다. "넌 누구니?"

아이는 시큰둥한 표정으로 되물었다. "그걸 왜 물어? 내가 누구든 너랑 상관없잖아."

릴리가 양손으로 허리를 짚으며 목소리를 높였다. "우린 여기에 살거든."

아이는 자리에서 일어나 손에 묻은 모래를 털면서 말했다. "그래? 나도 여기서 살게 되었어."

그런 다음 아이는 우리를 본체만체하더니 주머니에서 요요를 꺼내 위아래로 굴리며 놀았다.

할머니는 아이의 목에 난 멍 자국과 칙칙한 눈가를 눈여겨보며 어디에 사는지 물었다. 아이는 아빠와 함께 해안의 방갈로로 이사 왔다고 했다.

할머니가 물었다. "엄마는?"

코너는 요요에 시선을 둔 채 대답했다. "엄마는 떠나고 없어요."

릴리가 천진하게 말했다. "우리 엄마 아빠도 항상 떠나고 없어."

할머니는 코너를 시글라스로 데려가 시원한 레모네이드를 내주었다. 그 당시 아이들은 무더운 여름날 처음 본 어른이 시원한 음료를 권해도 전혀 수상하게 여기지 않았다. 코너는 요요를 손에서 놓지 않고 굴리며 우리와 함께 방조제 길을 걸었고, 내 눈에 그 아이는 내가 네 살이 될 때까지 본 생명체 가운데 가장 흥미로운 존재였다.

우리의 새로운 이웃이 된 코너는 시글라스에서 일 마일 떨어진 집에 살았다. 코너는 함께 놀 아이들이 없었고, 우리 세 자매는 매일 똑같이 반복되는 시글라스 생활이 지루해 새로운 자극에 목말라 있을 무렵이었다. 그날부터 당장 내 눈에는 콩깍지가 씌워졌다. 코너가 오지 않는 날에도 나는 자주 그를 떠올렸다. 코너와의 만남은 우리 가족의 지형을 완전히 바꿔 놓았다.

∞

매력적인 사람들은 흔히 두 부류로 나뉜다. 자신이 매력적이라는 걸 아는 사람과 모르는 사람. 코너는 자신의 매력을 잘 아는 쪽이었다. 잘생긴 외모에 자신감 넘치고 실패에 대한 두려움이 없었다. 푸른 눈, 덥수룩한 금발, 까칠하게 자란 수염, 드레스 셔츠에 후줄근한 청바지 차림인 그는 가만히 있어도 멋있어 보였다. 보헤미안 같은 외양과는 다소 어울리지 않지만 코너는 BBC 기자가 되었다. 삼십 대 중반인데 일중독이어서 그런지 훨씬 나이 들어 보였다.

코너의 흰색 셔츠는 땀에 젖어 가슴에 찰싹 붙어 있고, 신발은 물에 젖어 있다. 뭍에서 헤엄쳐 온 사람처럼 보이지만 결코 그럴 리 없다. 우리는 블랙샌드 베이 바다에 치명적인 이안류가 도사리고 있어 만조에는 수영이 불가하다는 걸 오래전부터 잘 알고 있다.

아빠가 우리 모두를 대신해 물었다. "만조인데 여긴 어떻게 왔지?"

코너가 대답했다. "배를 구해서 타고 왔어요."

할머니가 말했다. "용케 배를 구했구나. 나도 요즘은 우편물과 식료품을 배편으로 전달받고 있단다. 일주일에 한 번씩. 자전거를 타고 시내로 나갈 필요도 없고, 물때를 걱정할 필요도 없어서 좋아."

아빠가 몹쓸 유머 감각을 지닌 악당처럼 코너를 향해 눈을 흘기며 물었다. "어떤 배를 타고 왔어?"

"쪽배요."

"폭풍우 치는 밤에 쪽배를 타고 노를 저어 왔다고?"

"네, 살인사건이 발생하는 바람에 일이 늦어져 어쩔 수 없었어요." BBC 범죄 담당 기자인 코너는 여전히 기자증을 목에 걸고 있다. "다행히 아직은 폭풍우가 그리 심하지 않아 배를 빌려 바다를 건너기로 마음먹었죠. 생선 가게 해리 씨에게 사정을 말했더니 배를 빌려주더군요. 전에도 쪽배를 타고 와본 적이 있어요. 옷이 푹 젖어서 그러는데 위층에 올라가 마른 옷으로 갈아입고 내려올게요."

할머니가 말했다. "어차피 내 생일은 내일이니까 늦은 건 아니야." 할머니는 수납장에서 폴라로이드 카메라를 꺼내 왔다. "코너, 옷을 갈아입기 전에 우선 가족사진 한 장만 찍어 줘. 우리 가족이 다 같이 한자리에 모일 기회가 앞으로 더는 없을 것 같아서."

코너가 폴라로이드 카메라로 가족사진을 찍고 나서 필름을 할머니에게 건넨다. 할머니는 사진이 현상되기도 전에 폴라로이드 카메라의 필름을 딸기 모양 자석으로 냉장고에 붙인다.

"코너, 오늘 밤에 잠은 데이지 방에서 자거라. 여분의 침대가 있는 유일한 방이니까. 만약 불편하면……."

내가 성급하게 손을 저으며 말했다. "저는 괜찮아요."

코너와 같은 방에서 자게 되다니? 그동안 잊고 지낸 작은 환상이 고개를 든다. 릴리가 얼굴을 찌푸렸지만 나는 개의치 않는다.

"괜찮아요. 잠만 자는 건데요, 뭐." 코너의 말에 내 환상은 쪼그라들었다. 여전히 사랑을 잘 모르지만 상대에게 강요할 수 없다는 건 알고 있다. 나머지 가족들은 의미심장한 눈빛을 주고받았다.

할머니가 물었다. "데이지 방이 어딘지 알지?"

로즈가 말했다. "아마 코너는 데이지와 관련된 일을 죄다 기억하고 있을 거예요."

내가 주방을 나서자 코너가 뒤따른다. 복도를 가로지른 우리는 삐걱거리는 계단을 올라 위층에 있는 내 방문 앞에 도착했다.

방으로 들어간 나는 코너에게 속삭이듯이 물었다. "여긴 무슨 일로 왔어?"

내 방 안쪽 벽에 상아색 간이침대가 놓여 있다. 한밤중에 돌연 내 심장이 멈출까봐 두려워하던 할머니가 내 옆에서 자면서 나의 몸 상태를 살피려고 놓아둔 침대다. 가끔 어둠 속에서 할머니가 들릴 듯 말 듯 한 목소리로 나에게 괜찮은지 물었던 기억이 난다.

코너가 간이침대에 가방을 올려놓고 나를 등진 채 옷을 벗는다. 나는 침대 가장자리에 앉아 시선을 돌린다.

나는 용기를 내 물었다. "그냥 툭 터놓고 얘기하면 안 될까? 그날 일에 대해서 말이야.”

코너는 계속 묵묵부답으로 일관한다. 아마도 코너는 나를 두 번 다시 보기 싫었을 텐데 할머니의 초대를 받아들여 여기에 왔다. 그날 벌어진 악몽은 결코 할머니 탓이 아니다.

피로감이 밀려와 머리가 몽롱했지만 당장 잠을 이룰 수 있을 것 같지 않다. 내가 주방을 나선 이후 다들 각자의 방으로 해산하는 기척이 들려온다. 할머니 방은 위층 끝에 있다. 잠시 후 할머니가 내 방 앞을 지나가며 잘 자라고 속삭인다. 릴리는 어릴 때 로즈와 함께 쓰던 방으로 갔다. 트릭시가 잠들어 있는 방이다.

엄마가 층계참에서 누군가에게 나지막이 말하는 소리가 들려온다.

“내일 아침에 날이 밝는 대로 떠나야겠어. 역시 예상을 한 치도 벗어나지 않네. 그 늙은 마녀가 우리에게 단 한 푼도 남기지 않을 거라 짐작했는데 그대로 적중했어.”

엄마가 예전에 아빠와 함께 쓰던 침실로 걸어가는 소리가 들려온다. 로즈는 아래층 할머니 서재에 있는 소파에서 자기로 했고, 아빠는 어린 시절 안식처였던 음악실에 틀어박히기로 했나보다. 아빠는 현실 세계를 감당하기 힘들 때마다 음악의 세계로 도피하는 게 특기인 사람이다.

창문으로 바다를 내다보고 있자니 간이침대에 누워 고른 숨소리를 내던 코너가 몸을 벌떡 일으키더니 책상으로 걸어가 노트북을 연다. 인터넷은 안 되지만 기사를 쓰려나 보다 생각했는데 조용히 방을 나간다. 나는 카펫을 가로질러 책상 앞으로 걸어가 노트북 화면을 들여다보았다. 일과 관련 없어 보이는 글이 화면에 떠올라 있다. 시 같긴 한데 내가 아는 한 코너는 문학이나 창작에는 관심이 없었다. 적어도 예전에는.

복도에서 마루판이 삐걱대는 소리가 들려온다. 나는 서둘러 키보드를 쳤다. 유치한 방식이지만 코너와 더는 서먹하게 지내고 싶지 않아 핼러윈에서 영감을 받은 메시지를 입력했다. 내가 쓴 글이 떠올라 있는 화면을 보니 나도 모르게 슬며시 웃음이 나온다.

으악

나는 침대에 누워 코너가 돌아오길 기다린다. 방으로 돌아온 코너는 노트북 화면을 보더니 인상을 찌푸리며 나를 돌아본다. 나에게 무슨 말인들 해주면 좋겠는데 코너는 늘 그랬듯이 아무 말도 하지 않는다. 나는 가끔 로즈와 코너가 나를 바라보는 눈빛에 살이 베일 것 같은 느낌이 든다. 그들은 나를 난해한 단어나 풀기 힘든 퍼즐을 대하듯이 바라보았다.

코너는 벽을 바라본 자세로 간이침대에 누웠다. 또다시 실망
스러웠다. 그 누구도 자신이 저지른 죄악의 그림자에서 벗어
날 수 없는데 코너는 계속 벗어나려 시도하고 있다.

　방이 추워 몸이 으슬으슬 떨려온다. 코너의 고른 숨소리를
들으며 나는 어둠 속에서 눈을 깜빡인다. 천장에 붙여놓은
야광 스티커들이 눈에 들어온다. 별들은 내가 어릴 때부터
그 자리에서 그대로 빛나고 있다. 내가 이 집에서 사라진다
고 하더라도 모두 눈 하나 깜박하지 않을 것 같다. 애초에 태
어나지 않았더라면 좋았을 텐데. 울컥 솟은 눈물이 뺨을 타
고 흘러 내려와 베개를 적신다.

　나는 깜박 잠이 들었다가 깨어났는지 아니면 그냥 눈을 감
고 있었을 뿐인지 분간하기 힘들 때가 있다. 지금이 바로 그
런 때다. 남들은 가끔 꾼다는 악몽을 나는 매일이다시피 꾸
고 있다. 아무튼 나는 잠이 깨어 있는 상태로 아래층에서 들
려오는 소음에 귀를 기울인다. 벽시계를 보니 자정이 가까운
시간이다. 잠시 후 아래층 현관 벽에 걸린 여든 개의 시계가
일제히 종소리를 발하고, 사람의 비명이 섞여 들려온다.

10월 31일 자정
간조까지 여섯 시간 전

잠시 후 비명이 멈춘다.

나는 코너에게 물었다. "들었어?"

이제 보니 코너가 누워있던 간이침대가 텅 비어 있다. 방을 나선 나는 계단을 내려가 복도를 가로질러 주방으로 달려갔다. 분홍색 잠옷을 입은 트릭시가 주방에서 선 채로 울고 있다. 나는 이내 트릭시가 우는 이유를 알게 되었다.

흰색 면 잠옷을 입은 할머니가 바닥에 쓰러져 있다. 머리에 난 상처가 눈에 들어왔고, 주변에 피가 흥건하게 고여 있다. 눈을 감은 할머니의 얼굴은 잿빛이다. 포핀스가 그 옆에 엎드려 꼼짝도 하지 않는다. 의자 하나가 넘어져 있고, 빈티지 오븐에도 피가 묻어 있다. 짐작하기로 의자 위에 올라서 있던 할머니가 넘어지면서 오븐에 머리를 부딪친 듯했다. 트릭시가 흐느끼는 소리가 나를 다시 현실로 데려온다. 아이의 작은 얼굴이 눈물에 흠뻑 젖어 있다.

나는 트릭시를 달래려고 등을 토닥이며 할머니 옆에 무릎을 꿇고 앉았다.

"할머니, 제 말 들려요?"

할머니는 미동도 하지 않았고, 포핀스가 나를 슬픈 눈으로 올려다보면서 낑낑거린다.

실크 잠옷 차림인 릴리가 주방으로 들어선다. "한밤중에 웬 소란이야?"

트릭시가 얼른 제 엄마에게 달라붙는다. 이럴 때 보면 트릭시는 영락없는 어린아이다.

릴리가 할머니를 보면서 말했다. "세상에, 설마 돌아가신 건 아니지?"

나는 중얼거리듯이 말했다. "나도 모르겠어."

로즈도 주방으로 들어선다. "무슨 일이야?" 로즈는 잠옷으로 갈아입지 않고 잤는지 여전히 식사할 때 입었던 옷차림 그대로다. "내가 좀 살펴볼 테니까 잠시 비켜봐."

"의사도 아니면서." 릴리가 통명스레 말하면서 할머니에게로 한 발짝 다가서자 포핀스가 으르렁거린다.

로즈가 포핀스를 달랜다. "괜찮아, 포핀스. 우린 그저 할머니를 도우려는 것뿐이야. 자, 어서 자리를 비켜줘."

포핀스는 그제야 무슨 말인지 알아들었다는 듯이 순순히

뒤로 물러서며 우리를 주시한다.

로즈가 맥박을 짚어보고 있었지만 할머니의 상태는 의사가 아니어도 충분히 짐작할 수 있을 것 같다. 머리에 난 상처는 깊고, 바닥에 고인 핏물에 뇌에서 떨어져나온 조직이 섞여 있어 어찌나 끔찍한지 저절로 눈을 돌리게 한다. 노인 요양원에서 일하는 나는 할머니의 잿빛 얼굴이 무엇을 뜻하는지 잘 알고 있다.

코너가 복장을 다 갖춰 입은 상태로 나타난다.

어디에 있다가 온 걸까?

릴리는 트릭시를 품에 안고 등을 토닥인다. 그때 할머니의 손이 눈에 들어왔다. 손에 담배를 쥐고 있는 줄 알았는데 자세히 보니 분필이다. 나는 거대한 칠판으로 된 주방 벽을 바라보았다. 아까 봤던 레시피와 스케치는 말끔히 지워져 있고, 그 자리에 《데이지 다커의 작은 비밀》에 나오는 시와 유사한 시가 적혀 있다. 책에는 분명 '데이지 다커의 가족은 몹시 사랑스러웠네'라고 적혀 있는데 벽면에 적힌 시에는…….

데이지 다커의 가족은 몹시 어두웠네

가족 중 하나가 죽었을 때 모두 거짓말을 하고 못 본 척했네

나이만큼 지혜롭지 못했던 데이지 다커의 할머니 비어트리스는

온 가족을 기분 나쁘게 만든 유언을 남긴 죄로 죽어야 했네

데이지 다커의 아빠 프랭크는 자기만의 리듬에 맞춰 춤을 추며 살았네

자기중심적인 태도와 그가 연주하던 피아노가 그 자신을 파멸로 이끌었네

데이지 다커의 엄마 낸시는 차가운 심장을 가진 배우로

아이들을 편애하고 차별해 맡은 배역을 잃었네

세 자매의 맏이인 데이지 다커의 언니 로즈는

영리하고 아름답지만 외롭게 죽을 운명이라네

누구보다 허영심이 강한 데이지 다커의 둘째 언니 릴리는

이기적이고 오만하고 사악하게 굴었으니 죽어 마땅하다네

원래 조숙한 아이인 데이지 다커의 조카 트릭시는

버려진 새끼 오리처럼 야생에 잘 적응하지 못했네

데이지 다커의 작은 비밀은 슬프지만 꼭 밝혀져야 한다네

자주 멈추는 심장은 영원한 이별의 시작에 불과하다네

데이지 다커의 가족들은 거짓으로 긴 세월을 허비했네

그들은 죽기 전 마지막 시간을 함께하며 교훈을 얻어야 한다네

할머니가 바닥에 쓰러지기 전 쓴 글이 분명했다.
릴리가 시니컬하게 말했다. "할머니는 왜 우리 가족에게

이리 끔찍한 예언을 남겼을까?"

나는 로즈와 코너의 얼굴을 번갈아 쳐다보았지만 둘 다 말이 없다. 아니, 우리 모두 할 말을 잃고 멍하니 서 있다. 릴리가 침묵을 견디지 못하고 다시 목청을 돋우었다.

"그러고 보니 핼러윈이잖아. 할머니가 우리 가족들을 상대로 장난치시는 게 아닐까?"

할머니는 핼러윈을 좋아했다. 고대 켈트족 축제의 기원을 믿었고, 매년 생일 때마다 우리에게 핼러윈의 의의를 알려주었다. 2천 년 전 아일랜드, 스코틀랜드, 웨일스에 살았던 켈트족은 매년 10월 31일에 이승과 저승 사이를 연결하는 문이 열려 망자가 잠시 세상으로 돌아올 수 있다고 믿었다. 핼러윈에는 유령들이 우리 곁을 배회한다고 할머니는 말했다.

릴리가 눈을 빛내며 말했다. "할머니가 촛불을 켜고 나서 유령 이야기를 꺼내 우릴 겁준 적이 있는데 기억나?" 마치 할머니가 벌떡 일어나 우릴 쳐다보며 함박웃음을 터뜨리기라도 할 듯이.

로즈가 볼을 타고 흘러내리는 눈물을 닦으며 말했다. "지금 벌어진 이 상황이 장난이라면 좋겠지만 아니야. 할머니는 돌아가셨어."

할머니

그는 늘 가족을 사랑한다고 말했지만 그렇지는 않았다네
화난 늙은이는 그들을 사무치게 미워하기도 했네

아들이 딸로 태어나거나 아예 태어나지 않기를 바랐고
손녀를 셋이나 얻었지만 행복은 그리 오래 가지 않았네

첫째는 지나치게 영리했고, 둘째는 지나치게 사악했네
셋째가 유일한 희망이었지만 심장이 자주 멎는 환자로 태어났네

그는 개와 책을 벗 삼아 외로운 삶을 살았고
땅끝마을에서 예언된 죽음이 가까워지자 슬슬 두려워졌네

그가 둔기에 맞아 죽은 채로 발견되었을 때
누굴 탓해야 할지 아무도 몰랐다네

양심을 품고 죽은 늙은이의 죽음을 슬퍼하기는 어렵다네

적어도 그들 중 하나는 그가 죽어 다행이라고 생각했다네

적어도 그들 중 하나는 그가 죽어 다행이라고 생각했다네

데이지 다커

10장

10월 31일 오전 12시 15분

간조까지 여섯 시간 미만

"누가 처음 발견했어?" 주변을 두리번거리던 로즈의 시선이 트릭시에게서 머물렀다.

"트릭시, 너야?" 로즈는 아이보다 동물에게 더 상냥한 사람이다. 트릭시는 분홍색 잠옷을 입은 탓에 더 작고 연약해 보였다. 아이는 지금 안경을 벗고 눈물을 닦고 있다. 꼭 안아주고 싶을 만큼 안쓰러운 모습이다.

로즈는 말에서 가시를 빼며 물었다. "트릭시, 어떻게 된 일인지 말해 줄래?"

트릭시는 울음을 삼키며 겨우 말했다. "자다가 목이 말라 깨어났는데 물을 마시려고 주방에 와보니 할머니가 바닥에 쓰러져 있었어요. 몸을 만져보니 얼음처럼 차가웠고, 불러도 대답이 없었죠."

트릭시가 다시 흐느껴 울기 시작했다.

코너가 말했다. "경찰에 신고해야겠어."

릴리가 말했다. "경찰에 신고한들 뾰족한 수가 있으려나? 딱 봐도 뻔한 상황인데."

"어떤 면에서 뻔하다는 거야?"

"저 쓰러진 의자를 보면 알 수 있잖아. 할머니는 의자에 올라가 벽면 칠판에다 정신 나간 시를 쓰다가 발을 헛디디는 바람에 바닥에 쓰러져 숨진 게 분명해."

코너가 말했다. "아직 분명하다고 단정할 수야 없지."

릴리가 쏘아붙였다. "넌 범죄 전문 기자지 형사가 아니잖아. 그리고 할머니의 죽음은 우리 가족끼리 해결해야 할 문제야. 애초에 가족도 아닌 사람이 이 자리에 왜 왔는지 모르겠네."

"할머니는 나에게도 몹시 소중한 분이야. 내 눈에는 누군가가 할머니의 머리를 둔기로 내리친 것으로 보여." 그런 다음 코너가 로즈에게 물었다. "넌 어떻게 생각해?"

로즈는 감정을 추스르려는 듯 심호흡하고 나서 말했다. "슬픈 일이야. 우리 가족 모두 슬프겠지. 릴리 말대로 넌 형사가 아니고 난 의사가 아니야." 그런 다음 로즈가 눈을 치켜떴다. "지금은 이 사건을 음모론적으로 바라보거나 누구의 책임인지 물을 때가 아니야. 할머니는 너를 친손자처럼 아끼고 돌봐주었어. 할머니에 대한 고마움을 잊지 않았다면 애도하는 태도를 보이길 바라.”

로즈는 코너를 등지고 릴리와 트릭시를 안아주었다. 둘 다 울고 있다. 나도 슬며시 그들 곁에 섰다.

내가 말했다. “할머니가 너무나 그리울 거야.”

정말이지 나는 할머니 없는 시글라스를 상상할 수 없다.

릴리가 말했다. “할머니가 돌아가셨다니 믿기지 않아.”

로즈가 말했다. “나도 그렇게 생각해. 다만 할머니는 오래 사셨어. 일단 누가 아빠한테 이 사실을 알려주어야 해.”

아무도 대답하거나 움직이지 않자 로즈가 한숨을 내쉬었다. “내가 아빠를 깨워올게.”

로즈는 주방을 나서 아빠가 잠들어 있을 음악실로 향했다. 옷이며 머리가 하나도 흐트러지지 않은 모습이 신기했다. 로즈는 음악실 문 앞에서 잠시 망설였다. 어린 시절에 우리에게는 음악실 출입이 허용되지 않았다. 아빠는 우리가 음악실 안을 기웃거리기만 해도 방해가 된다며 내쫓아버렸다.

로즈가 방문을 노크했는데 안에서는 아무런 대답이 없다. 방문을 한 번 더 노크한 뒤 아무런 응답이 없자 로즈는 손잡이를 돌려 문을 열었다.

로즈가 우리를 돌아보며 말했다. “아무도 없네. 접이식 침대는 사용한 흔적이 없고, 아빠 물건도 전혀 없어.”

릴리가 마치 우리가 어릴 때처럼 로즈에게로 달려가 손을 잡았다. "할머니 유언 때문에 화난 건 알지만 설마 그렇다고……."

로즈가 말했다. "성급한 결론은 일절 도움이 안 돼. 일단 할머니의 시신을 덮을 시트가 필요해. 잠시라도 저런 모습으로 방치하고 싶지 않아. 누가 엄마 좀 깨워줄래?"

코너가 엄마를 깨우러 가는 나를 뒤따라왔다. 로즈와 릴리 사이에 남아 있자니 어색해서 따라나섰을 수도 있지만 나는 어쨌든 동행이 있어서 다행이다. 시글라스는 전보다 춥고 고요하게 느껴진다. 복도에 걸어둔 시계에서 나는 소리와 파도가 철썩이는 소리만이 아스라이 들려온다. 어릴 땐 우리가 잠든 사이에 벽과 창문 틈으로 바닷물이 들어와 다 함께 물에 둥둥 뜬 상태로 방 안에 갇히는 상상을 한 적이 있다. 나는 이제 어린아이가 아니지만 여전히 어둠이 무섭다.

계단참에 다다랐을 때 코너가 청바지를 손바닥으로 툭툭 털었다. 언뜻 보기에 분필 가루 같은데 굳이 따져 묻지 않았다. 복도를 가로질러 엄마 방문 앞에 서자 문이 살짝 열려 있는 게 눈에 들어온다. 코너가 잔뜩 긴장한 나를 대신해 목청을 가다듬고 나서 문을 노크한다. 침대에 누워있는 사람이 눈에 들어온다. 엄마는 항상 깊이 잠드는 편이다. 적어도 하

루에 여덟 시간은 자야 피부에 좋다고 믿었고, 가끔 수면제
와 술의 도움을 빌려서라도 잠을 자려고 했다.

"엄마, 심각한 일이 벌어졌어요. 얼른 일어나봐요."

침대에서 벌떡 일어난 사람은 엄마가 아니다. 아빠가 우리
만큼이나 깜짝 놀란 표정을 짓고 있다. 엄마는 한 박자 늦게
안대를 벗고 귀마개를 빼내더니 눈살을 찌푸리며 몸을 일으
키다가 옆에 있는 아빠를 발견하고 화들짝 놀란다.

엄마가 우릴 향해 소리 죽여 말했다. "분명 오해야. 우린
같이 잠들지 않았어."

아빠는 할 말을 잃은 듯 두 손바닥에 얼굴을 묻는다.

코너가 나를 대신해 목청을 돋우었다. "할머니가 숨진 채
발견됐어요. 당장 주방에 내려가봐야 해요."

아래층으로 내려가 주방으로 들어서니 한층 더 암울한 분
위기로 바뀌어 있다. 할머니의 시신이 빨간 체크무늬 식탁보
로 덮여 있고, 언니들은 벽에 적혀 있는 시를 노려보고 있다.

로즈가 말했다. "할머니는 손에 분필을 쥐고 계셨어."

할머니의 필체는 독특하고 아름다워서 나도 가끔 따라 써
본 적이 있다.

내가 나서서 말했다. "아무리 봐도 할머니 필체 같아. 누
군가 할머니 필체를 모방했을 수는 있겠지."

로즈가 내 말을 잘랐다. "할머니가 아니면 누가 저런 글을 썼겠어."

릴리가 물었다. "그렇다면 할머니는 왜 저런 글을 썼을까? 우릴 그토록 싫어했다면서 여기까지 초대한 건 또 무슨 뜻일까?"

트릭시가 벽을 쳐다보며 말했다. "난 그다지 조숙하지 않은데."

그때 위층에서 내려온 엄마 아빠가 주방으로 들어선다. 마치 차고 뒤에서 나온 고등학생 커플처럼 보이지만 그나마 어른들이 나타나니 한결 마음이 놓인다.

아빠가 할머니에게 달려가 얼굴을 덮은 천을 걷어 내며 울부짖었다. "오, 안 돼! 이럴 수는 없어."

할머니의 시신을 지키던 포핀스가 다시 으르렁거린다.

엄마는 검은색 실크 잠옷 차림에 검은 안대를 머리띠처럼 쓰고 있다.

엄마가 말했다. "우리 가족은 모두 힘을 합쳐 이 위기를 극복해 낼 거야."

20여 년 전 이혼한 사람이 주장하기에는 적절치 않은 말처럼 들린다. 어쩌면 술이 덜 깼을지도 모른다.

우리는 엄마 아빠가 1988년에 이혼한 이후 처음으로 서로 포옹하는 모습을 지켜보았다. 사람들은 위기가 닥치면 서로

잡은 손을 더욱 꽉 잡기 마련이다.

트릭시가 기묘한 분위기를 깨며 흐느꼈다. "집에 가고 싶어요."

릴리가 트릭시에게 말했다. "거실에 가서 TV라도 보고 있어."

TV가 릴리의 대리모 역할을 해온 건 분명하다. 트릭시가 나를 쳐다보며 머뭇거리자 릴리가 인상을 찌푸린다.

내가 말했다. "슬프고 무서운 일이지만 곧 괜찮아질 거야. 거실에 가서 TV를 보고 있어. 나도 곧 갈 테니까."

사람들은 보고 싶은 것만 보고 듣고 싶은 것만 듣는다. 트릭시는 고개를 끄덕이며 잠옷 소매로 눈물을 닦은 뒤 주방을 나선다.

트릭시가 나가자 다들 벽면에 적힌 시가 무엇을 의미하는지 해석하기에 바쁘다. 막내인 내게는 아무도 의견을 묻지 않는다. 나는 우두커니 서서 식탁에 놓인 호박 등을 바라보았다. 어둠 속을 헤매는 영혼에게 길을 밝혀준다는 호박 등. 할머니는 누구나 가야 할 길을 찾지 못하면 끝내 방황하게 된다고 했다.

엄마가 벽면에 적힌 시를 가리키며 말했다. "어머님이 우리 모두에게 화가 나셨던 게 분명해. 어머님이 치매로 고생

한다는 건 알고 있었지만 이렇게 말도 안 되는 결정을 내릴 분은 아니라고 생각했는데 정말이지 유감이야. 어머님이 홧김에……."

릴리가 물었다. "할머니가 홧김에 시를 쓰고 스스로 목숨을 끊었다고요?"

엄마가 말했다. "매우 비극적이고 불행한 일이지만 우리에게는 전화위복이 될 수 있어."

나는 화가 치밀어 몸이 부들부들 떨릴 지경이었다. "엄마, 어떻게 그런 말을 할 수 있어요?"

엄마는 내 말을 못 들은 척 무시하며 말했다. "치매든 노망이든 어머님이 유언장을 작성할 때 정신적으로 심각한 문제가 있었다면 유언장의 효력을 무효화시키는 게 가능해."

로즈가 발끈해서 말했다. "할머니가 분명 변호사 앞에서 서명했다고 했잖아요. 내가 보기에 할머니는 정신적으로 문제가 있어 보이지 않았어요."

엄마가 로즈를 쏘아본다. 둘 사이에 말다툼이 벌어지려 할 때 멀리서 할머니의 목소리가 들려와 우리 모두를 얼어붙게 한다.

"아가, 이제 다커 가의 나머지 가족들을 만나볼 시간이야."

11장

10월 31일 오전 12시 30분

간조까지 여섯 시간 미만

우리가 모두 할머니의 목소리가 들려온 거실로 들어서자 트릭시가 당황한 표정으로 말했다. "제발 화내지 마세요. 무심코 TV를 틀었는데 갑자기 할머니가 등장하는 비디오가 재생되었어요."

트릭시가 TV를 가리켰다. 폭풍우가 심해 TV를 볼 수 없게 되면 우리는 할머니가 수집해둔 비디오테이프로 옛날 영화를 보곤 했다. 이제 보니 선반에 진열되어 있던 비디오테이프가 하나도 없었다. TV 화면에는 어느 아기의 정지된 이미지가 떠올라 있었다. 릴리가 딸의 손에서 리모컨을 빼앗아 들고 재생 버튼을 눌렀다. 클로즈업된 할머니의 얼굴이 화면을 가득 채웠다. 지금보다 서른 살은 더 젊어 보였다. 할머니가 아기를 안고 거실로 들어섰다. 나는 할머니가 안고 있는 아기가 나라는 사실을 뒤늦게 깨달았다.

할머니가 엄마에게 나를 조심스럽게 건넸다. "우리 가족들 모두가 널 만나고 싶어 안달이 났단다.”

엄마는 출산 여파로 심신이 피곤해 보였지만 여전히 아름다웠다. 엄마는 손목에 병원 명찰을 차고 있었다. 나를 시글라스로 데려온 첫날이었다.

할머니가 말했다. “이제 로즈와 릴리를 데려올까? 둘 다 동생이 태어나길 눈이 빠지도록 기다렸으니까.” TV 화면이 마치 고개를 끄덕이듯 위아래로 움직였다. 아빠가 캠코더를 들고 촬영하고 있다는 걸 알 수 있었다. 나는 더 이상 비디오를 보고 싶지 않은데 엄마가 다짜고짜 릴리의 손에 들린 리모컨을 빼앗아 들더니 TV 화면과 가장 가까운 자리에 앉았다. 내가 병원을 나와 시글라스에 처음 온 날을 엄마가 기억하고 있다는 생각에 가슴이 뭉클해지려고 했는데 가만 보니 엄마는 젊은 시절 자기 모습에 흠뻑 빠져 있는 눈치였다.

아빠가 테이블에 캠코더를 내려놓았고, TV 화면에 떠올라 있는 이미지가 흔들렸다. 엄마가 나를 요람에 눕힌 다음 앞뒤로 흔들었다. 아빠가 엄마 곁에 서 있었다. 아빠는 덥수룩한 장발에 콧수염, 청바지 차림으로 무척이나 행복해 보였다. 심지어 엄마도 만면에 미소를 드리우고 있었다.

다섯 살인 로즈와 네 살인 릴리가 할머니의 손을 잡고 나타났다. 둘 다 레몬 무늬 원피스를 입고 있었다. 몇 년 뒤 내가 물려받았을 때보다 노란색이 훨씬 선명했다. 로즈는 지금처럼 머리를 하나로 올려 묶었고, 릴리는 양 갈래로 땋아 노란 리본으로 묶고 있었다. 두 소녀가 번갈아 가며 요람 안에 누워있는 아기를 어르며 깔깔거렸다. 정말이지 행복한 가족처럼 보였다.

갑자기 코너가 끼어들었다. "방해해서 죄송한데 주방 상황은 어떻게 할까요?"

아빠가 코너를 낯선 사람 대하듯 힐끔 쳐다보고 나서 트롤리에서 위스키를 꺼내 잔에 따랐다.

"자네는 어떻게 했으면 좋겠나?"

아빠는 코너에게 묻고 나서 술을 한 모금 들이켰다.

"일단 경찰서에 신고부터 해야 하지 않을까요?"

릴리가 불만스럽게 투덜거렸다. "또 시작이네."

엄마가 말했다. "경찰서에 신고해봐야 뭐든 속 시원하게 해결해줄 것 같지 않아. 여든 살 노인이 돌아가신 건 경찰의 주요 관심사가 아닐 테니까."

코너가 팔짱을 끼며 말했다. "할머니는 노환으로 돌아가신 거라고 볼 수 없지 않나요?"

아빠가 헛웃음을 쳤다. "그럼 자네는 우리 가족들 가운데 누군가가 어머니를 살해했다는 건가?"

릴리가 담배에 불을 붙이며 말했다. "트릭시 앞에서 그런 끔찍한 말은 제발 자제해주세요." 트릭시는 어른들이 나누는 대화에는 전혀 관심이 없다는 듯이 TV 화면을 주시하고 있었다. "게다가 유선전화도 끊겼고, 휴대폰도 안 터져요. 간조가 되려면 아직 멀었고요. 어차피 경찰이든 검시관이든 연락받고 여기까지 오려면 아주 오래 걸릴 거예요."

코너가 말했다. "내가 배를 타고 나가 도움을 요청할까요?"

아빠가 말했다. "그런 무리수를 둘 필요가 있을까? 우리 가족 문제는 우리가 알아서 처리할 테니까 자네는 위험을 자초할 필요 없어."

로즈가 신중한 얼굴로 말했다. "코너 말이 옳을 수도 있어요." 다들 로즈에게로 시선이 쏠렸다. "간조가 되려면 아직 다섯 시간 이상 남았어요. 사망자가 있으니 최대한 빨리 신고해야 마땅해요."

로즈가 코너에게 말했다. "괜찮다면 내가 같이 가줄게."

아빠가 로즈의 말을 반박했다. "그건 좋은 생각이 아닌 것 같아."

아무도 아빠가 왜 좋은 생각이 아니라고 했는지 묻지 않았다.

"나 혼자 가도 상관없어요. 외부에 도움을 청하지 않으면 오히려 이상해 보일 거예요. 코너, 배를 빌려줄 수 있지?"

코너가 어깨를 으쓱했고, 아빠가 고개를 끄덕였다. 마치 리허설이라도 한 듯이 빠르게 합의가 이뤄졌다.

릴리가 담배 연기를 한 모금 깊이 빨아들이고 나서 물었다. "왜 로즈 언니가 가야 하죠?"

아빠가 말했다. "로즈는 술을 마시지 않았고, 이 자리에서 가장 분별력이 뛰어나니까."

릴리가 눈알을 굴렸다. "나머지는 죄다 분별력이 없다는 말인가요?"

로즈가 릴리에게 말했다. "릴리, 넌 노를 저을 줄 모르잖아. 아무튼 최대한 빨리 돌아올게."

로즈는 그렇게 말한 다음 주방을 나갔다.

로즈가 자리를 비우고 나서 엄마가 말했다. "아까 보니 로즈는 저녁도 먹는 둥 마는 둥 하더라. 그러니 몸이 저렇게 말랐지. 아까부터 말없이 시계만 들여다보고 있더라고."

아빠가 말했다. "빨리 떠나고 싶었나보지."

엄마가 말했다. "난 그 기분을 잘 알아."

나는 소파에 앉아 다시 TV 화면을 보았다. 이제 화면에 가족들은 없고, 나 혼자 요람에 누워 있었다. 아빠가 캠코더 전원을 끄는 걸 잊었나보다.

릴리가 리모컨을 들며 물었다. "이제 비디오는 그만 볼까?"

다섯 살인 로즈가 다시 화면에 나타나자 내가 말했다. "아니, 잠깐만."

어린 로즈가 뒤를 살피더니 요람으로 다가가 아기 위로 몸을 숙였다. 우리 모두 화면 안으로 빨려 들어갈 듯이 집중했다. 로즈가 감미로운 목소리로 자장가를 불렀다.

쉿, 아가야, 아무 말 말아라

엄마가 앵무새를 사줄 거야

만약에 앵무새가 노래를 못하면

엄마가 다이아몬드 반지를 사줄 거야

만약 다이아몬드 반지가 놋쇠로 변하면

엄마가 거울을 사줄 거야

쉿, 아가야, 아무 말 말아라

우린 살기도 하고 죽기도 한단다

로즈가 주머니에서 뭔가를 꺼냈다. 새끼 쥐처럼 보였다. 로즈는 눈을 뜨지도 못하고 꼬물거리는 그 분홍색 쥐의 꼬리를 잡고 요람 안에 떨어뜨렸다. 이내 아기가 요란하게 울음을 터뜨렸다.

로즈는 아기에게 울지 말라는 뜻으로 검지를 입술에 붙이고 요람을 흔들어주었다. 그런 다음 씩 웃고 나서 화면에서 사라졌다.

모두의 시선이 느껴졌지만 나는 할 말이 없었다. 그 당시 나는 갓난아기였을 뿐이다.

영상이 끝나더니 플레이어가 자동으로 테이프를 뱉어냈다. 화면에는 잡음만이 남았다. 다들 서로 무언의 눈빛을 주고받았다. 누가 먼저 입을 열기도 전 복도에서 발소리가 들려왔다. 거실 문이 열리더니 마치 타임머신을 타고 온 것 같은 서른네 살의 로즈가 나타났다. 비에 흠뻑 젖은 생쥐 꼴이었다.

로즈가 헐떡이며 소리쳤다. "배가 사라졌어. 선창에 연결해둔 밧줄이 끊어져 있었어. 마치 누군가 고의로 끊어버린 것 같았어. 이제 우린 간조 때까지 여기에 갇힌 셈이야."

12장

**10월 31일 오전 12시 45분
간조까지 여섯 시간 미만**

다들 로즈를 빤히 쳐다보았다.

"왜 다들 그런 눈으로 나를 쳐다봐?"

릴리가 씩 웃었다. "방금 비디오에서 언니가 저지른 만행이 적나라하게 드러났어."

로즈가 한 발 뒤로 물러섰다.

"데이지가 누워있는 요람에 새끼 쥐를 집어넣다니?"

로즈는 한숨을 푹 쉬며 고개를 저었다.

엄마가 말했다. "그때는 로즈도 어린아이였어. 애들은 가끔 짓궂은 장난을 치잖아. 지금은 어린 로즈를 흉보고 있을 때가 아니야. 대단히 골치 아픈 상황이니까."

코너는 배가 어떻게 되었는지 확인하려고 급히 밖으로 나갔다. 다들 나만큼 혼란스럽고 심신이 지친 표정이다. 어둡고 무거운 분위기가 우리 가족 사이에 팽배했다. 우리 가족이 서로 멀어진 건 분명하지만 우리는 슬픔을 공유하고 있다.

코너가 집으로 들어서며 말했다. "로즈 말대로 배가 사라졌어요. 내 배도 아닌데."

아빠가 말했다. "배를 단단하게 묶어두긴 했어?"

코너가 눈을 부릅뜨며 말했다. "제대로 묶어두었어요. 로즈 말대로 누군가 일부러 줄을 끊어버린 것 같아요."

아빠는 고개를 끄덕였다. "그랬을 수도 있지. 어쨌거나 우린 모두 끔찍한 밤을 보내느라 다들 많이 지쳤어. 비극적인 사고가 있었고, 배가 사라진 건 사실이지만 더 부풀려 상상하지는 말자고."

아빠는 몸을 약간 휘청거리며 트롤리로 걸어가 위스키병을 꺼내 들고 술을 한 잔 더 따랐다.

"우리가 왜 이혼했는지 벌써 잊었어?" 엄마가 나직이 중얼거리더니 혀를 끌끌 찼다.

"내가 위스키를 좋아해서?"

"아니, 당신이 지나치게 이기적이라서. 당신은 뭘 마시든 다른 사람에게 권하는 법이 없잖아."

아빠가 위스키병을 들어 보였다. "원한다면 다들 한잔씩 해."

"누가 술을 마시고 싶대? 내가 차를 만들어올 테니까 지금부터 다들 정신 똑바로 차려야 할 거야."

엄마는 누가 무슨 차를 원하는지 묻지도 않고 주방으로 갔다. 엄마는 차 한잔이면 모든 걱정을 뒤로 미룰 수 있다고 믿는 사람이다. 일진이 사나울 때 차 한잔, 생활비가 부족할 때 차 한잔, 남편이 스무 살짜리 하피스트와 놀아났다는 사실을 알게 되었을 때도 차 한잔으로 족했다. 엄마는 차에 설탕을 넣어 마신다. 엄마가 사라지자마자 아빠는 위스키를 한 모금 길게 들이켰다.

아빠가 혼잣말처럼 푸념했다. "방금 어머니가 돌아가셔서 속상하니까 술 좀 마실 수 있잖아."

그 누구도 아빠의 말을 반박하지 않았다. 어차피 시간 낭비니까. 오만한 태도는 늘 아빠의 의견을 진리로 바꾸어놓았다.

엄마가 한참 만에 쟁반을 들고 돌아왔다. 어느새 옷도 갈아입은 모습이다. 엄마는 검은색 터틀넥 스웨터에 검은색 슬랙스 조합으로 오드리 헵번 앙상블을 완성하고 나서 아이라이너와 블러셔까지 발랐다. 슬픔을 받아들이는 방식은 저마다 다르니까 화장이 너무 진하다고 나무랄 사람은 없었다. 쟁반을 테이블에 내려놓는 엄마의 손이 심하게 떨렸다. 각자 자기 이름이 적힌 컵을 가져갔다. 할머니가 컵에 손수 이름을 새겨 넣었다. 심지어 코너도 전용 컵이 있었다.

트릭시가 릴리의 귀에 대고 속삭였다. "엄마?"

릴리가 무성의하게 대꾸했다. "응, 왜?"

"나, 화장실에 가고 싶어요."

"다녀오면 되지."

트릭시가 울상을 지었다. "혼자 가려니까 무서워요."

릴리가 뭐라 타박하기도 전에 내가 나섰다. "내가 같이 가 줄게."

릴리가 나를 무시하고 퉁명스럽게 말했다. "혼자 다녀와. 화장실 가는 게 뭐 그리 무섭다고 그래? 넌 열다섯 살이지 다섯 살이 아니야. 허구한 날 허무맹랑한 소설을 읽으니까 쓸데없는 상상력만 늘어나는 거야. 할머니가 귀신이 되어 나타나 널 괴롭힐까봐 겁나?"

아빠는 위스키를 한 모금 더 들이켰고, 엄마는 아까보다 더 크게 혀를 찼다. 둘 다 릴리가 도를 넘는 짓을 해도 제대로 혼낸 적이 없다. 그러다 보니 릴리는 세상과 보조를 맞추지 못하고 자꾸만 엇나가고 있다.

엄마가 말했다. "돌아가신 분을 함부로 입에 올려서는 안 돼."

릴리가 엄마 말을 반박했다. "산 사람 얘기는 해도 되고, 죽은 사람 얘길 하면 안 된다는 논리는 도대체 어디서 나온 거예요?" 그런 다음 릴리가 시체를 처음 본 딸에게 말했다.

"넌 얼른 화장실에 다녀와. 그리 멀지도 않잖아. 너도 이제 제발 철 좀 들어라."

트릭시가 릴리를 노려보다가 안경을 고쳐 쓰고 거실을 나섰다.

코너가 말했다. "잠자코 있지 말고 무슨 수를 내야 해요."

아빠가 혀 꼬부라진 소리로 그 말을 받았다. "뾰족한 방법이 없잖아."

로즈가 말했다. "간조 때까지 흩어져 있지 말고 다 함께 있어야겠어."

굵은 빗줄기가 여전히 창문을 거세게 두드렸다.

릴리가 말했다. "동틀 때까지 이 집에 있다가는 죄다 감기 걸리겠어. 집이 너무 추워."

릴리는 얇은 잠옷만 달랑 걸치고 있으면서 집이 춥다고 불평을 늘어놓았다.

"위층에서 외투 좀 가져올게. 또 필요한 사람 있어?"

우리는 모두 어깨를 으쓱하고 나서 고개를 저었다.

화장실에 갔던 트릭시가 돌아왔고, 릴리는 위층으로 올라갔다. 아빠는 위스키를 한 잔 더 따랐고, 엄마는 또 한 번 혀를 끌끌 찼다.

엄마가 물었다. "프랭크, 지금 이 상황에 술을 계속 마시고 싶어?"

"더할 나위 없이 마시고 싶어."

코너가 아빠에게 물었다. "할머니의 죽음이 정말 사고였다고 생각하세요?"

아빠가 코너를 향해 소리쳤다. "이제 그만해! 자네가 취재할 범죄 사건도 아니고, 살인 미스터리도 아니야. 어머니가 돌아가신 건 사고였어. 어머니는 나이가 여든이고, 치매로 정신이 온전치 못해 발을 헛디뎌 돌아가신 거야."

아빠는 반박을 불허하겠다는 듯이 고개를 돌려 창밖의 바다를 내다보았다. "미안하지만 잠깐 나 좀 혼자 있게 내버려둬."

딱 붙는 상의에 레깅스로 갈아입은 릴리가 외투와 담요를 들고 돌아왔다. 아빠는 위스키를 들고 음악실로 들어가 문을 닫았다. 몇 분 뒤 익숙한 피아노 선율이 들려왔다. 아빠는 술에 취한 상태로도 흠결 없는 연주를 했다. 트릭시는 릴리가 건넨 외투를 껴입고도 춥다고 중얼거렸다.

릴리가 말했다. "네가 읽을 책을 한 권 가져왔어."

"지금은 책 읽을 기분이 아니에요."

"그럼 휴대폰 게임이나 하면서 놀든지. 내 최고 점수를 넘길 수 있겠어?"

트릭시는 릴리의 휴대폰을 건네받아 스네이크 게임을 시작했다. 트릭시의 눈물 젖은 작은 얼굴이 보기에 안쓰러웠다.

코너가 말했다. "장작 좀 가져올게요. 추운 밤이 될 것 같으니까."

엄마가 말했다. "그래, 벽난로 불을 때는 게 좋겠어."

코너는 한참이 지나도 돌아오지 않았고, 엄마가 그 사실을 상기시켰다.

"코너가 설마 도망친 건 아니겠지?"

농담조로 한 말에 분위기가 묵직하게 가라앉았다. 코너가 할머니에게 해코지할 이유는 없다. 적어도 그런 방식으로는. 우리는 할머니가 코너에게 얼마나 잘해주었는지 너무나 잘 알고 있다.

∞

코너는 블랙샌드 베이에 나타난 지 일 년이 지났을 때부터 시글라스에 자주 왔다. 나도 코너와 마찬가지였다. 아빠는 해외 공연, 언니들은 기숙학교, 엄마는 나도 모르는 어딘가로 떠났고, 그때마다 나는 어김없이 시글라스에서 지내야 했다. 다행스러운 일은 코너와 마찬가지로 나 역시 할머니와 함께하는 시간이 너무나 좋았다.

그 당시 나는 코너와 같이 놀기에는 너무 어렸다. 코너는 혼자 시글라스 뒤편 바위 웅덩이에서 게를 잡으며 놀았다. 날씨가 안 좋은 날에는 할머니를 도와 물감에 기름을 섞거나 바다를 바라보며 요요를 굴렸다. 어느 날 아침, 할머니와 나는 뒷문을 나서다가 장작 창고에서 웅크린 채 잠든 코너를 발견했다.

깜짝 놀란 할머니가 잔뜩 인상을 쓰며 물었다. "코너, 여기서 왜 이러고 있어? 이렇게 추운 날에 담요도 없이."

그날 아침은 만조였다. 코너가 적어도 몇 시간 동안 밖에 있었다는 뜻이다.

코너가 할머니를 바라보며 말했다. "할머니를 깨우고 싶지 않았어요." 할머니는 코너와 조용히 대화를 나누었고, 다섯 살이었던 나는 두 사람이 나누는 이야기의 뜻을 이해하지 못했다.

"어서 집 안으로 들어가 따뜻한 물로 몸을 좀 녹여야겠다."

나는 할머니를 따라 계단을 오르는 코너에게 물었다. "왜 다리를 절뚝거려?"

코너의 금발은 기름과 습기에 찌들어 번들거렸고, 몸에서 퀴퀴한 냄새가 났다.

"데이지는 네 방으로 가 있거라." 그 말에 나는 볼을 **빵빵**

하게 부풀렸고, 할머니는 달래듯이 덧붙였다. "방에 가서 얌전히 기다리고 있으면 초콜릿 소스를 토핑한 아이스크림을 만들어줄게."

잠자코 할머니의 말을 따랐지만 잠시 후 몰래 방을 나온 나는 호기심을 억제하지 못하고 열린 문틈으로 욕실 안을 들여다보았다.

거품이 풍성한 욕조 앞에 서 있는 코너는 그다지 즐거워 보이지 않았다. 코너가 할머니의 도움으로 스웨터와 셔츠를 벗은 모습을 본 순간 나는 깜짝 놀랐다. 코너의 몸이 온갖 상처와 멍으로 뒤덮여 있었고, 코너는 마치 모든 게 자기 잘못이라는 듯이 마냥 부끄러워했다.

할머니는 답을 알면서 코너에게 물었다. "누가 이런 짓을 했니?"

코너는 잔뜩 겁먹은 얼굴이었고, 끝내 그 질문에 답하지 않았다.

할머니는 두 손으로 코너의 얼굴을 쓰다듬었다. "이제 속옷 벗고 욕조에 들어가거라. 내가 마른 옷을 가져다줄 테니까. 다 씻고 나서 아침 먹자."

코너가 말했다. "할머니, 아무한테도 말하지 마세요."

할머니는 얼른 뒤돌아서 눈에 맺힌 눈물을 훔쳤다.

"나도 너랑 똑같은 일을 겪어봐서 잘 알아. 아무 걱정 말고 우선 목욕부터 해라. 몸을 구석구석 깨끗이 씻어야 해."

나는 냉큼 내 방으로 돌아와 할머니가 계단을 내려가는 소리를 들었다. 잠시 후 나는 계단참에서 아래층 복도를 내려다보았다. 할머니는 작은 수첩을 들여다보며 전화기 다이얼을 돌리더니 한 발로 바닥을 탁탁 소리가 나도록 두들겼다.

인내심은 할머니의 미덕이 아니었다.

"브래들리, 잘 지내는가? 기분이 별로라고? 거참 유감이네. 그래서 간밤에 아들에게 허리띠를 휘둘렀나?" 잠시 침묵이 흐른 뒤 할머니가 말을 이었다. "간밤에 자식이 어디에 갔는지도 몰랐단 말이지? 자네 아들은 지금 내 집에 와 있어. 당분간 내가 코너와 함께 지내겠네. 사회 복지사가 자네와 아이를 떼어놓을 거야."

할머니는 잠시 상대의 말에 귀를 기울였다. 나는 코너의 아빠가 무슨 말을 하는지 엿듣고 싶어 미칠 지경이었다.

"자네 부인이 죽은 건 코너 잘못이 아니야. 아빠라면 자식을 사랑으로 보살펴야지 어떻게 모질게 매질을 해? 뭐? 최선을 다했다고? 우울해서 그랬다고? 무슨 이유를 대더라도 자네가 저지른 잘못은 결코 정당화될 수 없어. 깊이 반성하고 다시는 과거의 잘못을 반복하지 않을 거라는 신뢰를 주지 않는 한 다시는 아들을 못 볼 걸세. 애 엄마가 하늘에서 자네를 내려다볼 때마다 얼마나 마음이 아플지 헤아려보길 바라네.”

말을 마친 할머니는 전화를 끊었다. 그날부터 코너는 할머니의 보살핌을 받으며 시글라스에 머물게 되었다. 코너의 아빠 브래들리 케네디는 한동안 재활원 신세를 져야 했고, 알코올의존증 치료 모임에 나가기 시작했다.

∞

나는 코너를 찾아보려고 거실을 나섰다. 복도로 나오자 파도 소리가 더욱 크게 들려왔고, 찬바람이 온몸을 파고들었다. 뒷문이 바람이 불 때마다 덜컹거렸다. 코너가 장작을 가져올 때 뒷문을 제대로 닫지 않은 게 분명했다. 장작 창고에 가려면 주방을 통과하는 게 가장 빨랐다. 나는 바닥에 누워 있는 할머니의 시신이나 벽면에 적힌 시를 다시는 보고 싶지 않아 애써 외면하며 뒷문으로 향했다.

마침 코너가 장작 바구니를 들고 뒷문으로 들어섰다. 왜 이리 오래 걸렸냐고 물으려는데 코너가 내 뒤의 무언가를 빤히 쳐다보았다. 코너의 시선을 따라가보니 할머니의 시신이 사라지고 없었다. 코너는 장작 바구니를 내려놓고 비디오테이프가 놓인 식탁을 바라보았다. 원래는 거실 선반에 놓여 있던 비디오테이프였다. 흰 케이스에 스크래블 조각을 이어 붙인 메시지가 눈에 들어왔다.

나를 봐줘

온몸이 얼어붙는 느낌이 들었다.

13장

10월 31일 오전 1시

간조까지 다섯 시간 전

복도 벽면에 걸린 여든 개의 시계가 한꺼번에 종을 울렸다. 새벽 1시라 짧게 한 번만 울렸고, 박자가 살짝 어긋나게 들렸다. 코너와 나는 할머니의 시신이 놓여 있던 자리를 바라보았다. 시신도 사라지고, 흥건하게 고여 있던 핏자국도 깨끗이 닦여 있었다. 혹시 지금껏 악몽을 꾼 건 아닌지 의심되었다.

코너는 식탁에 놓인 비디오테이프를 힐끔 보고 나서 나를 쳐다보았다. 내가 마치 비디오테이프를 옮겨놓았다고 의심하듯이. 주방 옆 음악실에서는 아빠가 연주하는 피아노 소리가 계속 흘러나왔다.

나는 코너에게 물었다. "혹시 지금 이 상황에 대해 짐작 가는 거라도 있어?"

코너는 내 질문에 아무런 반응도 하지 않았다. 지금 우리 앞에 펼쳐진 광경은 할머니의 죽음이 우연한 사고가 아니라는 증거일 수도 있었다.

할머니의 유언 때문에 가족 모두가 분노한 걸 알고 있었고, 현재 무슨 일이 벌어지고 있는지 아예 감이 오지 않는 것도 아니었다. 다만 느낌이나 감은 머릿속에 담아두고 검토 분석해야지 함부로 입에서 꺼내면 안 된다는 걸 잘 알고 있었다.

코너는 조리대에서 핸드타월을 집어 들고 비에 젖은 몸을 닦은 뒤 주머니에서 휴대폰을 꺼내 들었다. 릴리의 휴대폰과 마찬가지로 2004년형 노키아 제품이었다. 휴대폰 신호가 잡히지 않자 코너는 복도의 작은 테이블에 놓인 분홍색 전화기의 수화기를 집어 들었다. 요금 납부를 중단해 전화가 끊겼다는 할머니의 말은 결코 농담이 아니었다. 경찰에 신고할 수단이 없다는 걸 알면서도 혹시나 방법이 있을지 모색하는 코너의 모습이 나에게 위안을 주었다.

전화기 옆에 우리 세 자매 사진을 넣은 액자가 놓여 있었다. 로즈와 릴리가 우리와 함께 살 때만 해도 전화벨이 수시로 울렸다. 방학 동안 밀린 얘기를 나누고 싶어 하는 학교 친구들 전화였다. 아빠는 이 도시에서 저 도시로 이동할 때마다 전화해 늘 짧은 안부만 묻고 끊었다.

내가 여섯 살 되던 해 핼러윈 겸 할머니 생일에 코너가 전화했다. 촛불을 끄고 생일 케이크를 먹으려던 할머니는 전화를 받았다. 그날의 기억은 20년이 지난 지금까지도 마치 어제 일처럼 선명하게 남아 있었다.

∞

할머니는 활짝 웃으며 전화를 받았는데 얼굴에서 이내 웃음기가 사라졌다.

"괜찮을 거야. 전화 잘했어. 내가 곧 갈 테니까 거기 그대로 있어."

내가 물었다. "누군데요?"

"코너인데 일이 좀 생겼나봐. 내가 가봐야겠어." 할머니가 가방을 찾느라 두리번거리는 동안 흰 곱슬머리가 춤추듯 흩날렸다. 마침내 커다란 퀼트 가방을 찾아낸 할머니는 그 안에 밀방망이를 하나 챙겨 넣었다.

나는 겁이 나서 물었다. "저는 어떡해요?"

할머니는 내가 부적절한 말을 했다는 듯이 쳐다봤다.

"데이지, 코너가 걱정되니?"

나는 고개를 끄덕였다.

"걱정은 호기심보다 중요하단다. 곤경에 처한 사람이 있으면 무조건 도와야지. 너도 나랑 같이 가게 얼른 신발 신어.”

“생일 케이크는 그냥 둘까요?”

“케이크도 가지고 가자. 코너가 뭘 좀 먹고 기운을 내야 할 테니까.”

잠시 후 밀물이 차오는 방조제를 건넌 우리는 양말과 신발이 물에 푹 젖은 상태로 바윗길을 올랐다. 절벽을 내려가면 할머니의 자전거를 보관해두는 헛간이 있었다. 나는 자전거 뒤에 달린 짐받이에 올라탔고, 할머니는 손잡이에 가방을 걸었다.

할머니는 해안 도로를 따라 자전거 페달을 밟았고, 우리는 곧 코너의 집에 도착했다. 코너의 집은 방 두 칸짜리 방갈로였다. 창문은 깨져 있었고, 현관문은 페인트가 벗겨져 있었다.

노크할 필요도 없이 문이 활짝 열려 있었다. 우리가 코너의 집에 와본 건 처음이었다. 문을 열자마자 작은 거실이었고, 불을 켜보니 엉망이었다. 원래 흰색이었을 레이스 커튼은 회색으로 변해 있었고, 녹색 소파는 푹 꺼져 있었고, 쿠션들은 터져 속이 빠져나와 있었다. 테이블에는 더러운 컵과 접시가 잔뜩 쌓여 있었고, 얼룩진 카펫에는 과자 포장지와 찌그러진 맥주 캔이 널려 있었다. 바닥에는 사진 액자들이 박살 난 채로 나뒹굴었다. 코너의 엄마가 세상을 떠나기 전

세 식구의 단란한 모습을 찍은 사진들이 눈에 들어왔다.

거실 한구석에서 코너가 무릎을 껴안고 앉아 있었다.

할머니가 물었다. "네 아빠는 어디에 있니?"

코너가 고개도 들지 않고 속삭였다. "방에요."

할머니가 내게 말했다. "데이지, 넌 여기에 코너랑 있어. 네가 아팠을 때를 떠올리면서 코너를 위로해줘."

할머니는 들고 온 가방에서 밀방망이를 꺼내 들었다. 상처 받은 기분이 어떤지 잘 아는 나는 코너를 위로하고 싶은 마음이 굴뚝 같았지만 호기심을 억누르지 못하고 할머니를 따라갔다.

침실 바닥에는 옷가지가 쌓여 있었고, 심한 악취가 났다. 침대에 지저분한 행색의 남자가 눈을 감은 채 누워 있었다. 그 옆 얼룩진 시트에 놓인 빈 약병이 눈에 들어왔다. 할머니는 탁자에 있는 전화기로 구급차를 불렀다.

브래들리 케네디는 구급차에 실려 병원으로 이송되었고, 우리는 그 집에 남아 케이크를 먹었다.

할머니의 도움으로 겨우 목숨을 건진 코너의 아빠 브래들리는 재활원에 입원했다. 브래들리도 나처럼 심장에 이상이 있었지만 나와 달리 선천적인 심장병은 아니었다. 부인이 죽기 전만 해도 그는 술을 마시지 않았고, 세 식구가 단란하고 화목한 가정을 이루었다고 했다.

코너는 한동안 시글라스에 머물렀고, 나와 함께 할머니를 도와 방갈로를 청소했다. 할머니는 버릴 물건들은 버리고, 씻을 물건들은 씻고, 바닥에 새 카펫을 깔고, 벽에는 페인트를 칠하고, 소파와 쿠션, 시트를 새로 구입했다. 할머니는 꽃을 꽃병에 꽂아 놓아두고, 신선한 음식을 냉장고에 가득 채워두었다.

그런 다음 재활원을 방문해 브래들리를 집으로 데려왔다.

브래들리가 몰라보게 달라진 집을 보고 할머니에게 감사 인사를 전했다. "큰 신세를 졌습니다. 은혜를 잊지 않겠습니다."

"은혜라고 할 게 뭐 있나? 그냥 자네가 두루 건강하게 잘 지냈으면 하네."

할머니는 브래들리와 악수하고 난 뒤 코너의 볼에 입을 맞추었다.

그들을 남겨두고 우리는 방갈로를 나섰다.

할머니가 말했다. "누구나 두 번째 기회를 누릴 자격이 있어."

"나쁜 사람들도요?"

"우리는 누구나 좋은 사람인 동시에 나쁜 사람이기도 하단다."

당시에는 그 말이 참 알쏭달쏭했다.

∞

릴리가 거실 문밖으로 고개를 내밀며 소리쳤다. "장작이랑 성냥 좀 가져올래?"

코너가 말했다. "다들 이리 와서 어떻게 된 상황인지 알아봐야 할 것 같아요."

릴리는 트릭시에게 남아 있으라고 말한 뒤 엄마와 로즈를 데리고 주방으로 왔다.

엄마가 할머니가 쓰러져 있던 바닥을 살피며 물었다. "도대체 어떻게 된 일이야? 어머님의 시신이 사라졌잖아?"

다들 황당해 입을 다물지 못했다.

코너가 물었다. "누가 할머니의 시신을 옮겼을까요?"

다들 고개를 가로저었다.

코너가 말했다. "식탁에 이 비디오테이프가 놓여 있었어요."

엄마가 비디오테이프를 집어 들었다가 위험한 물건을 잘못 건드렸다는 듯이 얼른 내려놓았다. "누가 이따위 장난을 친 거야?"

로즈가 주방 뒷벽에 적힌 시를 가리키며 말했다. "이상한 일은 또 있어."

시는 그대로인 것 같지만 자세히 보니 몇 줄 지워져 있었다.

나이만큼 지혜롭지 못했던 데이지 다커의 할머니 비어트리스는
온 가족을 기분 나쁘게 만든 유언을 남긴 죄로 죽어야 했네
데이지 다커의 아빠 프랭크는 자기만의 리듬에 맞춰 춤을 추며
살았네
자기중심적인 태도와 그가 연주하던 피아노가 그 자신을 파멸
로 이끌었네

릴리가 엄마에게 물었다. "도대체 무슨 일이 벌어지고 있
는 걸까요?"

엄마가 고개를 저으며 말했다. "난들 아니? 나도 무슨 일
인지 전혀 모르겠어."

"아까 엄마 혼자 주방에 와서 차를 끓였잖아요. 그때는 지
금 같지 않았어요?"

엄마는 몹시 당혹스러워하다 이내 평정을 되찾았다. "다
들 한번쯤 거실에서 사라졌다가 돌아왔으면서 왜 나만 갖고
그러니? 로즈는 밖에 나갔다가 배가 사라진 걸 발견했고, 넌
위층에서 옷과 담요를 가져왔잖아. 방금 코너도 장작을 가

지러 밖에 나갔다가 왔고. 혹시 코너가 그사이에 시신을 옮겨놓은 건 아니겠지?"

코너가 낮은 목소리로 말했다. "어쩌면 프랭크 아저씨가 그랬을 수도 있겠네요. 아까 보니 속상해서 술을 많이 마신 것 같던데. 게다가 본인이 관련된 시를 다 지운 걸 보면."

릴리가 끼어들었다. "그건 말이 안 되잖아. 아빠가 할머니를 죽였다고 광고라도 하고 싶어 그런 짓을 했다는 거야?"

코너가 말했다. "그럼 다들 이 집에서 살인사건이 일어났을 가능성이 있다는 건 인정하세요? 제가 알기로 여러분들에게는 모두 할머니를 살해할 동기가 있더군요. 다들 할머니의 재산을 물려받고 싶어 하며 이 자리에 왔는데 한 푼도 못 받았다면서요."

로즈가 끼어들었다. "코너, 넌 할머니가 유언장을 발표한 뒤에 도착했잖아? 우리가 할머니 재산을 한 푼도 못 받게 되었다는 걸 어떻게 알았어?"

코너가 미처 대답도 하기 전에 릴리가 물었다. "그럼 넌 여기에 왜 온 거야?"

코너가 릴리를 노려보았다. "나만의 이유가 있어."

누구나 자기만의 이유가 있지.

나는 내뱉을 용기가 없는 말을 마음속으로 중얼거렸다.

엄마가 말했다. "다들 그만해. 진실이 뭔지 아무도 모르면서 남을 궁지로 몰아넣으려는 건 옳지 않아. 프랭크는 내 남편이었고, 내 딸들의 아빠야. 일단 프랭크와 이야기를 나눠 봐야겠어."

아무도 음악실로 향하는 엄마를 따르지 않자 엄마가 소리쳤다. "다들 따라와!"

음악실 문이 가까워질수록 피아노 소리가 커졌다.

엄마가 문을 노크했다. "프랭크?"

다시 노크했지만 피아노 선율은 좀처럼 멈추지 않았다. 엄마가 문을 열었고, 눈앞에 충격적인 장면이 펼쳐졌다. 피아노는 자동 연주 기능을 통해 연주되고 있었고, 아빠는 바닥에 등을 대고 누워 있었다. 한 손에는 위스키 잔, 다른 한 손에는 부러진 지휘봉을 든 채. 두 눈은 크게 벌어져 있었고, 입으로 피를 토한 흔적이 눈에 들어왔다.

내 모든 감각과 이성이 희미해지는 느낌이 들었다.

그 무엇보다 확실한 건 아빠가 숨졌다는 것이다.

프랭크

자기 장단에 맞춰 춤을 추며 살았던

데이지 다커의 아빠 프랭크는

자기중심적인 태도와 지휘로 자신을 파멸로 이끌었네

프랭크는 예기치 않게 임신한 낸시와 결혼해 세 딸을 낳았지만

가족보다 세상을 둘러보길 좋아했네

그는 오케스트라에 모든 걸 다 바쳤지만

배고픈 음악가들은 돈과 일이 필요했을 뿐이네

그는 자신의 음악이 널리 사랑받지 못해 좌절하면서도

여전히 미련을 버리지 못하고 전 세계를 떠돌았네

그를 진정으로 사랑했던 가족들은 버림받고 방치되었네

집에 있을 때 가장 행복했다는 사실을

깨달았을 때는 이미 늦었다네

마침내 그가 독을 탄 술을 마시고 죽은 채로 발견됐을 때
누굴 탓해야 할지 아무도 몰랐다네

늘 집을 떠나있던 가장의 죽음을 슬퍼하기는 어려웠네
남은 식구들은 어떤 감정을 느껴야 할지 알 수 없었네

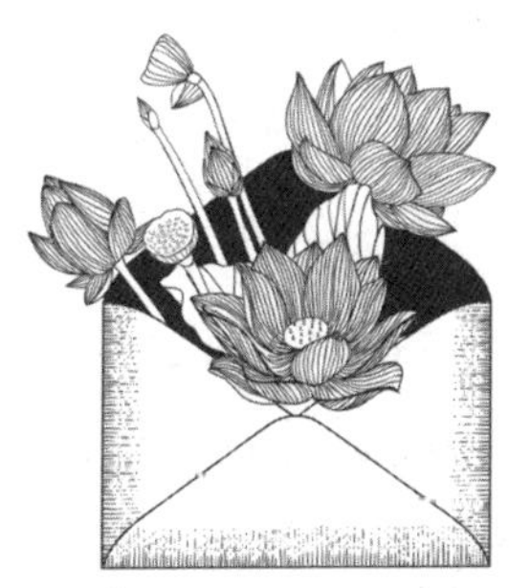

14장

10월 31일 오전 1시 5분

간조까지 다섯 시간 미만

로즈가 피아노로 다가가 자동 연주 기능을 정지시켰다. 아빠는 피아노 아래에 죽은 채 누워있었고, 나는 그 모습을 머릿속에서 영영 지워버릴 수 없을 듯했다. 피아노 연주가 멈추면서 유리창을 강하게 때리는 빗소리만이 들려왔다.

릴리가 속삭이듯이 말했다. "이 모든 게 아빠가 꾸민 일이었나봐. 아빠는 할머니가 남긴 유언장 내용에 단단히 뿔이 나서 할머니를 살해한 거야. 죄책감을 견디지 못해 술을 잔뜩 마셨고, 끝내 스스로 목숨을 끊었고. 어제 아빠가 말하길 누굴 쉽게 죽이려면 골프채로 머리를 가격하면 된다고 했잖아. 아빠는 그 방법으로 할머니를 죽인 거야."

내가 아는 아빠는 복잡한 세계관을 가진 인간일지언정 살인자가 될 수 있는 유형은 아니었다.

내가 물었다. "그럼 할머니의 시신은 어디로 옮긴 거야? 게다가 이 비디오테이프는 뭐지?"

코너가 앞으로 나섰다. "할머니나 프랭크 아저씨의 죽음이 자살로 보이지는 않아."

릴리가 쏘아붙였다. "누가 너에게 물어봤어?"

로즈가 아빠의 눈을 감겨주고 나서 아빠가 손에 들고 있는 빈 술잔과 피아노 위에 놓인 병의 냄새를 번갈아 맡아보았다.

코너가 물었다. "지휘봉은 왜 부러졌을까?"

엄마가 소매에서 손수건을 꺼내 눈물을 닦았다. "이건 모두 악몽이야. 현실일 리 없어." 엄마가 속삭이듯이 말을 이었다. "이제 어쩜담?"

릴리가 쏘아붙였다. "뭘 그리 슬퍼해요? 오래전부터 아빠는 우릴 돌보지 않고 세계 각지를 돌아다닌 사람이잖아요. 간밤에 같은 방에서 잤다고 그새 아빠가 저지른 잘못을 잊었어요?"

엄마가 한심하다는 듯이 말했다. "어떻게 아빠에게 그런 말을 할 수 있니? 프랭크는 네 아빠였고, 난 한때 그를 사랑했어. 아무리 미워도 그런 말을 해서는 안 돼."

"그가 죽었다고 이제 와서 그를 좋은 아빠로 기억하고 싶은 마음은 추호도 없어요."

"릴리, 난 너를 이렇게 버릇없는 사람으로 키우지 않았어."

"엄마가 나를 키웠다고 말할 수 있어요? 학기 중에는 기숙학교에 보내고, 방학 때는 할머니에게 맡겼으면서. 아빠는 오케스트라를 데리고 음악 여행을 다니느라 바빴고."

"고인 앞이야. 최소한의 예의를 지켜."

"누굴 위해?"

"너를 위해."

릴리가 술을 마시지 않았더라면 그 정도로 꼬박꼬박 말대꾸하지 않았을 것이다.

엄마가 다시 내뱉었다. "프랭크는 너희들에게 할 만큼 했어."

"할 만큼 하다니, 뭘? 엄마 아빠는 애초부터 우릴 원치 않았잖아요. 실수로 임신하는 바람에 마지못해 결혼했으면서!"

"아니야!" 엄마가 화가 나서 소리쳤다. 주변에 짙은 침묵이 깔렸다. "프랭크가 나를 버리고 음악을 선택할까봐 일부러 임신했던 거야. 그래야 내 옆에 남아 있을 테니까."

로즈가 중얼거렸다. "이제야 많은 것이 이해되네요."

"프랭크는 그만의 방식으로 너희들을 사랑했어. 네 아빠가 왜 이런 짓을 했는지 이해할 수 없어."

코너가 말했다. "아직은 스스로 목숨을 끊었다고 단정할 수 없어요."

엄마가 코너를 쳐다보았다. "그렇게 말하는 근거라도 있어?"

“아직 확실한 근거는 없지만 여기에 있는 사람들도 다들 살아있다고 안심할 수 없다는 생각이 들어요.”

그 말을 듣고 나서야 다들 공포에 휩싸였다.

로즈가 평소처럼 침착하게 말했다. “간조가 되려면 아직 다섯 시간이 남았어. 아침에 경찰에 신고해 도움을 요청할 수 있을 때까지 서로 감정 상할 일을 만들지 말았으면 해. 거실에 트릭시 혼자 있으니까 일단 돌아가서 앞으로 어떻게 할지 상의하는 게 좋겠어. 우리가 모두 한 공간에 모여 있는 게 상대적으로 안전할 것 같으니까 그렇게 하자고.”

로즈는 어릴 때부터 전체적인 상황을 분석하고 어떤 선택을 해야 할지 방향을 정하는 나침반 역할을 했다. 나는 음악실을 나서며 로즈가 코너의 팔을 툭툭 치는 장면을 보았다. 코너가 로즈를 따라 뒤로 물러서는 모습을 보는 순간 가슴이 욱신거렸다. 엄마와 릴리는 먼저 거실로 돌아갔고, 나는 복도에 숨어 두 사람이 나누는 얘기를 엿들었다.

로즈가 속삭였다. “네 말이 맞아. 내일 아침 바닷길이 열리면 경찰에 신고해야 마땅해.”

“갑자기 내 말에 동의하는 이유는?”

“할머니와 아빠의 죽음은 자살이 아닌 것으로 보여.”

“자살이 아니라고 생각하는 증거는 있어?”

"우리 가족 가운데 위스키를 마시는 사람은 아빠가 유일
해. 아빠가 위스키를 따라 마신 술잔을 들고 냄새를 맡아봤
는데 냄새가 이상했어. 누가 아빠가 마시는 술에 독약을 넣
은 것 같아."

나는 로즈가 그 사실을 가족 모두가 아니라 코너에게만 털
어놓는 이유를 알 수 없었다. 현재 내 머릿속을 채운 의혹의
그림자가 하나 있는데 가족들과 공유할 생각은 없었다. 나
는 늘 혼자 삭이고 땅을 파는 편이니까.

트릭시는 거실 안쪽 창가에서 잠들어 있었고, 포핀스 역시
그 옆 바닥에 엎드려 잠을 자고 있었다. 트릭시는 너무나 착
하고 사랑스러운 아이인데 지나치게 매정한 가정에서 태어
났다.

거실로 돌아온 로즈가 포핀스를 보면서 말했다. "우리 포
핀스가 고생이 많네."

포핀스가 이름을 듣고 일어나 로즈 곁으로 다가가 앉았다.

릴리가 좌중을 향해 물었다. "이제 포핀스는 어떡하지?"

로즈가 전혀 망설이지 않고 대답했다. "내가 데려갈게."

"사전에 이런 일이 있을지 예상한 사람처럼 말하네?"

우리는 한동안 침묵 속에 잠겼다. 다들 충격과 공포, 슬픔
이 뒤죽박죽 얽혀 있는 얼굴이었다. 로즈는 포핀스의 등을

쓰다듬으면서 벽난로의 불길을 응시했다. 코너는 로즈를 주시하고 있었다. 벽난로에 장작을 더 넣어 불길이 활활 타오르고 있었는데도 엄마는 오들오들 몸을 떨었다. 릴리가 그 옆에 앉아 엄마의 손을 잡아주었다. 두 사람은 툭하면 다투긴 해도 각별하게 친한 사이였고, 나는 늘 그런 릴리가 부러웠다.

엄마가 가장 아끼는 딸에게 물었다. "릴리, 괜찮니?"

릴리는 고개를 절레절레 저었다. "너무나 끔찍한 일이에요."

"얼굴이 창백해 보이는데, 어디 아프니?"

"내 인슐린 주사 키트가 어디로 사라졌는지 보이지 않아요. 주사를 한 번 빼먹는다고 죽진 않으니까 걱정할 필요는 없지만요."

릴리는 이십 대 초반에 당뇨 진단을 받았고, 하루에 두 번씩 인슐린 주사를 맞아야 했다. 나도 요양원에서 자원봉사를 해봐서 아는데 당뇨는 나이를 불문하고 감당하기 쉽지 않았다. 릴리는 당뇨 진단을 받았음에도 그 상황을 심각하게 받아들이지 않고 과음이나 과식하는 습관을 고치지 않았다. 당연히 의사들이 알려준 지침을 그대로 따라야 하는 질환인데 잘못된 습관을 유지하는 건 그 자체가 일종의 고질병일 수도 있었다.

릴리가 딸을 바라보며 말했다. "트릭시는 아무것도 모르고 평화롭게 잠들었네. 트릭시에게 이 상황을 어떻게 설명해야 할지 모르겠어요. 증조할머니와 할아버지가 숨진 상태로 발견되었으니."

로즈가 말했다. "우선 그냥 자게 내버려둬. 굳이 잠든 아이를 깨워 알려줄 필요는 없으니까."

릴리가 고개를 끄덕이고 나서 트릭시 옆으로 다가가 조용히 담요를 덮어준 다음 이마에 살며시 입을 맞추었다. 좀처럼 보기 드문 모습이었다.

"이 비디오테이프는 어떻게 할까요?"

코너가 주방 식탁 위에 있던 비디오테이프를 들고 서 있었다. 마치 누군가 핀을 뽑아주길 기다리는 수류탄 같았다.

릴리가 말했다. "벽난로 안으로 던져버려."

내가 말했다. "누군가 우리 가족 모두가 보아야 한다는 뜻으로 비디오테이프를 거기에 놓아둔 것 같은데 그냥 태워버릴 수야 없지."

코너가 말했다. "과연 누가 비디오테이프를 식탁 위에 놔두었는지 궁금하지 않아?"

코너가 케이스에 든 비디오테이프를 꺼냈다. 테이프에 붙어 있는 라벨에 할머니가 쓴 글씨체로 '1980년, 시글라스'라고 적혀 있었다. 로즈가 비디오테이프를 가져갔다.

"차라리 비디오테이프를 보는 건 어때?" 엄마의 말에 우리는 서로 눈빛을 주고받았다. "어차피 간조가 되려면 아직 시간이 많이 남았잖아. 시간도 때울 겸 우리 가족들이 행복하게 지내던 때로 잠시 돌아가보는 것도 그리 나쁘지 않을 것 같은데?"

코너가 잠든 트릭시를 바라보며 물었다. "트릭시가 깨지 않게 볼륨을 낮출까요?"

릴리가 말했다. "걱정하지 마. 저 상태로 내일 아침까지 누가 업어가도 모를 테니까."

"저 나이에 가능한 일이라고?"

"내가 수면제를 먹였거든."

"뭐라고?"

코너는 큰 충격을 받은 표정을 지었지만 우리는 딱히 반응하지 않았다. 우리 가족은 다들 좀 유별난 편이니까.

릴리가 어깨를 으쓱했다. "엄마에게 부탁해 트릭시의 음료에 넣을 수면제를 구해달라고 했어."

엄마가 자랑스럽다는 듯이 말했다. "나도 아이들이 어릴 때 몰래 수면제를 먹이곤 했으니까. 그래도 이토록 건강하게 잘 자랐잖아."

릴리가 엄마를 바라보며 씩 웃었다. "엄마가 잠들기 전에 간식으로 제공하던 곰 모양 젤리 기억나요? 그 안에 약을 넣다가 나에게 들킨 적도 있잖아요. 언뜻 기억하기로 내 약은 초록색, 로즈 언니는 빨간색, 데이지는 노란색이었을 걸요. 트릭시는 아까 증조할머니의 시신을 발견한 뒤로 계속 울었어요. 내일 아침, 떠날 때까지 푹 자게 내버려두는 게 좋아요."

릴리가 또 담배를 꺼내 물더니 떨리는 손으로 불을 붙였다. 담배 연기를 내뿜을 때마다 릴리의 표정이 차분해지는 걸 보니 마치 담배 연기와 함께 불안감을 밖으로 내뿜는 듯했다.

코너는 고개를 절레절레 흔들었다. 로즈가 분위기를 환기할 필요성을 감지하고 할머니의 오래된 TV를 켜고 나서 비디오테이프를 플레이어에 밀어 넣었다. 하나의 이미지가 화면을 가득 채웠다. 마치 과거의 망령이 우릴 괴롭히려고 다시 찾아온 느낌이 들었다.

15장

1980년, 시글라스

아홉 살인 릴리의 얼굴이 화면을 가득 채우고 있었다. 릴리가 이번 영상의 주인공일 수도 있다는 뜻이었다. 어떤 사람에게 세상은 자신만의 무대이고 타인은 엑스트라에 불과하다.

시글라스에서 지낼 때 여름은 내가 가장 선호하는 계절이었다. 언니들이 여름방학을 맞자마자 엄마는 차에 먹거리를 가득 싣고 세 딸과 함께 콘월로 향했다. 엄마가 번번이 물때를 잘못 맞히는 바람에 방조제 길을 건너지 못하고 기다려야 했지만 괜찮았다. 우리는 바다가 한시바삐 길을 터주길 기다리면서 검은 모래밭에서 놀면서 시간을 보냈다.

시글라스에 가면 할머니는 늘 우리 자매들을 반갑게 맞아주었다. 할머니는 바닷길이 열리자마자 손수레를 끌고 와 우리 모두를 꼭 안아준 다음 짐을 옮겨 실었다. 시글라스의 우리 방에는 깨끗한 시트와 꽃병에 꽂아둔 신선한 꽃, 맛있는 초콜릿이 놓여 있었다. 그럴 때마다 할머니가 우리를 진심으로 환영해주고 있다는 느낌을 받았다.

아빠는 이혼 전에도 시글라스에 다녀가지 않았다. 6주 동안의 여름방학 기간에 아빠는 2주가량 우리와 함께했고, 1980년 이후로는 그마저도 그만두었다. 그 무렵부터 엄마는 자신을 엄마가 아닌 낸시라 부르라고 했다.

시계가 잔뜩 걸린 현관 복도에 릴리가 혼자 서 있었다. 화면에서 몇 걸음 뒤로 물러서 있는 릴리는 화려한 의상을 입고 있었다. 형광 분홍색 티셔츠, 발레 치마, 보라색 레깅스, 분홍색 토시, 머리띠까지. 뮤지컬 영화 〈페임〉의 주제곡을 따라 부르는 아홉 살짜리 릴리의 모습을 본 가족들은 저마다 환한 미소를 지었다. 나만 빼고. 노래 가사가 내 신경을 건드렸다. '난 영원히 살 거야. 기억해, 기억해, 기억해, 기억해.'

그해 시글라스에서 보낸 여름이 떠올랐다. 기억하기 싫지만.

현관에 들어서면 복도를 따라 왼쪽에는 거실, 서재, 음악실이 있었고, 가장 안쪽에는 커다란 주방과 화장실, 오른쪽에는 위층으로 향하는 계단과 할머니의 작업실이 있었다. 작업실은 할머니가 글을 쓰고 삽화를 그리던 곳으로, 큰 책상이 세 개, 빛이 잘 드는 창문이 네 개, 최근에 그린 작품을 놓아둔 이젤, 갖가지 미술 재료와 도구가 담긴 선반과 서랍이 있었다.

벽에는《데이지 다커의 작은 비밀》을 비롯해《수지 스미스의 최고로 기쁜 생일》《대니 델라니의 잃어버린 개》《파피 파텔의 첫 번째 거짓말》《찰리 초의 최악의 주말》 등 할머니가 쓴 책 표지들이 액자에 넣어진 상태로 걸려 있었다. 1980년 이후 할머니는 다른 작가의 책에 삽화를 그려주긴 했지만 직접 책을 쓰지는 않았다.

할머니는 여름방학이 되어 언니들이 올 때마다 작업실 출입을 금했다. 나는 할머니와 단둘이 지낼 때 할머니의 허락을 받고 작업실을 자유롭게 드나들었지만 언니들은 끝내 신뢰를 얻지 못했다. 그 당시 릴리는 아홉 번째 생일에 선물로 받은 롤러스케이트를 집 안에서 타고 싶어 안달이 나 있었다. 아래층 방문을 모두 열고 복도에서 거실, 서재, 음악실, 주방, 할머니 작업실까지 롤러스케이트를 타고 크게 한 바퀴 도는 게 릴리의 로망이었다. 로즈와 내가 아무리 말려도 고집을 꺾지 않았다.

그날 아침, 할머니가 장을 보러 가느라 집을 비운 사이 릴리는 롤러스케이트를 꺼내 신었다. 로즈는 비디오 촬영을 맡았고, 나는 할머니가 바닷길을 건너오는지 염탐하는 감시 임무를 맡았다. 그날 파란 하늘은 상상력이 풍부한 다섯 살 아이에게 유난히 흥미로웠다. 조랑말, 성곽, 새 모양 하얀 구름이 특히 내 시선을 끌었다.

릴리가 〈페임〉 주제곡을 부르며 롤러스케이트를 타면서 모든 방을 휙휙 통과했다.

릴리가 화면을 휙 지나치며 물었다. "어느 쪽 얼굴이 더 잘 나와?"

로즈가 캠코더 뒤에서 웃으며 말했다. "다 똑같아."

릴리는 캠코더에 자신의 모습을 다양하게 담고 싶어 했다. 다리만 찍기도 했고, 빨간색과 흰색이 섞인 롤러스케이트가 드르륵거리는 바퀴 소리를 내며 바닥을 가로지르는 모습이 이어졌다. 릴리가 롤러스케이트를 신으면 당시 열 살이던 로즈보다 키가 더 컸다. 어쩌면 그런 까닭에 더욱 롤러스케이트를 좋아했을지도 모른다.

음악을 너무 크게 틀어놓아두는 바람에 할머니가 돌아오는 소리를 미처 듣지 못했다. 화면에서는 캠코더를 직접 들고 스케이트를 타는 릴리의 모습이 나오고 있었다. 릴리가 주방을 지나 할머니 작업실에 막 들어섰을 때 반대편 문간에 나타난 할머니가 잔뜩 화가 치민 얼굴로 서 있는 모습이 보였다. 그다음 화면이 마구 흔들렸다. 릴리는 우당탕 쿵쾅 이

젤과 충돌하며 쓰러졌고, 할머니가 그린 그림이 바닥에 나뒹굴었다. 화면은 아수라장이 된 바닥을 비추었다. 할머니는 바닥에 쓰러져 있는 릴리를 향해 성큼성큼 다가갔다.

"릴리, 규칙을 어기려면 들키지나 말았어야지. *순진한 꽃처럼 보이되 속은 약삭빠른 뱀이어야 하듯이.*"

릴리가 멍든 무릎을 문지르며 되물었다. "할머니, 그 말이 무슨 뜻인지 모르겠어요."

"셰익스피어의 〈맥베스〉에 나오는 대사야. 야망을 갖고 패기 있게 도전하는 건 좋은 일이지만 스스로 삼가고 절제하지 않으면 독이 될 수 있다는 뜻이야. 릴리, 네 주변 사람들이 너에게 질려 떠나지 않도록 조심해야 한다. 사람들로부터 신뢰를 얻으려면 착한 일을 많이 해야 하지. 모두가 좋아하는 순진무구한 꽃이 되어야 하는 거야. 내 말이 무슨 뜻인지 알겠니?"

"네, 할머니."

잠시 후, 릴리는 내 방문 앞에 서서 나를 노려보았다. "할머니가 오는지 잘 지켜보라고 했잖아. 언제까지 아기처럼 맹하게 굴 건데?"

나는 그런 일이 있을 때마다 적절한 대답을 찾으려고 머리를 굴리다가 기회를 놓쳐버리기 일쑤였다. 그저 릴리의 뒤통

수에 대고 미안하다고 말했을 뿐이다. 사과는 처벌을 면해주는 유효한 카드였으니까.

릴리에게 일주일 동안 롤러스케이트를 타서는 안 된다는 금지령이 내려졌고, 그 불똥이 나에게도 튀었다. 릴리는 한동안 나를 투명 인간 취급했고, 며칠 후 낯선 행동을 했다. 나에게 먼저 사과한 것이다.

"데이지, 화내서 미안해. 네 잘못이 아니었는데 내가 지나쳤어. 사과하는 의미로 계단 아래 벽장에 선물을 넣어두었으니까 꺼내 가."

릴리는 툭하면 거짓말로 나를 속여왔고, 우리 모두 계단 아래 있는 벽장에 무엇이 들어있는지 몰라 무서워했다.

"거짓말! 난 믿을 수 없어."

릴리가 어깨를 으쓱하며 말했다. "그럼 믿지 마." 그런 다음 소리쳤다. "언니, 아래층 벽장에 내가 데이지에게 줄 깜짝 선물이 들어있다는 걸 알지?"

할머니는 개를 산책시키러 나갔고, 엄마는 낮잠을 자고 있었다. 로즈는 맏이라는 이유로 책임자가 되었고, 백과사전에 코를 박고 내 방 앞을 지나가던 참이었다.

"아래층 벽장에 숨겨둔 깜짝 선물?"

돌이켜보건대 로즈는 그 당시 영문도 모르고 릴리의 말에 장단을 맞춰준 것 같았다. 하지만 나는 로즈를 철석같이 믿었기에 가파른 계단을 내려갔다.

"데이지, 벽장 안으로 들어가. 그 안에 요정들이 드나드는 비밀 통로가 있는데 벽장 끝까지 들어가면 보일 거야." 다섯 살이었던 나에게 그 말은 너무나 신비롭고 흥미롭게 들릴 수밖에 없었다. 나는 두려움을 꾹 눌러 참으며 벽장 안으로 들어섰다.

"벽장에 들어가면 일단 벽을 두드려. 요정들이 나타나 인사를 건넬 테니까."

나는 릴리의 말대로 했지만 요정들은 좀처럼 눈앞에 나타나지 않았다. 벽장에 난 작은 구멍은 알고 보니 요정들의 문이 아니라 쥐들이 드나드는 통로였다. 그때 하필 쥐구멍으로 들어온 쥐는 대단히 컸다. 내가 놀라 비명을 지르는 동안 릴리는 쾅 소리가 나게 벽장 문을 닫고 나서 밖에서 걸어 잠갔다.

16장

1980년, 시글라스

나는 몇 시간 동안 벽장의 어둠 속에 방치되어 있었고, 공포에 떨며 손가락 마디에 피가 맺히도록 문을 두드렸다. 엄마는 점심에 와인을 곁들인 후 귀마개를 꽂고 잠들어 있었고, 나중에 집으로 돌아온 할머니가 내가 애원하는 소리를 듣고 허겁지겁 달려와 벽장 문을 열어주었다.

그 일이 있고 나서 릴리의 롤러스케이트 금지령은 2주로 늘어났다.

내 다섯 번째 생일에 핫초코 소스를 듬뿍 뿌린 팬케이크를 먹은 뒤 언니들은 할머니의 명령을 받고 나를 해변으로 데려갔다.

엄마가 우리를 배웅하며 말했다. "캠코더를 가져가면 안 돼. 내가 말했다시피 캠코더는 장난감이 아니란다. 캠코더에 모래가 들어가서 고장 나면 고치기 힘들어."

배낭에 캠코더를 챙긴 로즈와 릴리는 내 손을 나눠 잡고 바닷길을 걸으며 흥얼거렸다.

"데이지, 넌 이제 다섯 살이니까 언니들과 함께 놀 수 있을 만큼 자란 거야."

나는 그 말에 고개를 끄덕였다. 언니들과 같이 놀 수 있다면 무엇이든 하려던 때였다. 로즈와 릴리는 연년생이었지만 나는 나이 차가 컸다. 언니들이 내가 모르는 노래를 부를 때마다 멍하니 바라볼 수밖에 없었다. 숨바꼭질이나 술래잡기를 해도 몸이 따라주지 않아 멍이 들거나 어딘가에 긁히기 일쑤였다. 그 결과 내 코끝에는 늘 소독약 냄새가 감돌았다.

그나마 해변에서 하는 줄넘기 놀이는 나도 잘할 수 있었다. 두 사람이 줄을 돌리면 한 사람은 폴짝 뛰어넘는 놀이. 우리는 줄넘기 놀이를 하며 로즈가 친구들에게 배운 노래를 따라 불렀다.

리지 보든은 도끼를 들어
엄마를 마흔 번 내리쳤다네
자기가 한 짓을 보고는
아빠도 마흔한 번 내리쳤다네

릴리가 활짝 웃으며 말했다. "이제부터 우리 인어 놀이할까? 데이지를 인어로 만드는 거야."

언니들은 나를 검은 모래 속에 얼굴만 남기고 묻고 나서 모래로 인어 꼬리를 만들고, 조개껍질로 몸을 장식했다. 인어가 완성되자 언니들은 나를 한 시간 넘도록 방치하고, 먼 발치에서 자기들끼리 모래성을 만들며 놀았다. 나는 그날 처음 언니들이 진심으로 얄미웠다. 물을 머금은 모래가 너무 무거워 몸을 움직일 수 없었고, 뜨거운 햇볕에 얼굴이 익어 버릴 것 같았다. 그때 코너의 목소리가 들려왔다. 멀지 않은 곳에서 로즈와 대화를 나누는 목소리.

"제2차 세계대전 당시 시글라스가 어린이 대피 시설이었다는 걸 알아?"

로즈가 물었다. "아니, 몰라. 넌 그런 사실을 어떻게 알았는데?"

"도서관에서 책을 읽었는데 거기에 나와 있었어. 관련 기사를 써서 학교 신문에 실을 생각이야. 소개령이 내렸을 때 독일군의 폭격을 피해 부모와 헤어진 아이들이 긴 행렬을 이뤄 이 해안까지 걸어왔대. 작은 여행 가방을 들고, 수많은 언덕과 둔덕을 넘어."

"코너, 도와줘!"

코너는 무거운 모래에 파묻혀 있는 나를 발견하고 활짝 웃다가 내가 울고 있다는 걸 알아채고 얼른 달려와 모래를 파헤치고 나를 끌어냈다.

로즈가 코너를 향해 변명하듯이 말했다. "그냥 장난친 거야."

릴리가 옆에서 거들었다. "데이지, 그렇다고 아기처럼 울면 쓰니?"

"언니들 미워!" 나는 곧장 내 튜브를 챙기러 달려갔다. "미국까지 헤엄쳐 갈 거야! 언니들이랑 다신 안 놀아."

릴리가 킥킥거리며 비웃는 바람에 내 결심은 더욱 확고해졌다. 내심 그리 멀리 가지는 못하리라 짐작했지만 나는 수영이라면 어느 정도 자신이 있었다. 주황색 튜브를 팔에 차면 무적이 된 기분이었다. 로즈는 무모한 도발을 하려는 나를 말리지 않고 그저 모래밭을 내려다보았다.

릴리는 흥미로운 일이라는 듯이 캠코더를 들고 내 모습을 찍기 시작했다.

나는 엄마와 언니들, 코너와 함께 고작 다섯 살인 내가 바다로 뛰어드는 모습을 공포에 떨며 지켜보았다. 결말을 예상하면서도 영화 〈타이타닉〉을 보던 때가 떠올랐다. 화면에서 엉터리 배영을 하는 내 모습이 점점 작아졌다.

해변에서 조그맣게 보이는 바위섬에 다다랐을 때 난 겁이 나서 뒤를 돌아보았다. 로즈가 물가에 서서 뭐라고 외치고 있었는데 파도 소리에 묻혀 들리지 않았다. 코너는 두 팔을 휘젓고 있었고, 릴리도 이제야 내가 걱정되는지 돌아오라고 손짓했다. 언니들과 코너의 몸이 아주 작아 보였다. 나는 결국 미국행을 포기하고 블랙샌드 베이로 되돌아가려 했지만 바다는 나를 순순히 돌려보낼 생각이 없어 보였다. 거친 파도가 나를 자꾸만 더 깊은 바닷속으로 끌고 갔다. 갑자기 파도가 덮치면서 팔 튜브 하나가 벗겨졌다. 바다가 얼마나 위험한지 그때 처음 실감했다. 블랙샌드 베이로 다가가려 할수록 점점 더 멀어지고 있다는 느낌이 들었다. 갑자기 바다가 거칠게 울부짖으며 아래로 나를 끌어당겼다. 공포와 고통이 내 온몸을 잠식했다. 차가운 물이 폐에서 공기를 앗아갔고, 바다와 하늘이 번갈아 나를 덮쳤다. 어느새 시야가 까맣게 어두워졌다.

로즈가 걸치고 있던 옷들을 급히 벗어 던지고 빨간 수영복 차림으로 바다에 뛰어들었다. 겨우 열 살이었던 로즈는 목숨을 걸고 나를 물에서 건져 뭍으로 끌어냈다. 그런 다음 내 갈비뼈 두 대에 금이 갈 정도로 거센 심폐 소생술을 시도했다. 릴리가 마치 전쟁터에 따라간 종군기자처럼 그 모든 과정을 촬영했다.

어린 내가 입에서 바닷물을 토해냈다. 이어서 해변으로 뛰어오는 할머니와 엄마의 모습이 보였다. 영상은 거기서 끝났지만 나는 구급대원들이 절벽을 넘어 바닷길을 달려오던 모습, 내가 들것에 실려 갈 때 로즈와 코너가 서로 손을 맞잡고 있던 모습이 기억났다. 얼마 후 코너는 로즈가 목숨을 걸고 용감하게 나를 구출한 사연을 글로 써서 학교 신문에 게재했다. '어린 동생의 목숨을 구한 영웅'이라는 제목이었다.

병원에 입원한 나는 2주 동안 입원해 각종 검사와 진찰을 받았고, 시한부 생명을 선고받았다. 병실에 혼자 남아 있던 첫날 밤, 침대 옆 창문으로 밝은 달이 뜬 하늘과 구름이 보였다. 달을 가로지르는 구름이 말이나 새 따위가 아니라 죄다 괴물 같았다.

엄마는 의사로부터 내 진단을 듣고 몹시 자책했다. 엄마가 말로 심정을 토로한 적은 없지만 참담한 마음을 읽을 수 있었다. 의사들은 나 같은 사례가 드물어 원인을 규명할 수 없다고 했다. 엄마는 며칠 동안 내 병상 옆이나 대기실에 앉아 잡지를 뒤적이거나 독자 퀴즈를 풀었다.

가족 면회가 허락된 날, 언니들은 쾌유를 기원하는 카드를 써서 건넸고, 할머니는 내가 제일 좋아하는 음료수와 초콜릿을 가져다주었다. 오스트리아에 머물던 아빠는 하필이면 영국으로 돌아오는 항공편이 없어 '마음'만 전해주었다. 모두 병실을 떠나고 나서 마지막까지 남았던 릴리가 내 귓가에 무언가를 속삭이고 내 뺨에 입을 맞추었다.

엄마는 릴리가 나에게 진심으로 사과한 줄 알고 착하다며 칭찬했다.

나 말고 릴리의 말을 들은 사람은 아무도 없었다.

"그냥 바다에 빠져 죽지 그랬어."

10월 31일 오전 1시 45분
간조까지 다섯 시간 미만

그 일 이후 나는 일상으로 돌아갈 수 없었다. 엄마와 아빠는 일 년도 안 돼 이혼했다. 세상의 부부들은 흔히 행복했던 시절이나 충실한 부모 역할에 갇혀 이혼을 단행하지 못한다. 어쩌면 시한부 생명 선고를 받은 내가 엄마 아빠를 서로에게서 벗어나게 해주었는지도 모른다. 언니들은 기숙학교로 돌아갔고, 죄책감에 사로잡힌 엄마는 나를 과보호했다. 나는 밖으로 나가 놀지 못하고, 집에서 책에 빠져 지내는 날들이 많았다. 다행히 독서는 내가 좋아하는 취미 가운데 단연 으뜸이었다. 책 속에는 흥미로운 인물들이 펼치는 모험 이야기가 자주 나왔지만 내가 처한 현실은 외로웠다. 나는 그 누구에게도 내 마음을 솔직하게 털어놓은 적이 없었다.

시글라스는 언제나 내 집처럼 편안했다. 할머니의 서재는 내 디즈니랜드였고, 거기에 있는 책들은 내가 가장 좋아하는 친구들이었다. 릴리가 어서 내가 죽길 바라는 동안 책은 나를 살게 해주었다.

사람들은 기다리는 시간이 길어지면 조바심을 내기 마련이다.

릴리가 내 눈을 쳐다보지도 않고 말했다. "어릴 때 내가 너에게 좀 못되게 굴었다는 걸 알아. 나도 널 괴롭히면서 늘 마음이 좋진 않았어. 그저 고약한 장난이었을 뿐이지 진심은 아니었으니까 이해해줘."

릴리의 말은 내 분노를 누그러뜨리기는커녕 더욱 돋울 뿐이었지만 나는 우리 사이의 평화를 지키기 위해 언제나처럼 입술 안쪽을 깨물고 아무 말도 하지 않았다. 로즈와 릴리는 몇 년 전 코너와 함께 저지른 일 때문에 웬만하면 나에게 말을 걸지 않았다. 이제 와서 내 억울한 심정을 토로한다고 해서 그때의 상처가 치유되지는 않을 것이다. 지금 우리 앞에는 더욱 크고 심각한 문제가 놓여 있었다.

누가 우리에게 옛날 비디오테이프를 보게 한 걸까?

언니들은 그때나 지금이나 별로 달라진 게 없었다. 나이를 먹고, 키가 크고, 주름이 늘었어도 마음은 여전히 어른 행세를 하는 어린아이에 머물러 있었다. 내 성격은 어릴 때와 비슷했다. 수줍음 많고 내성적이며 시글라스에 있을 때가 가장 행복했다. 로즈와 릴리뿐만 아니라 우리 가족 모두가 별반 달라진 게 없었다. 다들 저마다의 슬픔을 지니고 있지만 내 슬픔은 나의 일부나 다름없었다. 시한부 생명 선고를 받기에 다섯 살은 너무 어렸다.

죽기 직전에는 인생이 주마등처럼 스쳐 지나간다고들 한다. 하지만 죽음을 여러 번 경험한 사람으로서, 그건 사실이 아니다. 나는 심장이 멈출 때마다 인생의 가장 가혹한 순간들을 아주 느리고 고통스럽게 겪는 듯했다. 당시 엄마 아빠는 내 말을 믿지 않았지만, 신경과 전문의들은 인간의 뇌가 죽은 이후에도 한동안 활동을 멈추지 않는다는 사실을 밝혀냈다. 방금 숨진 사람 앞에서 반드시 말조심해야 하는 이유다. 죽음의 순간이 할머니나 아빠에게 너무나 끔찍하게 느껴지지 않길 바랐다. 둘 다 듣지 않아야 할 말을 듣지 않았기를.

사람들은 흔히 죽음에 대해 잘 알고 있다고 생각한다. 책이나 영화에서 묘사된 장면을 수없이 많이 봐왔으니까. 다들 현실과 허구가 분명하게 다르다는 걸 망각하고 있다. 내가 모르는 게 너무 많아 나는 두렵다. 나처럼 죽음 가까이 가본 사람들은 삶에 미련을 느낄 수밖에 없고, 건강한 걸 당연시하는 사람들을 보면 화가 난다. 나는 아직 살아 있다는 것에 감사한다. 오랫동안 내 삶은 죽음의 그림자와 함께했다. 우리의 미래는 아직 만들어지고 있는 과거일 뿐이다.

코너가 말했다. "도무지 이해가 안 돼. 누가 이 비디오테이프를 식탁에 놓아두었을까? 게다가 라벨에 '나를 봐줘'라고 적어놓다니? 지금 이 집에 우리 말고 다른 사람은 없잖아."

아무도 코너의 의문을 시원하게 풀어줄 해답을 제시하지 못했다. 릴리는 담배에 불을 붙이고 나서 성냥불을 벽난로에 던져 넣었다. 장작이 타닥타닥 소리를 내며 타들어 갔고, 일렁이는 불길 주변에서 섬뜩한 죽음의 그림자들이 너울거렸다. 릴리가 담배를 길게 빨아들인 뒤 천천히 연기를 내뿜었다.

로즈가 릴리를 쏘아보며 말했다. "넌 다른 사람 생각은 전혀 안 하지?"

릴리가 허리를 꼿꼿이 세우고 눈을 부라리며 되물었다. "무슨 뜻으로 한 말이야?"

엄마가 나서서 제동을 걸었다. "로즈, 그만해라."

비디오테이프는 우리에게 불행했던 기억을 떠올리게 해주었고, 누군가 비디오테이프를 보여주려고 했던 목적이 바로 그것이었을지도 모른다는 생각이 들었다. 로즈와 릴리는 종종 이성을 잃는다는 공통점이 있었지만 차원이 달랐다.

"릴리, 넌 내가 아는 사람들을 통틀어 가장 이기적이고 제멋대로야. 어린 시절 네가 데이지에게 얼마나 잔인하게 굴었는지 한동안 잊고지냈는데 비디오테이프가 다시 일깨워주었어. 주방 벽에 써놓은 시나 어젯밤 아빠가 너에 대해 한 말은 모두 부인할 수 없는 사실이야.”

로즈가 그동안 참았던 말을 쏟아내는 동안 우리는 릴리의 표정을 살폈다. 자기방어 능력이 뛰어난 릴리는 아마도 자기만의 비상한 논리로 로즈를 신랄하게 공격할 것이다. 솔직히 나는 언니들이 싸우는 모습을 보는 게 내심 싫지 않았다. 항상 둘이 합심해 나를 따돌린다고 느껴왔기에 서로 날을 세울 때마다 오히려 싸움을 더 부추기고 싶었다. 가족은 서로를 제일 잘 알기에 가장 깊은 상처를 입힐 수 있다.

“아빠와 언니가 나에 대해 어떻게 생각하든 난 신경 쓰지 않아. 언니도 괜한 오지랖 떨지 말고 본인 인생이나 잘 챙기시지.”

“그래, 나도 이제부터 네가 어떻게 살든 참견하지 않을게. 이제 할머니와 아빠가 돌아가셨으니 우리가 화목하게 지내고 있다고 억지로 연기할 필요도 없어졌네. 물이 빠지면 각자 떠나서 다신 보지 말자.”

엄마가 말했다. “로즈, 설마 그 말이 진심은 아니지?”

로즈는 엄마 얼굴을 보고 나서야 날 선 감정을 추슬렀다. “엄마, 미안해요. 사실은 여기에 오기 전부터 심란한 일이 있었어요. 다들 그렇겠지만 지금 우리 눈앞에서 벌어지고 있는 일들이 너무나 혼란스러워요. 할머니와 아빠가 연이어 돌아가시다니, 도대체 무슨 일이 벌어지고 있는지 모르겠어요."

로즈의 이중인격자 같은 모습에 우린 모두 당혹스러웠다. 로즈도 공포에 질려 있다는 의미일 수도 있었다. 우리 가족들이 마침내 오늘이 마지막일지도 모른다는 두려움을 안고 사는 내 마음을 이해하게 되었을지도 몰랐다. 내가 봉사하러 다니는 요양원 환자들의 얼굴에도 죽음에 대한 두려움이 늘 깃들어 있었다. 생존의 시간이 얼마 남지 않았다는 두려움. 나는 환자들이 느끼는 공포심과 불안감을 덜어주고자 최선을 다하고 있지만 한계가 명확했다. 우리의 인생은 결국 죽음으로 마무리된다. 나는 어색한 침묵이 유지되는 가운데 서로 눈치를 보고 있는 가족들을 둘러보았다. 바깥에서는 폭풍우가 몰아치고 빗방울이 창문을 쉴 새 없이 두드리고 있었다.

코너가 궁금한 표정으로 로즈에게 물었다. "심란한 일이 있었다며? 무슨 일이었는데?"

로즈와 코너가 짧은 순간 눈을 마주쳤고, 불편한 기억을 떠올리듯 먼 곳을 바라보았다.

"오후에 동물 복지 단체에서 구조 요청을 받았어. 오는 길에 현장을 둘러보았는데 버려진 헛간에 조랑말 여섯 마리가 갇혀 있었지. 조랑말들은 며칠 동안 먹이는커녕 물 한 방울

못 마시고 방치돼 있었던 거야."

릴리가 탄식하듯이 말했다. "맙소사! 그 불쌍한 말들을 거둘 새 주인을 찾아주었어?"

"아니, 총으로 양미간을 쏴서 여섯 마리를 모두 죽였어."

로즈의 말을 듣고 다들 큰 충격에 휩싸여 말을 잃었다.

로즈가 말을 이었다. "조랑말들을 구하기엔 너무 늦었고, 내가 해줄 수 있는 일은 아무것도 없었어. 당장 녀석들의 고통을 끝내줄 마취제도 갖고 있지 않았지. 총이 유일한 대안이었어. 말은 겁먹으면 꼭 어린아이처럼 울지. 아직도 말이 우는 소리가 귓전에서 생생하게 울리는 것 같아." 로즈가 떨리는 손을 불끈 쥐었다. "차라리 그 말들을 버리고 떠난 주인을 찾아내 쏘아 죽이고 싶은 심정이었어. 정말이지 나는 가끔 인간들이 싫어. 어떻게 그리 끔찍한 짓을 저지를 수 있는지 도무지 이해가 안 돼."

집 안이 한동안 침묵으로 물들었다.

릴리가 말했다. "언니가 총을 갖고 다니는 줄 몰랐어."

로즈가 한숨을 푹 쉬었다. "총기 사용 허가도 받았고, 대개는 병원 금고에 보관해둬."

엄마가 눈살을 찌푸리며 말했다. "여기 오는 길에 총을 챙겼다는 뜻이니?"

"안전한 곳에 숨겨두었으니까 너무 걱정하지 말아요."

다시 정적이 흘렀고, 나는 곁눈질로 로즈를 살폈다. 동물 병원의 경영 사정이 어렵다는 건 알고 있었지만 로즈는 릴리와 달리 자존심이 강해 끝내 가족들에게 손을 벌리지 않았다. 아마 할머니가 얼마라도 재산을 남겨주었더라면 큰 도움이 되었을 것이다. 로즈가 계속 손목시계를 확인하는 걸 보면 바닷물이 빠지는 즉시 떠날 생각인 듯했다. 이제 간조가 되려면 네 시간 남았다. 우울한 표정의 로즈는 미처 일 분도 지나지 않아 다시 시계를 확인했다.

로즈가 자신을 향해 쏟아지는 시선의 무게감을 느꼈는지 물었다. "다들 왜 나를 그렇게 쳐다봐?"

엄마가 걱정스러운 얼굴로 말했다. "이제껏 일어난 일들을 생각하면, 이 집 어딘가에 총이 숨겨져 있다는 사실이 못내 불안한데, 다들 어떻게 생각해?"

로즈가 자리에서 일어나 거실로 향했다. "총이 안전하게 잘 있는지 확인하고 올게요."

수의사는 자살률이 높은 직군으로 알려져 있다. 장시간 혼자 일하는 경우가 많고, 직업상 자주 끔찍한 상황을 마주할 수밖에 없기 때문이다. 로즈는 동물의 생명을 구하기도 하지만 끝내기도 한다.

코너가 말했다. "혹시 위층에서 내 휴대폰 신호가 잡히는지 확인해볼게요."

릴리가 말했다. "아마 안 잡힐 거야. 난 몸이 점점 안 좋아지고 있어. 내 방에 가서 인슐린 주사 키트를 찾아봐야겠어."

엄마가 고개를 끄덕였다. "난 머리가 지끈거리네. 주방에 가서 물하고 약 좀 가져올게."

나는 혼자 남겨지기 싫어 말했다. "난 바람 좀 쐬고 올게."

다들 이 집에서 약간의 폐소공포증을 느끼는 분위기였다. 집 안 여기저기에서 복도가 삐걱거리는 소리가 들려왔다. 마음을 불안하게 만드는 소음이었다. 현관문이 살짝 열려 있어 문밖에 나가보았지만 아무도 없었다. 포효하는 바다와 요란한 종소리가 시글라스가 얼마나 고립된 곳인지 다시 한번 상기시켰다. 나처럼 병실에서 오래도록 혼자 지낸 경험이 있는 사람은 타인과 장시간 함께하기 힘들다. 특히 우리 가족처럼 이기적이고 예민한 사람들과 함께일 때는 더더욱.

나는 뒤늦게 거실을 나섰지만 가장 먼저 돌아왔다. 커피 테이블에 분명 좀 전에는 보지 못했던 비디오테이프가 놓여 있었다. 가족들이 하나둘씩 거실로 합류했다. 마지막에 나타난 코너가 비디오테이프를 발견하고 우릴 둘러보며 물었다. "테이블에 있는 저 비디오테이프는 언제부터 저기에 놓여 있었지?"

릴리가 대꾸했다. "방금 본 비디오테이프 아니야?"

내가 뒤로 주춤 물러섰다. "그 비디오테이프는 아니야."

로즈가 확신하듯 덧붙였다. "응, 아니야."

다들 비디오테이프에 시선이 갔고, 케이스 라벨에 적힌 메시지가 눈에 들어왔다.

내 말을 들어줘

코너가 우릴 둘러보며 말했다. "대체 무슨 짓인지 모르겠네. 누가 이런 장난을 치는 거야?"

릴리가 말했다. "코너, 네가 가장 먼저 발견했잖아. 네가 한 짓 아니야?"

로즈가 비디오테이프를 조심스럽게 집어 들었다. "아까는 '나를 봐줘'였는데 이번에는 '내 말을 들어줘'라니? 누가 이따위 짓을 하는 걸까?"

우리는 경계하는 눈빛으로 서로를 쳐다보며 무언의 비난을 주고받았다.

"비디오테이프를 봐야 의문이 해소될 것 같아요." 내가 말하자 이내 찬반 논쟁이 벌어졌다.

엄마가 소리쳤다. "그만! 이제 더는 이 유치한 장난에 놀아나고 싶지 않아. 너희들의 할머니와 아빠가 돌아가셨어. 이 집에는 우리 말고 아무도 없고. 난 유령 따위 믿지 않아. 이 비디오테이프를 테이블에 놓아둔 사람이 누군지 빨리 자백해."

아무도 대답하지 않았다.

로즈가 말했다. "비디오테이프를 보면 감이 올지도 몰라." 아무도 이의를 제기하지 않자 로즈는 케이스에서 비디오테이프를 꺼내 플레이어에 밀어 넣고 재생 버튼을 눌렀다.

18장

1982년, 시글라스

시글라스에서 보내는 크리스마스는 언제나 환상적이었으나 엄마 아빠가 이혼한 이후로는 이전처럼 즐거운 분위기를 되찾기 힘들었다. 할머니는 그 어느 때보다 큰 노력을 기울여 우리 가족들을 맞아주었지만 아빠가 불참한 까닭에 분위기가 살지 않았다. 1982년 크리스마스에 대한 기억이 아직도 강렬하게 남아 있었다. 나는 일곱 살, 로즈는 열두 살, 릴리는 열한 살 때였다. 우리는 거대한 크리스마스트리를 함께 장식했다. 종이 체인과 초콜릿 모양 케이크를 만들었고, 크리스마스이브 저녁에는 영화관으로 〈ET〉를 보러 갔다. 내 생애 첫 번째 영화관 나들이였기에 순간순간이 각별했다. 지금 TV 화면으로 보는 비디오테이프에는 내가 기억하는 모습이 전혀 담겨 있지 않았다.

1982년 크리스마스에 촬영된 이번 영상도 릴리가 주역이었다. 산타클로스 할아버지가 매년 못된 아이 목록을 작성하고 있다면 릴리가 최상단에 올라야 마땅했다. 엄마는 릴리가 사달라고 떼를 쓰면 무엇이든 다 사주었다. 그야 거절하면 더 큰 곤욕을 치러야만 했으니까. 1982년 크리스마스에 릴리가 원한 선물은 워크맨이었다. 릴리는 한동안 밥을 먹거나 롤러스케이트를 타거나 심지어 TV를 볼 때조차 워크맨을 들먹였다.

로즈가 캠코더를 내려놓으며 말했다. "이제 지겨워서 그만 찍을래."

릴리가 새 롤러스케이트를 타고 지나가며 소리쳤다. "한 바퀴만 더 탈 테니까 계속 찍어줘. 점점 빨라지고 있잖아!"

"얘들아, 슬러시가 거의 다 되어 가고 있으니까 다들 정원으로 모여."

긴간이 내 목소리가 들려왔고, 엄마가 사랑해 마지않았던 정원의 모습이 눈에 들어왔다. 나는 방울 달린 털모자를 쓰고, 릴리에게서 물려받은 코트를 입고 있었다. 그해 심장 수술을 두 번이나 받아 얼굴이 앙상하고 눈 아래가 거무스레했다. 나는 언니들이 더는 가지고 놀지 않는 곰 인형들에게 대접하려고 눈에 시럽을 뿌린 슬러시를 만들었다.

캠코더 뒤에서 로즈가 말했다. "혀 내밀어봐!"

나는 빨간 시럽에 물든 혀를 내밀어 보였다.

캠코더가 이번에는 코너를 비추었다. 코너는 외투를 두 개

껴입고 정원 테이블에 앉아 무언가를 쓰고 있었다.

"코너, 뭐하니? 학교 신문에 실을 기사를 쓰고 있는 거야?"

호리호리한 체형의 잘생긴 소년이 대답했다. "아니."

"그럼 무얼 하는데?"

"다커 가의 가계도를 그리고 있어. 할머니를 위해 그리는 거야. 크리스마스 파티에 나를 초대해주셔서 감사하다는 의미로."

코너는 아빠가 술을 마시고 주사를 부릴 때마다 시글라스에 와서 시간을 보냈다. 1982년 크리스마스에도 코너는 우리 가족과 함께했다. 영상이 한참 동안 코너를 비추었다.

롤러스케이트를 타고 있던 릴리가 다시 화면을 스쳐 지나며 말했다.

"누구지?"

화면이 방조제 길을 비추었다.

로즈가 엄마에게 캠코더를 건넸다. 그다음 장면은 우리 세 자매가 반년 동안 보지 못한 아빠를 향해 달려가는 모습이었다. 우리가 아빠를 전쟁 영웅처럼 환영하는 모습을 본 엄마는 아마 속이 뒤틀렸을 것이다. 기숙학교와 할머니에게 우릴 떠맡길 때를 빼면 엄마 혼자 우리 자매들을 돌보느라 고생했으니까. 그 당시 우린 아직 어렸고, 이혼한 부모들의 마음이 어떤지 헤아리지 못했다.

엄마는 현관 앞 돌계단에서 우리 자매가 아빠를 만나는 순간을 촬영하며 인내심을 갖고 기다렸다.

아빠는 오케스트라와 함께 해외 공연을 마치고 돌아올 때마다 선물 꾸러미를 잔뜩 들고 왔다. 조금이나마 죄책감을 덜려는 방편이었는지도 모른다. 우리 세 자매는 아빠를 보게 되어 기쁘기도 했지만 어떤 선물을 받을지 몹시 기대하기도 했다.

우리 자매는 음악실 문간에 모여 앉아 반짝이는 눈빛으로 아빠가 여행 가방을 여는 모습을 지켜보았다.

릴리가 한 치의 망설임 없이 물었다. "선물 가져왔어요?"

"당연하지."

아빠의 대답에 우리는 환호했다.

아빠가 쓴 카드도 읽지 않고 선물 포장지를 북북 찢은 릴리의 얼굴에서 갑자기 미소가 사라졌다.

뾰로통한 표정의 릴리가 입을 쑥 내밀고 투덜거렸다. "워크맨은 이미 받았는데!"

아빠는 진심으로 미안한 표정을 지었다. "네 엄마가 올해 네가 제일 갖길 원하는 선물이 워크맨이라고 해서 사 왔는데 내가 큰 실수를 했구나."

그 당시 일곱 살이었던 내가 말했다. "산타클로스 할아버지가 이미 릴리 언니에게 워크맨을 선물해줬어요!"

릴리는 같은 선물을 두 번 받은 게 내 탓이라도 된다는 듯이 나를 노려보며 쏘아붙였다. "바보야, 산타클로스 할아버지는 없어. 그걸 아직도 몰라?"

나는 언니의 말에 충격을 받고 울음을 터뜨렸다.

엄마가 나서며 말했다. "릴리, 이제 그만해. 네 아빠가 산타 할아버지랑 연락하는 걸 깜빡했나봐. 다른 선물로 바꾸면 되니까 너무 속상해하지 마. 일단 넓은 장소로 자리를 옮기자. 코너, 캠코더 좀 들어줄래?"

릴리는 여전히 팔짱을 끼고 삐딱한 표정을 지었다.

아빠가 심하게 토라진 릴리를 달래주기 위해 말했다. "릴리, 너에게 주려고 사 온 선물이 하나 더 있단다. 작은 선물이지만."

우리는 아빠가 주섬주섬 꺼내놓은 선물들에서 눈을 떼지 못하고 바라보다가 거실로 자리를 옮겼다.

엄마가 화난 얼굴로 말했다. "프랭크, 선물은 하나씩 준비하라고 했잖아."

거실로 자리를 옮긴 우리는 저마다 익숙한 자리에 앉았다. 벽난로에서 가장 가까운 자리에 앉은 나는 갑자기 너무 더워 외투를 벗었고, 눈꽃 무늬 브이넥 원피스 차림이 되었다.

아빠가 릴리에게 분홍색 상자를 내밀며 말했다. "네 엄마 말대로 선물을 하나씩만 사려고 했는데, 빈에 있는 가게에서 이걸 본 순간 네 생각이 나서 도저히 그냥 지나칠 수 없었어."

엄마가 혀를 끌끌 차며 중얼거렸다. "그나마 막판에 공항 면세점에서 산 선물은 아니라서 다행이네."

릴리가 포장지를 뜯었고, 안에 든 상자를 열자 보석으로 뒤덮인 티아라가 나왔다.

릴리가 의기양양해 소리쳤다. "난 공주야!"

앞치마를 두른 할머니가 나타나 테이블에 고기파이를 담은 쟁반을 내려놓으며 말했다. "아무렴 그렇다마다."

릴리가 또다시 입을 삐죽거렸다. "할머니, 우리 그냥 평소에 먹던 파이를 먹으면 안 돼요?"

할머니가 말했다. "평소 먹던 음식을 크리스마스에도 또 먹으면 질리잖아."

할머니가 아빠를 포옹하고 나서 엄마 옆에 앉았다. 할머니는 우리 자매들만큼이나 엄마 아빠가 재결합하길 바랐고, 지칠 줄 모르고 우리 가족의 균열을 메우고 싶어 했다.

화면이 로즈의 얼굴을 클로즈업했다. 로즈는 릴리와 달리 포장지를 조심스럽게 벗기고 선물을 열어보았다.

로즈가 망원경을 집어 들면서 말했다. "고마워요, 아빠!"

아빠가 로즈에게 두 번째 선물 상자를 건넸다. 상자 안에 야광 별 스티커가 들어 있었다.

로즈가 두 팔을 벌려 아빠를 껴안았다. "정말 감사해요!"

릴리가 팔짱을 끼고 징징거렸다. "나도 별 스티커 줘요!"

아빠는 못 들은 척하고 나에게 큼직한 상자를 건넸다. "우리 막내에게 주는 선물이야."

상자 안에 동화책 다섯 권이 들어 있었다. 모두 양장본이고, 빨리 읽고 싶었다.

아빠가 나에게 말했다. "우리에게는 때로 상상의 세계로 떠나는 모험이 필요한 법이지."

아빠가 나에게 두 번째 선물을 건넸다. 쌍안경처럼 생긴 플라스틱 제품이었다. 내가 뭔지 몰라 어리둥절한 표정을 짓고 있자 아빠가 친절하게 설명해주었다.

"뷰 마스터란다. 혼자 심심하거나 외로울 때 이 안을 들여다보면 마치 여행을 떠난 기분을 느낄 수 있을 거야."

아빠는 뷰 마스터를 내 눈에 대주었다. 두려움도 잠시 울창한 숲이 눈앞에 펼쳐졌다. 아빠가 측면에 있는 버튼을 누르자 이번에는 거대한 폭포가 눈앞에 보였다.

화면 속 내가 활짝 웃자 아빠도 기분이 좋은 듯 씩 웃었다.

그러다 내 가슴을 길게 가로지른 흉터를 본 아빠 얼굴에서 웃음기가 사라졌다. 그 당시 나는 너무 어려 눈치채지 못했는데 화면 속 젊은 아빠의 슬픈 얼굴을 보니 마음이 울적했다.

아빠가 다시 푸근하게 웃으며 말했다. "다들 정말 보고 싶었다."

아빠는 넌지시 엄마를 보았다. 그러자 엄마는 고개를 홱 돌렸다. 그때 나는 너무 어려서 엄마와 아빠 사이에 무슨 일이 있었는지 전혀 몰랐다.

아빠가 코너에게 작은 선물을 내밀며 말했다. "코너, 마침 네가 여기 있어 다행이구나. 그 캠코더는 내가 찍을 테니까 어서 네 선물을 열어보렴. 마음에 들었으면 좋겠다."

화면이 코너의 얼굴을 비추었다. 코너는 마치 크리스마스 선물을 처음 받아본 아이 같은 표정을 지었다. 코너는 조심스레 포장지를 벗기고 요요를 꺼내 들었다.

"상하이에서 발견한 장난감이란다."

아빠의 말에 엄마가 눈을 굴렸다.

"네가 요요를 그렇게 잘한다며?"

코너는 감동한 듯 눈물을 글썽였다. "정말 감사해요."

아빠는 부피가 좀 더 큰 소포를 코너에게 건네며 말했다. "네가 학교 신문에 글을 쓴다고 들었다. 이 카메라가 많은 도움이 될 거야."

폴라로이드 카메라를 본 코너의 얼굴이 크리스마스트리만큼 환하게 빛났다.

그날 코너가 폴라로이드 카메라로 우리 모두의 사진을 찍어주었다. 할머니에게 선물할 가계도에 사진을 넣으려고. 몇 주 뒤 할머니는 사진 속 우리의 모습을 계단 옆 벽에 손수 그려 넣었다.

아빠가 할머니를 위해 준비한 선물은 독일산 뻐꾸기시계였다. 현관 복도에 걸린 시계 중에서 가장 특색 있는 제품이었다. 바늘이 정각을 가리키면 두 개의 작은 문에서 작은 여자와 작은 남자가 튀어나와 가운데서 만나고, 여자가 남자의 머리를 도끼로 내리쳤다.

아빠는 엄마에게 자그마한 벨벳 상자를 건넸다. 작은 사진 두 장을 넣을 수 있는 하트 모양 은목걸이였다. 엄마는 언니들을 향해 미소 지었다. 그 안에 누구의 얼굴이 들어갈지 나는 짐작할 수 있었다.

분위기 좋은 크리스마스였다. 얼마 전 이혼한 엄마 아빠가 우릴 위해 시글라스에 와주었다. 가족과 함께한 시간들은 세월이 흐르면서 각자의 기억 속에서 다양한 색채와 형태를 덧입기 마련이다. 특히 어린 시절의 기억은 쉽게 왜곡되곤 한다. 우리의 추억은 저마다 다르게 적힌다.

그날, 우리가 먹었던 음식, 함께한 게임, 함께 들었던 음악이 떠올랐다.

라디오에서 존 레넌이 부르는 크리스마스 캐럴이 흘러나왔다. 엄마는 존 레넌의 죽음이 여전히 안타깝고 슬프다고 했다. 나는 언니들과 함께 〈매일 크리스마스였으면 좋겠네〉를 따라 불렀고, 온 가족이 아빠가 연주하는 피아노에 맞춰 캐럴을 불렀다.

나는 엄마 아빠가 주방에서 다투는 소리를 잠시 엿들었다.

엄마가 소리 죽여 말했다. "선물로 아이들의 마음을 살 수 있을 거라 생각해?"

그날 아빠의 뭐라 대꾸했는지 들리지 않았지만 엄마의 말이 틀렸다는 게 증명되었다.

아빠는 일 년에 한두 번씩 반짝이는 포장지에 리본으로 묶은 선물 상자를 들고 우리 앞에 나타났고, 그럴 때마다 우린 아빠를 왕처럼 대했으니까.

엄마 아빠는 서로 함께하는 시간을 견디려고 술을 유난히 많이 마셨다. 두 사람의 말다툼은 어색한 표정과 눈빛으로 대체되었다.

그날 밤, 불을 끄고 침대에 누웠을 때 천장 가득 별이 빛났다. 로즈가 아빠에게 받은 별 스티커로 내 방을 꾸며주었기 때문이다.

내가 어리둥절해서 물었다. "아빠가 언니에게 준 선물이잖아."

로즈가 내 방을 나서며 말했다. "너도 나만큼 별을 볼 자격이 있으니까."

19장

10월 31일 오전 2시

간조까지 네 시간 전

영상이 끝나자 릴리가 코너에게 물었다. "1982년 크리스마스 때 우리 가족과 같이 있었네?"

코너는 릴리를 보지도 않고 대답했다. "아빠가 다시 재활원에 입원했을 때였거든."

복도에서 울리는 시계 소리에 한동안 이어지던 정적이 깨졌다. 새벽 2시, 다들 지쳐 보였다.

엄마는 술 때문에 자꾸만 몽롱해지는 정신을 가다듬으려는 듯 차가운 차를 한 모금 마셨다.

릴리가 말했다. "저 시계들이 내는 소리를 틀어막고 싶네. 트릭시가 잠에서 깰지도 몰라."

트릭시가 우리와 함께 있다는 사실을 깜박할 뻔했다. 하긴 수면제를 넣은 차를 마셨으니 곤히 잠들 수밖에.

릴리가 소파에서 일어나 창가로 걸어가더니 놀란 목소리로 소리쳤다. "트릭시가 없어."

우리 모두 벌떡 일어나 창가 자리와 바닥에 깔린 담요를 쳐다보았다.

"얘가 어디 갔지?" 릴리가 다급하게 물었지만 아무도 대답하지 못했다.

우리는 소파 뒤와 커튼 뒤를 살펴보았지만 트릭시는 그 어디에도 없었다.

릴리가 말했다. "얘가 한밤중에 대체 어딜 간 거야?"

로즈가 릴리에게 다가갔다. "이런 때일수록 침착해야 해. 그리 멀리 가지 않았을 거야."

엄마가 물었다. "릴리, 너 아까 트릭시 차에 수면제를 넣었다고 했지?"

릴리가 엄마를 빤히 바라보았다. "엄마, 트릭시가 사라진 게 수면제 탓이라는 거예요?"

"아니, 그 차를 마셨으면 몇 시간 동안 꼼짝없이 자는 게 정상일 텐데. 혹시……."

릴리가 쏘아붙였다. "혹시 뭐요?"

엄마가 거의 들리지도 않게 속삭였다. "누군가 트릭시를 데려갔다면……."

누가 어떻게 우리를 감쪽같이 속이고 트릭시를 데려갈 수 있지?

창가 자리는 거실 한구석에 있고, 조금 전까지 우리 모두 반대 방향에 놓인 TV 화면을 열심히 들여다보고 있었다. 한밤중이었고, 다들 극심한 슬픔과 피로가 누적돼 지친 상태였지만 거실을 잠시 비운 적이 있긴 했다.

릴리가 말했다. "혹시 자리를 비웠다가 거실로 돌아왔을 때 트릭시를 본 사람 없어?"

릴리가 아무리 살이 쪘다고 구박해도 트릭시는 또래 평균보다 몸집이 작은 편이었다. 마음만 먹으면 누구나 충분히 업거나 안아 들고 옮길 수 있다. 누군가 트릭시를 납치했을지도 모른다고 생각하니 속이 울렁거렸다. 우리 가운데 한 명이라도 트릭시를 지켜보고 있었어야 마땅했다.

릴리가 거실을 떠나 주방으로 달려갔고, 우리 모두 말없이 뒤따라갔다. 릴리는 시가 적힌 벽 앞에 우뚝 섰다. 할미니의 시에 그 이유가 나와 있었다.

데이지 다커의 가족은 몹시 어두웠네

가족 중 하나가 죽었을 때 모두 거짓말을 하고 못 본 척했네

나이만큼 지혜롭지 못했던 데이지 다커의 할머니 비어트리스는

온 가족을 기분 나쁘게 만든 유언을 남긴 죄로 죽어야 했네

데이지 다커의 아빠 프랭크는 자기만의 리듬에 맞춰 춤을 추며

살았네

자기중심적인 태도와 그가 연주하던 피아노가 그 자신을 파멸로 이끌었네

데이지 다커의 엄마 낸시는 차가운 심장을 가진 배우로

아이들을 편애하고 차별해 맡은 배역을 잃었네

세 자매의 맏이인 데이지 다커의 언니 로즈는

영리하고 아름답지만 외롭게 죽을 운명이라네

누구보다 허영심이 강한 데이지 다커의 둘째 언니 릴리는

이기적이고 오만하고 사악하게 굴었으니 죽어 마땅하다네

원래 조숙한 아이인 데이지 다커의 조카 트릭시는

버려진 새끼 오리처럼 야생에 잘 적응하지 못했네

데이지 다커의 작은 비밀은 슬프지만 꼭 밝혀져야 한다네

자주 멈추는 심장은 영원한 이별의 시작에 불과하다네

데이지 다커의 가족들은 거짓말로 긴 세월을 허비했네

그들은 죽기 전 마지막 시간을 함께하며 교훈을 얻어야 한다네

트릭시에 대한 내용이 지워져 있었다.

릴리가 손으로 입을 틀어막고 중얼거렸다. "모든 게 시에 적힌 대로 되어 가고 있어."

릴리는 고개를 돌려 우리를 보았다. "시에 적힌 예언이 현

실에서 이루어지고 있다고."

엄마가 도무지 무슨 말을 하는지 이해할 수 없다는 듯이 물었다. "도대체 무슨 얘기야?"

릴리는 덜덜 떨리는 손으로 시를 가리키며 우리가 잘 이해하고 있는지 얼굴을 번갈아 훑어보았다.

나는 릴리의 말이 무슨 뜻인지 정확하게 이해하고 있었지만 입 밖으로 꺼내기 무서웠다.

천둥이 낮게 우르릉거렸고, 빗소리가 거세졌다.

"할머니가 쓴 시를 보고도 이해가 안 돼? 죽은 순서대로 시가 지워지고 있잖아. 할머니, 아빠, 그리고 트릭시."

로즈가 말했다. "트릭시는 죽지 않았어. 곧 찾아낼 수 있을 거야."

엄마가 덧붙였다. "노망난 늙은이가 쓴 시에 큰 의미를 부여할 필요는 없어."

코너가 건조한 목소리로 말했다. "과연 할머니가 적어놓은 시라고 단정할 수 있을까요? 내가 보기에는 할머니의 필체 같지 않아요. 사실 그 누구라도 주방에 몰래 들어와 시를 적어놓을 수 있지 않나요?"

코너가 아까 청바지에 묻어 있는 분필 가루를 털던 모습이 떠올랐다.

릴리가 말했다. "그 말이 맞다고 치면 정말 이상하네. 코너, 시에 네 이름만 없어. 그렇다면 네가 적어놓은 시일 수도 있다는 뜻이네."

내가 말했다. "우리, 시간 낭비하지 말고 얼른 트릭시부터 찾아봐요."

좀 전보다 훨씬 큰 천둥소리가 지축을 울렸다. 엄마가 식탁 가장자리를 잡고 겨우 휘청거리는 몸의 중심을 잡았다.

로즈가 엄마에게 물었다. "엄마, 괜찮아요?"

"머리가 지끈거리고 몸이 피곤할 따름이야. 난 괜찮으니까 어서 트릭시를 찾아. 너희들은 위층에 올라가봐. 나는 아래층을 둘러볼 테니까."

릴리는 그나마 엄마 말을 가장 잘 듣는 편이었다. "엄마 말대로 할게요."

로즈, 릴리, 코너와 함께 위층으로 올라간 나는 트릭시의 이름을 부르며 첫 번째 방문을 열었다. 릴리와 트릭시가 사용하는 방이었다. 어릴 때 로즈와 릴리가 함께 사용했던 방. 분홍색 카펫, 분홍색 커튼, 꽃무늬 벽지까지 모두 예전 그대로였다.

"트릭시?"

나는 트릭시의 이름을 소리쳐 불러봤지만 여전히 돌아오는 대답이 없었다. 창문을 요란하게 때리는 빗소리와 바위에 부딪히는 파도 소리만이 더욱 크게 들려왔다. 릴리의 침대에는 옷가지들이 널려 있고, 탁자에는 잡지와 화장품이 어지럽게 널려 있다. 반면 트릭시의 침대는 깔끔하게 정돈되어 있다.

바닥에 납작 엎드려 침대 밑을 살펴보기도 하고, 수납장 문을 열어보기도 했지만 아무도 없다. 멀리서 천둥소리가 둔중하게 울려 퍼졌다. 이 작은 섬에 자주 폭풍이 몰아쳤다. 어릴 때 강한 바람을 동반한 폭우가 쏟아지면 성난 바다 한복판에 떠 있는 배에 갇힌 느낌이 들었다. 그럴 때마다 어찌나 무서웠던지 이 방으로 뛰어 들어와 언니들과 함께 침대 밑에 꼭꼭 숨었다. 우리 세 자매는 폭풍에 대한 두려움을 공유하고 있다. 나는 번개가 칠 때마다 눈을 꼭 감고 몇 초 후에 천둥이 치는지 마음속으로 숫자를 세었다.

하나… 둘… 셋…

마지막으로 방을 둘러보다가 붙박이 옷장 문 틈새로 뭔가 움직인 것 같은 느낌을 받았다. 나는 그 자리에 우뚝 서서 귀를 기울였다.

"트릭시, 옷장 안에 있니?"

대답이 없는 걸 보면 내가 착각했을지도 모른다. 옷장 문을 열어보고 싶지만 무엇을 보게 될지 몰라 두려움이 앞선다.

다시 번개가 번쩍했고, 옷장 안에서 희미한 인기척이 들려왔다. 나는 두려움을 억누르며 한 발짝 앞으로 다가가 문고리를 향해 손을 뻗었다. 그 순간 다시 한번 번개가 친다.

하나… 둘…

이번에는 천둥소리가 성급하게 뒤따른다. 천둥소리가 어찌나 큰지 집 전체가 흔들리는 느낌이 들었다. 그 순간 정전이 되었는지 조명등이 꺼지며 방 안이 짙은 어둠 속으로 빠져들었다. 나는 잔뜩 겁에 질려 그 자리에서 움직이지도 못하고 사방을 두리번거렸다. 그냥 정전일 뿐이라고 머릿속으로 되뇌며 겁에 질린 마음을 추슬렀다. 바로 그때 또다시 번개가 번쩍이며 순간적으로 환한 빛을 방 안 가득 뿌렸다. 그 순간 나는 옷장 문틈으로 나를 바라보는 눈을 발견했다.

옷장 문이 덜컹거린다. 안에 누군가가 갇혀있다.

20장

10월 31일 2시 15분

간조까지 네 시간 미만

"옷장 안에 누군가 있어?"

내 등 뒤에서 나타난 로즈가 손전등을 비추며 옷장 문을 열었다. 포핀스가 옷장에서 튀어나와 꼬리를 흔들며 로즈의 손을 핥아댔다.

"누가 널 여기에 가두었니?"

로즈가 포핀스에게 묻고 나서 나를 바라보았다.

내가 말했다. "난 아니야."

코너가 문 앞에 나타나더니 말했다. "데이지 방을 살펴봤는데 트릭시는 거기에 없어."

로즈가 손전등으로 얼굴을 비추자 코너가 눈이 부신 듯 손을 들어 눈을 가렸다.

"손전등은 어디에서 찾아냈어?"

"엄마 방 침대 아래에서 발견했어. 정전되기 직전에."

"트릭시는 못 찾았어?"

"유감스럽게도 트릭시는 찾아내지 못했고, 그 대신 이 가방을 발견했어."

로즈가 코너에게 작은 꽃무늬 가방을 내밀었다.

코너가 고개를 갸웃거리며 물었다. "이 가방은 뭔데?"

"인슐린 주사 키트가 들어 있는 가방이야. 릴리가 잃어버렸다고 했던 그 가방."

"이 가방이 왜 너희 방 침대 아래에 떨어져 있었는지 모르겠네."

"나도 궁금한 점이야."

밖에서 인기척이 들려와 우리 모두 출입문 쪽으로 시선을 돌렸다. 로즈의 손전등이 문 앞에 서 있는 릴리를 비추었다.

"할머니 방을 살펴봤는데 트릭시는 없었어."

로즈가 말했다. "위층 방들은 다 둘러봤으니까 이제 아래층으로 내려가보자. 릴리, 너무 걱정하지 마. 엄마가 트릭시를 찾아냈을지도 모르잖아."

지친 얼굴의 릴리가 고개를 끄덕였다. 릴리의 얼굴에서 특유의 독기가 사라져 있다.

손전등을 든 로즈가 앞장서서 아래층으로 내려갔다. 벽난로에 집어넣은 장작이 다 타버려 거실은 어느덧 싸늘한 냉기가 돌았다. 코너가 수납장에서 양초를 몇 개 꺼내 불을 붙였다. 우리는 트릭시를 마지막으로 봤던 창가 자리로 돌아왔다.

릴리가 담요를 집어 들고 코에 갖다 대며 말했다. "도무지 이해가 안 돼. 트릭시는 바로 여기에 누워 있었잖아."

"트릭시는 돌아올 거야." 로즈가 릴리를 달래며 꽃무늬 가방을 건넸다. "이 가방을 찾았어. 얼른 인슐린 주사를 맞아."

릴리가 가방에서 인슐린 주사 키트를 빼냈다. "이 가방이 어디에 있었어?"

"엄마 방."

"인슐린 펜이 없어졌어."

마치 시간이 멈춰버린 느낌이 들었다. 우리 모두 연이어 발생하는 충격적인 사건을 따라잡기 힘들었다.

"엄마?" 릴리가 엄마를 소리쳐 불렀지만 아무 대답이 없었다. 이제 엄마도 행방불명되었다.

우리는 손전등과 촛불을 들고 집 안을 두루 살피며 돌아다녔다. 여전히 천둥과 번개를 동반한 폭우가 쏟아지고 있었지만 기세가 이전보다 많이 누그러진 느낌이 들었다.

"트릭시!" 우리는 거듭 트릭시의 이름을 불렀고, 대답 대신 메아리가 울려 퍼졌다.

우리는 손전등과 촛불을 들고 서재로 들어섰다. 서재의 소파에 로즈의 짐 가방이 놓여 있다. 방은 춥고 어둡고 텅 비어 있다.

이번에는 주방으로 가서 식탁 아래, 찬장 안, 커튼 뒤를 두루 확인했다. 트릭시는 그 어디에도 없고, 우리는 이제 더 찾아볼 곳도 없다. 다들 벽에 분필로 적어놓은 시를 보지 않으려고 애썼다.

로즈가 말했다. "할머니 작업실에도 가보자."

릴리가 서재의 출입문을 향해 걸어가며 말했다. "그 방은 문이 잠겨 있을지도 몰라."

작업실 문 앞에 도착하자마자 로즈가 작업실 출입문 손잡이를 돌렸다. 삐걱거리는 소리를 내며 문이 열렸다. 로즈가 손전등을 여기저기 비추었다. 난장판이 되어있는 작업실의 모습이 눈에 들어왔다.

코너가 먼저 작업실 안으로 들어섰다. "누가 이따위 짓을 했지?"

로즈가 먼저 예상 답안을 내놓았다. "할머니는 마지막 책을 쓰고 있었어. 누군가 할머니가 쓴 원고를 찾아내려고 작업실을 뒤진 게 아닐까?"

코너가 말했다. "아니면 이베이에서 제법 많은 돈을 받고 팔 수 있는 비어트리스 다커의 소장품을 찾으려고 했는지도 모르지."

로즈는 코너의 말을 무시했다. "할머니는 가족 이야기를 쓰고 있었어. 어쩌면 우리들 가운데 누군가는 할머니의 책이 출간되길 바라지 않았을 수도 있어."

작업실 바닥에는 그림, 종이, 연필, 물감이 어지럽게 흩어져 있고, 서랍들은 죄다 밖으로 빠져나와 있었다. 엉망진창인 작업실을 둘러보다가 벽에 걸린 그림과 시에 눈이 갔다. 할머니의 작품이 틀림없었다.

여기서 이야기는 끝나네
분열된 가족과 잊힌 친구들
속죄할 줄 모르는 사람들의 이야기

은색 글씨가 시글라스를 연상시키는 검푸른 바나를 배경으로 빛났다.

행복한 날들로 돌아갈 수 없다면
덜 슬픈 곳을 찾아가길

코너가 말했다. "로즈 말대로 누군가 할머니가 쓰던 원고를 찾아내 출판하지 못하게 막으려고 한 게 아닐까?"

릴리가 말했다. "이제 탐정 놀이는 그만하시지."

코너가 아랑곳하지 않고 말을 이었다. "할머니의 시에는 늘 숨은 의미가 깃들어 있었어. 결코 아이들만을 위해 쓴 시가 아니었지."

나는 코너의 말에 동의하며 말했다. "할머니의 책이 출판되면 그동안 숨겨온 비밀이 드러날까봐 두려워한 누군가가 있었어."

코너가 거들었다. "목숨 걸고 지킬 비밀이 있는 누군가가 할머니를 살해했다고 봐."

갑자기 불어온 돌풍에 코너가 들고 있던 촛불이 꺼졌다.

릴리가 말했다. "이제 뜬구름 잡는 얘기는 그만하고 제발 내 딸을 찾는 데 집중해줘."

내가 물었다. "엄마는 지금 어디에 있지?" 다들 아무런 대답이 없었다. 답을 말하기 힘들어서일 수도 있다. 엄마는 자존심이 강해 사생활을 철저히 숨겨왔다. 아무리 허구라고 하더라도 엄마가 숨기고 싶은 이야기가 세상에 드러나게 되면 얼마나 치욕스러워할지 눈에 선했다.

결국 우리는 트릭시를 찾지 못하고 할머니의 작업실을 나섰다.

이제 음악실이 마지막으로 남은 곳이다. 우리들 가운데 그 누구도 아빠의 시신을 보고 싶어 하는 사람은 없다. 음악실 문을 열기 직전에 번개가 쳤고, 나는 본능적으로 숫자를 셌다.

하나……

순간적으로 방이 환해졌고, 피아노의 그림자가 벽에 역동적인 무늬를 그려냈다.

둘……

음악실에도 트릭시는 없다.

셋……

아빠의 시신도 사라졌다.

코너가 당혹스러운 얼굴로 말했다. "어떻게 된 일이지? 프랭크 아저씨의 시신도 사라졌어."

천둥소리가 무겁게 울려 퍼지는 가운데 우리는 어둠 속에서 서로를 응시했다. 어두워서 잘 보이지는 않지만 다들 잔뜩 겁에 질린 표정이었다. 릴리는 마치 어릴 때처럼 로즈의 손을 잡았다. 어느새 창문을 두드리던 빗줄기가 잦아들었고, 음악실 안은 완벽한 침묵에 휩싸였다.

그때 복도에서 칠판을 손톱으로 긁는 것 같은 소리가 들려왔다.

10월 31일 오전 2시 25분

간조까지 네 시간 미만

코너가 로즈의 손에서 손전등을 빼앗아 들고 복도로 달려 갔다. 모두들 코너를 뒤따라 뛰어갔고, 이내 이상한 소리의 원인이 밝혀졌다.

포핀스가 계단 아래 벽장문을 낑낑거리며 긁어대는 소리였다.

릴리가 손잡이를 잡고 돌려봤지만 역시나 문은 굳게 잠겨 있었다.

"트릭시?" 릴리가 주먹으로 문을 두드리며 소리쳤다. "안에 있니?"

벽장문 안에서는 아무런 대답이 없었다.

릴리는 문고리를 더욱 세게 흔들어대며 문을 두드렸다.

코너는 손전등을 로즈에게 넘겨주고 나서 문에 대고 발길질을 퍼부었지만 문은 꿈쩍도 하지 않았다.

릴리가 신경질적인 목소리로 물었다. "이 망할 벽장 열쇠가 도대체 어디로 사라진 거야?"

포핀스가 다시 컹컹 짖어대며 문을 긁어댔다.

그러자 릴리가 호통쳤다. "조용히 해, 포핀스!"

로즈가 속삭였다. "개한테 열쇠가 있어."

"그건 또 무슨 말이야?"

"포핀스한테 열쇠가 있다니까."

"설마?"

로즈가 포핀스에게 손전등 불빛을 비추며 말했다. "포핀스 목걸이에 열쇠가 달려 있잖아."

우리가 일제히 쳐다보자 포핀스가 잔뜩 주눅 든 표정으로 눈을 깜빡였다. 로즈가 손전등 불빛을 비추며 포핀스의 목걸이에서 열쇠를 빼내 벽장 자물쇠에 끼워 넣었다.

어릴 때 우리는 누구나 벽장을 무서워했다. 벽장의 킴캄한 어둠 속에서 거미와 쥐들이 우릴 잡아먹으려고 신경을 곤두세우고 있다고 믿었기 때문이다.

마침내 문이 삐걱거리며 열렸다. 로즈가 손전등을 비추며 앞장섰고, 우리는 그 앞쪽을 살폈다.

시체 냄새가 코를 찔렀다. 이내 할머니의 시체가 눈에 들어왔다. 돌벽에 기대 앉은 자세다. 회색으로 변한 피부와 머리의 커다란 상처, 뺨과 흰 잠옷에 흘러내린 피가 아니었다면 마치 깊이 잠든 사람처럼 보였을 수도 있다. 그 옆에 아빠의 시신도 있다. 사후 경직 탓인지 여전히 지휘봉을 손에 들고 있다. 하나의 장면이 내 머릿속을 스쳐 지났다. 1983년 초, 내가 세 번째로 심장 수술을 받은 날, 처음으로 거짓말을 한 날.

∞

아빠는 이혼한 이후 연달아 여자 친구를 사귀었다. 늘 아빠보다 나이가 많이 어린 오케스트라 단원이었다. 이혼 전후 아빠가 보인 행동은 속이 훤히 들여다보였다. 엄마는 터져 나오는 분노를 애써 삼켜야 했다.

우리 가족 그 누구도 아빠의 연애를 진지하게 받아들이지 않았다. 적어도 아빠가 레베카를 만나기 전까지만 해도 곧 지나갈 바람으로 치부했다. 레베카는 아름답고 재미있고 똑똑하고 다정했다. 아름다운 금발, 하얀 피부, 푸른 눈동자가 아직도 또렷이 기억난다.

레베카는 우리를 놀이공원이나 박물관에 데려가거나 맥도날드에서 햄버거를 사주었고, 처음 접하는 방식으로 머리를 땋아주기도 했다. 엄마를 제외하고 다들 레베카를 좋아했다. 우리가 환하게 웃으며 집에 돌아와 레베카에 대한 칭찬을 늘어놓을 때마다 엄마가 얼마나 괴로웠을지 지금은 상상이 되지만 그때는 전혀 몰랐다.

런던의 유서 깊은 공연장인 로열 앨버트 홀에서 아빠가 오케스트라를 지휘하게 되었다. 아빠가 오랫동안 갈망했던 일이었고, 할머니와 엄마를 포함한 우리 가족 모두를 초대했다. 그 누구보다 일찍 공연장에 입장한 우리는 아빠가 오케스트라를 지휘할 꿈의 무대를 둘러보았다.

그때 릴리가 심드렁한 얼굴로 한 말이 아직도 기억났다. "차라리 아빠가 버스 기사였다면 무임승차라도 할 수 있었을 텐데……."

공연이 시작되기 한 시간 전쯤 아빠가 레베카를 데리고 우리에게 왔다. 그날 레베카의 미모는 유난히 빛났고, 어린 내가 보기에도 강렬한 존재감으로 엄마를 움츠러들게 했다.

아빠가 우릴 향해 환하게 웃으며 말했다. "좋은 소식이 있단다! 레베카가 내 청혼을 받아들였다."

레베카가 아빠에게 윙크하고 나서 말했다. "한 치의 망설임 없이 승낙했어요."

나는 레베카가 손가락에 낀 반지를 보다가 엄마를 향해 고개를 돌렸다. 엄마는 머리를 한 대 얻어맞은 사람처럼 멍한 표정을 짓고 있다가 입꼬리를 올리고 어색하게 웃었다. 아빠의 재혼 소식을 들은 할머니는 입이 떡 벌어졌다. 나는 그때 처음으로 할머니의 놀란 표정을 보았다. 나는 본능적으로 우리 가족이 위협받고 있다는 생각이 들었고, 언니들과 나는 힘을 하나로 모아 이 위기를 넘기기로 했다. 그때까지만 해도 우리는 엄마 아빠가 언젠가 재결합하리라 믿어 의심치 않았다. 불과 몇 분 전까지 우리가 따르고 좋아했던 레베카는 이제 우리 가족의 평화와 안녕을 위협하는 마녀가 되었다.

어릴 때 해변이나 정원에서 빙글빙글 맴을 돌다가 자세를 바로 해 걸으려고 하면 하늘이 돌고, 걸음이 자꾸만 꼬이던 기억이 떠올랐다. 몸이 마음먹은 대로 되지 않는 게 신기하고 흥미로웠다. 내가 휘청거리다가 넘어지면 다들 웃음을 터뜨렸다. 아빠가 다른 여자와 재혼할 수도 있겠다는 생각이 들면서 머리가 어지럽고 속이 울렁거렸다. 그러다가 까무룩 정신을 잃고 쓰러졌다.

앨버트 홀은 지나치게 더웠고, 우리가 있던 관객석은 높은 곳이었다. 나는 아빠가 재혼한다는 말에 놀라 기절한 것이다. 엄마는 내가 크게 낙담해 심장이 멈추었다고 확신했다. 구급차가 달려왔고, 나는 병원으로 즉시 이송되었다. 할머니와 엄마, 언니들이 뒤따라 병원에 왔다.

아빠는 오케스트라 지휘를 하기로 되어 있어서 그 자리에 남았다. 우리 가족은 아빠가 앨버트 홀에서 오케스트라를 지휘하는 모습을 보지 못했다. 레베카는 딸이 기절해 병원에 실려 가는 모습을 보고도 앨버트 홀에 남은 아빠를 향해 딸보다 커리어를 우선시하는 사람과 결혼할 수 없다며 이별을 통보했다.

그날 솔직히 내 심장은 멈춘 적이 없고, 나는 기절한 척 연기를 했을 뿐이지만 아무에게도 진실을 털어놓지 않았다. 진실을 밝히지 않는 것도 일종의 거짓말이라는 걸 그때 처음 이해했다. 내가 거짓으로 기절해 쓰러진 일이 그토록 어마어마한 파장을 불러일으키게 될지 미처 몰랐다. 나는 죄책감을 느꼈지만 끝내 그 누구에게도 진실을 털어놓지 않았다.

∞

릴리가 비명을 지르는 소리가 울려 퍼졌다. "트릭시!"

릴리의 시선이 닿아 있는 벽장 안쪽에서 트릭시가 바닥에 웅크리고 누워있는 모습이 보였다. 트릭시가 입고 있는 분홍색 잠옷은 먼지투성고, 안색이 어찌나 창백한지 마치 유령처럼 보였다.

릴리가 재차 이름을 불러도 트릭시는 미동도 하지 않았다.

트릭시

데이지 다커의 조카 트릭시는 조숙한 아이였네
버려진 새끼 오리처럼 야생에 잘 적응하지 못했네

열다섯 살 트릭시 다커는 영리하고 다정했지만
질문이 너무 많았고, 어떤 진실은 꼭꼭 숨겨져 있어 찾기 어려웠네

예기치 않게 증조할머니의 유산을 상속받게 되었지만
많은 질투와 증오를 불러일으키고 말았네

아이는 무엇보다 궁금한 것이 있었다네
아빠는 어디 있을까, 내 존재를 알고 있을까?

마침내 아이가 계단 아래 벽장에서 발견됐을 때
누굴 탓해야 할지 아무도 알 수 없었네

아이가 먼지 속에 버려져 잊힐 수 있는 세상에서

진정 신뢰할 수 있는 사람이 누구인지 분별하기 어려웠네

진정 신뢰할 수 있는 사람이 누구인지 분별하기 어려웠네

22장

10월 31일 오전 2시 30분

간조까지 네 시간 미만

로즈가 조심스럽게 트릭시를 안아 들고 벽장 밖으로 나왔다. 릴리는 극심한 충격에 빠져 그 자리에 우두커니 서 있었다. 코너와 나도 충격이 어찌나 큰지 할 말을 잃었다.

로즈가 트릭시를 조심스레 나무 바닥에 눕혔다.

로즈가 코너에게 말했다. "손전등 좀 들고 있어봐."

트릭시의 맥박을 짚어본 로즈가 고개를 끄덕였다.

"살아있어."

그제야 릴리의 얼굴에 안도감이 번졌다.

이내 릴리가 화가 나 소리쳤다. "도대체 누구 짓이야? 트릭시가 스스로 저 빌어먹을 벽장에 들어가 문을 잠갔을 리 없잖아."

로즈가 손을 들어 릴리를 제지했다. "잠깐! 뭔가 이상해."

트릭시의 머리부터 발끝까지 살피던 로즈의 시선이 양말 한 짝이 벗겨져 드러난 트릭시의 맨발을 주시했다.

로즈가 중얼거렸다. "발가락 사이에 마른 피가 묻어 있어."

릴리가 물었다. "그게 무슨 뜻이야?"

"확신할 순 없는데 누군가 트릭시의 발가락 사이에 인슐린 주사를 놓은 것 같아."

"인슐린 주사라니?"

"네 인슐린 주사 키트가 엄마 방에 있었고, 넌 그 안에 들어 있던 인슐린 펜이 없어졌다고 했잖아. 엄마는 지금 이 자리에 없고."

릴리가 세차게 고개를 저었다. "설마 엄마가 트릭시에게 이런 짓을 했다고 생각하진 않지? 엄마가 트릭시를 얼마나 사랑하는데!"

로즈가 한숨을 푹 쉬었다. "엄마는 어디로 사라졌을까? 릴리, 당장 주사 키트를 줘봐."

로즈는 릴리가 건넨 가방에서 주사 키트를 꺼냈다. 모두들 숨죽인 채 바라보는 가운데 로즈는 트릭시의 손가락을 찔러 새어 나온 피를 주사 키트에 묻혔다.

"누군가 트릭시에게 인슐린 주사를 놓았어. 당장 조치를 취하지 않으면 위험해."

릴리가 울먹이며 호소했다. "제발 어떻게 좀 해줘."

로즈는 서재로 달려가 가죽 가방을 들고 돌아왔다. 수의학을 공부하려고 케임브리지 대학에 입학했을 때 할머니가 사준 선물이었다. 로즈는 가방을 열고 주사기와 약병을 꺼냈다.

코너가 물었다. "그게 뭐야?"

"글루카곤. 원래는 릴리의 키트에도 들어있어야 하는데 인슐린 펜과 함께 사라졌어. 개를 치료할 때도 똑같은 주사약을 써. 내 방식이 옳다면 트릭시는 깨어날 거야."

릴리가 속삭이듯이 물었다. "만약 틀렸다면?"

로즈가 릴리의 반문을 무시하고 트릭시의 팔에 약물을 주사했다.

영원처럼 느껴지는 시간이 이어졌다. 얼마나 흘렀을까, 마침내 트릭시가 눈을 떴다. 몇 번 눈을 깜빡이던 트릭시가 릴리를 알아보았다.

"엄마?"

릴리가 트릭시를 품에 안고 뺨에 입을 맞추며 말했다. "오, 하느님! 감사합니다."

나는 비로소 안도감을 느끼며 눈시울을 붉혔다. 로즈와 코너도 안도한 표정이었다. 우리들 가운데 트릭시를 해치려고 한 사람은 아무도 없었다는 뜻이다. 잠시 후 거실로 돌아온 우리는 벽난로에 장작을 집어넣고 나서 촛불도 몇 개 더 밝혔다. 어둠 속에서도 릴리가 몸을 부르르 떠는 모습이 보였다. 트릭시는 담요를 뒤집어쓴 채 이글이글 타오르는 불길을 바라보고 있었다. 다들 식욕이 없어 보였다. 할머니와 아빠는 시체로 발견되었고, 트릭시는 하마터면 목숨을 잃을 뻔했다. 엄마는 어디론가 말도 없이 사라졌다. 이유는 둘 중 하나다. 몹시 나쁜 일을 저질렀거나 당했거나.

엄마는 수면제를 탄 차를 트릭시에게 마시게 했고, 릴리는 창문 아래에 트릭시를 눕히고 담요를 덮어주었다. 트릭시의 기억도 거기에 머물러 있었다. 누가 벽장 안에 가두었는지 전혀 기억하지 못했다.

어젯밤 우리 가족은 식탁에 둘러앉아 살인죄를 피하는 방법을 농담처럼 주고받았다. 그 자리에서 로즈는 누군가를 죽이고자 할 때 발가락 사이에 인슐린 주사를 놓으면 직방이라고 했다. 누군가 실제로 그 방법을 써서 트릭시를 죽이려고 했다.

우리 가족을 이렇게까지 증오할 수 있는 사람이 누군지 감이 오지 않았다. 나는 주위를 둘러보았다. 이 자리에 있는 사람들 가운데 할머니가 작성한 유언장에 대해 분노하거나 아빠를 미워하는 사람은 있겠지만 적어도 트릭시를 해치고 싶어 할 사람은 없어 보였다.

정전이 되어 촛불을 켜둔 거실에 비로소 조명이 들어오면서 사방을 환하게 밝혔다.

릴리가 말했다. "좋은 징조야."

"그 말을 믿어도 되겠지?" 로즈가 그렇게 되묻고는 트릭시를 살폈다.

로즈가 가죽 가방에 물건을 챙겨 넣을 때 권총을 본 사람은 나뿐만이 아니었다. 트릭시의 눈이 왕방울만 해졌다.

"로즈 이모, 그 총은 뭐예요?"

릴리가 끼어들었다. "총을 안전한 장소에 두었다고 했잖아?"

로즈가 한숨을 푹 내쉬었다. "지금은 총을 가까이 두는 게 안전할 것 같아서." 그런 다음 트릭시에게는 다른 설명을 덧붙였다. "수의사들도 총을 사용해야 할 때가 있단다. 슬픈 일이지만 동물이 살아있는 게 더 고통스러울 때 안락사를 시키는데 그럴 때 총이 필요해. 빨리 숨통을 끊어야 고통이 덜하거든."

"이모도 직접 총을 쏴요?"

"아픈 동물을 고통에서 벗어나게 하려면 어쩔 수 없이 총을 쏴야 해."

"만약 우리가 아픈 동물처럼 고통스러워하면 우리도 쏠 거예요?"

"동물에게 쓰는 방식을 사람에게 똑같이 적용할 수야 없지. 사람들은 그런 문제도 법으로 정해두었으니까 그대로 따라야 해."

트릭시는 여전히 물어볼 게 많은 표정이었지만 애써 입을 다물었다. 트릭시는 어른들이 알면서도 차마 말하지 못하는 게 있다는 걸 알아챌 만큼 분별력이 있는 아이였다.

로즈는 출입문을 향해 발걸음을 옮겼다.

릴리가 겁먹은 목소리로 물었다. "어디 가?"

"금방 올게. 확인해볼 게 있어."

코너가 물었다. "같이 갈까?"

로즈는 코너를 빤히 쳐다보다가 아무런 대답도 하지 않고 문을 나섰다. 거실에 남은 사람들은 타닥타닥 소리를 내며 타들이 가는 벽난로의 불길을 망연히 바라보며 앉아 있었다. 벽난로에서 일렁이는 불꽃의 그림자가 벽과 우리의 일굴에서 춤을 췄다. 다들 머릿속에 떠올리고 있는 생각이 어찌나 치열한지 귀에도 들릴 듯했다.

잠시 후 코너가 거실을 나갔다. 나는 그를 따라나서려다 문 틈새로 그와 로즈가 만나는 모습을 보고 멈칫했다.

코너가 로즈에게 물었다. "괜찮아?"

"전혀 괜찮지 않아. 아까 벽장 문을 열었던 열쇠를 찾으려고 나왔어." 로즈가 청바지 주머니를 두드리며 말했다. "어쩌면 이 열쇠가 마스터키일 수도 있다는 생각이 들어. 그러면 물이 빠질 때까지 거실에 모여 문을 걸어 잠그고 있으려고. 누군가가 트릭시를 죽이려 했어. 아직 위험이 계속되고 있다는 증표야.”

“누가, 왜 이런 짓을 저지르고 있을까?”

“그건 모르지만 우린 지금 모두 위험해.”

“누군지 모르긴 해도 할머니에게 단단히 화가 난 사람일 거야. 유언장 때문만은 아닌 것 같아. 작업실까지 엉망으로 만들었잖아. 정말 할머니가 너희 가족에 관한 책을 쓰는 게 싫었던 사람인지도 몰라. 말하지 못할 비밀을 간직한 사람.”

로즈가 물었다. “우리 중에 비밀이 없는 사람이 하나라도 있을까?”

“우린 비밀을 지키려고 살인을 저지르지는 않아.”

로즈가 코너를 빤히 바라봤다. 코너는 어느새 다른 생각에 골몰해 있었다.

“범인은 프랭크 아저씨를 왜 죽이려 했을까? 트릭시는 또 왜?” 코너가 말을 이었다. “처음 할머니의 시신을 발견했을 때 그 두 사람이 무언가를 본 게 아닐까? 범인을 식별할 수 있는 무언가를?”

로즈가 계단 아래 벽장을 노려보며 말했다. “범인이 누군지 몰라도 숨바꼭질을 즐기는 작자가 분명해.”

코너가 말했다. “적어도 사라진 시신들을 찾아냈잖아. 포핀스가 문을 긁어 알려준 덕분에. 할머니에게서 일 분 이상 떨어지는 걸 못 견뎌 하는 녀석이니까.”

로즈는 주머니에서 열쇠를 꺼내 벽장문을 잠갔다. “더는 벽장 안을 들여다보고 싶지 않아. 생각만 해도 소름이 끼쳐 머리에서 식은땀이 날 것 같아.”

두 사람이 대화를 마치고 발길을 돌리는 순간 나는 얼른 거실 안쪽으로 물러섰다. 중요한 퍼즐 조각 하나를 놓친 것 같은 기분이 들었다. 이제 누굴 믿어야 할지 갈수록 어려워지고 있었다.

우리 모두 두려움에 휩싸일 수밖에 없었다.

누군가 우리 가족을 한 명씩 죽이고 있었다.

다음 희생자는 누구일까?

23장

10월 31일 오전 2시 40분

간조까지 네 시간 미만

릴리와 트릭시는 소파에 붙어 앉아 온기를 나누고 있었다. 로즈는 벽장 열쇠를 거실 자물쇠에 끼우고 돌려보았다. 로즈의 추측은 옳았다. 벽장 문을 연 열쇠가 이 집의 마스터키였다.

릴리가 물었다. "열쇠로 뭐해?"

"우리가 거실에서 나갈 때까지 아무도 못 들어오게 하려고."

"엄마가 위험에 처했을 수도 있잖아. 다들 왜 엄마에 대해서는 아무런 걱정도 하지 않지?"

그 질문에 아무도 대답하지 않았다. "다들 엄마를 의심하나본데 적어도 누굴 죽일 사람은 아니야."

트릭시가 물었다. "증조할머니 말고 누가 또 죽었어요?"

트릭시는 오늘 자신이 무슨 일을 겪었는지 몰랐다. 할아버지가 세상을 떠났다는 사실조차도. 트릭시는 증조할머니도 불의의 사고로 사망했다고 믿고 있었다.

내가 말했다. "트릭시 앞에서 할 얘기는 아닌 것 같아."

하지만 릴리는 언제나 그랬듯이 내 말을 무시했다.

"아무리 생각해봐도 시글라스에 우리 말고 다른 누군가가 더 있는 것 같아. 우리가 잠자리에 들 때까지 기다렸다가 한 사람씩 공격하고 있잖아. 물론 우리 가족에 대해 잘 아는 사람이겠지. 할머니의 여든 번째 생일에 우리 가족 모두가 한자리에 모일 걸 예상하고 계획을 짠 거야."

코너가 고개를 끄덕였다. "할머니가 땅끝마을 점술가의 예언대로 오늘이 마지막 날이 될 거라 믿었다는 것도 알았겠지. 결국 그 예언대로 됐고."

트릭시가 흐느껴 울기 시작했다. "할아버지에게도 무슨 일이 있었어요?"

내가 나서려고 하자 릴리가 끼어들며 말했다. "아니야, 할머니 일로 너무 속상해서 누워 계셔."

트릭시가 물었다. "할머니에게도 무슨 일이 있어요?"

모두들 답변을 꺼렸지만 엄마가 시글라스에서 벌어지고 있는 살인사건의 범인이라고 믿을 사람은 아무도 없었다. 엄마가 많은 일을 벌이고 다니는 건 분명한 사실이었지만 살인은 포함되지 않는다고 단언할 수 있었다.

거실 선반에 내가 자주 들여다보는 사진 액자가 놓여 있었다. 할머니, 엄마, 언니들과 내가 바로 이 거실에서 행복하게 웃고 있는 사진이었다. 언니들과 똑같이 감색 원피스를 입은 걸 보니 아마도 내가 일곱 살이었던 1983년이었다는 뜻이다. 엄마와 함께 시내에 나가 사진에 나오는 원피스를 샀다. 나는 그날 엄마에게 선의의 거짓말을 했다.

하얀 거짓말도 때로는 곰팡이처럼 검게 번지곤 한다.

24장

1983년, 시글라스

1983년, 부활절 휴가 때 시글라스에 왔다. 그날 엄마는 드물게 기분이 좋았고, 나를 차에 태우고 해안 도로를 달리며 라디오에서 흘러나오는 노래를 흥얼거렸다. 우리는 시내에 있는 데번햄스 백화점에 가는 길이었다. 할머니와 달리 엄마는 쇼핑을 즐겼고, 취향도 고급이다. 이혼할 때 합의금으로 받은 돈이 제법 많았지만 런던에 있는 집을 담보로 제공하고 받은 대출금과 언니들의 학비를 내고 나자 남는 돈이 별로 없었다. 엄마가 세일 첫날을 손꼽아 기다려온 이유다.

나는 엄마와 달리 백화점에 가길 싫어했다. 백화점은 너무 방대한 데다 사람도 많아 키가 작은 나는 늘 엄마를 잃어버릴까봐 마음이 조마조마했다. 백화점 쇼핑보다는 할머니와 함께 구시가지에 있는 자그마한 서점에 가서 책을 고르는 게 더 즐거웠다.

백화점에 도착한 엄마는 에스컬레이터를 타고 곧장 위로 향했다. 먼저 아동복 매장에 들러 로즈와 릴리에게 입힐 원피스 두 벌을 샀다. 흰색 깃이 달린 파란 벨벳 원피스를 보는 순간 나도 갖고 싶었다. 엄마는 연년생인 로즈와 릴리를 쌍둥이처럼 입혔지만 나에게는 새 옷을 사준 적이 별로 없었다.

우리는 에스컬레이터를 타고 한 층 더 올라가 여성복 매장으로 갔다. 엄마의 걸음을 따라잡기 위해 나는 거의 뛰다시피 할 수밖에 없었다. 매장에 도착하자마자 엄마는 할인 행사하는 옷들을 둘러보기 시작했다. 나는 엄마가 마음에 드는 옷을 고르길 기다리면서 바닥에 떨어진 사이즈 표시 링을 주워 모았다. 10 사이즈는 주황색, 12 사이즈는 초록색, 14 사이즈는 파란색이었다. 엄마는 늘 10 사이즈였고, 그래서인지 나는 주황색이 싫었다.

엄마는 드레스를 여러 벌 골라 탈의실에 들어갔고, 첫 번째 드레스가 몸에 맞지 않자 버럭 화를 냈다.

"잘 좀 올려봐."

"안 움직여요." 나는 엄마를 도와 지퍼를 위로 끌어당겼지만 꿈쩍도 하지 않았다.

엄마는 드레스를 머리 위로 벗더니 바닥에 내팽개치며 말했다. "사이즈가 작게 나왔잖아."

설마 했는데 다음 드레스도, 그다음 드레스도 마찬가지였다. 그러자 엄마는 흐느껴 울기 시작했다.

"애를 셋이나 낳았으니 몸이 망가질 수밖에. 엄마가 너희들을 낳아 키우느라 몸이 이 모양 이 꼴이 된 거야."

나는 어쩔 줄 몰라 하며 주머니에 손을 집어넣었다. "더 큰 사이즈를 찾아볼까요?"

그 말을 들은 엄마가 벌레 씹은 표정을 짓는 바람에 난 대답을 기다리지 않고 탈의실을 나왔다. 좀 전에 주워둔 사이즈 표시 링 몇 개가 주머니 속에 들어있었다. 나는 링을 만지작거리다가 갑자기 좋은 생각이 떠올랐다. 매장에서 엄마가 가장 먼저 골랐던 드레스를 찾아낸 다음 옷걸이의 녹색 링을 주황색 링으로 갈아 끼운 뒤 탈의실로 달려갔다.

엄마가 드레스를 노려보며 말했다. "아까 입어본 옷이잖아."

"아니에요. 어서 입어봐요. 이번에는 잘 맞을 거예요."

엄마는 내 손에서 드레스를 낚아채 입기 시작했다. 내가 지퍼를 끝까지 올려주었고, 엄마는 거울에 비친 자기 모습을 보고 환하게 웃었다.

그날 엄마는 백화점을 떠나기 전 아동복 매장에 다시 들러 나에게도 언니들과 똑같은 원피스를 사주었다. 엄마가 나에게 새 원피스를 사준 건 그때가 처음이자 마지막이었다.

엄마는 집으로 돌아가는 길에도 라디오를 크게 틀어놓고 노래를 불렀다. 차 트렁크에 넣어둔 쇼핑백에는 엄마 몸에 맞지도 않는 반값 드레스가 가득했다. 나는 엄마의 행복한 기분을 망치고 싶지 않아 내가 저지른 잘못을 끝내 고백하지 않았다.

시글라스 근처 해안 길로 들어선 우리는 혼자 걷고 있는 코너를 발견했다. 그 당시 코너는 열세 살이었다. 아직 소년 티를 벗지 못했으면서 청년처럼 보이고 싶어 하는 시기. 그 옆에 차를 세운 엄마가 코너의 얼굴을 보는 순간 기겁했다. 눈가가 시커멓게 멍들고, 입술은 피투성이였다.

엄마는 차에서 내려 코너에게로 달려갔다. "네 아빠에게 맞았니?"

우리 가족 모두 코너의 가정 형편이 어떤지 잘 알고 있었다. 엄마 아빠는 할머니가 브래들리의 재활 치료를 돕고 있다는 걸 알게 된 후 돈과 시간 낭비일 뿐이라며 한사코 말려왔다. 할머니는 들은 체하지 않고 브래들리를 도왔다. 엄마에게는 비로소 자기 생각이 옳았다는 걸 증명할 기회가 찾아온 셈이었다.

코너는 엄마가 묻는 말에 아무 대답도 하지 않고 절벽 아래 블랙샌드 베이만 내려다보았다.

엄마는 다시 코너에게 물었다. "어서 무슨 일이 있었는지 말해봐. 네 아빠가 그랬어?"

코너는 여전히 아무런 대답도 하지 않았다.

"일단 차에 타."

코너는 엄마가 시키는 대로 뒷좌석 내 옆자리에 앉았다. 코너의 몸에서 피와 땀 냄새가 흠씬 풍겨왔다.

엄마는 몇 년 전 할머니가 정성을 다해 수리해준 방갈로 앞에 차를 세웠다.

엄마가 말했다. "둘 다 차에서 내리지 말고 그대로 앉아 있어."

차에서 내린 엄마는 브래들리가 끌고 다니는 파란색 볼보를 보면서 혀를 내둘렀다. 차의 외관이 어찌나 지저분한지 번호판을 읽기조차 힘들었다.

나는 차창에 얼굴을 대고 엄마의 일거수일투족을 지켜봤다. 엄마가 방갈로로 성큼성큼 걸어가더니 주먹으로 문을 세게 두드리며 소리쳤다. "케네디 씨, 문 좀 열어봐요! 당신이 우리 어머님을 어떻게 구워삶았는지 모르지만, 난 당신 같은 사람들은 절대로 믿지 않아요. 당신 아들이 지금 내 차에 있는데, 앞으로 두 번 다시 볼 수 없을 테니까 당장 나와 작별 인사나 해요."

그 무렵 엄마는 코너에게 푹 빠져 있었다. 엄마뿐만 아니라 우리 가족 모두가 코너에게 보호 본능을 느꼈다. 코너는 무릎 위에 두 주먹을 올려놓은 채 고개를 푹 숙이고 있었다. 방갈로 문이 벌컥 열렸고, 나는 심장이 빠르게 뛰면서 가슴이 터질 듯했다. 코너의 아빠, 브래들리가 문간에 나타났다.

나는 전혀 다른 사람인 줄 알았다. 그 이전에 보았을 때는 몸이 수척하고 꾀죄죄했는데, 지금은 재활원에서 막 돌아왔을 때보다 몸도 훨씬 다부져 보이고 인물도 훤해 보였다.

엄마는 혼란스러운 낯빛이 되었다.

"안녕하세요, 다커 부인."

브래들리는 우리 모두를 집 안으로 들어오게 했다. 엄마의 예상과 달리 브래들리는 술을 입에 대거나 아들을 때리지 않았다. 그나마 직업도 생겨 수목원에서 정원사로 일한다고 했다.

코너는 학교에서 싸웠다고 했다. 어느 학생이 로즈와 릴리에 대한 악의적인 소문을 퍼뜨렸고, 코너가 언니들을 감싸려다 주먹다짐을 벌이게 되었다고 했다. 나중에 알고 보니 릴리가 동네 남자아이들에게 부활절 달걀 초콜릿을 주는 대가로 팬티 안을 들여다보게 해주었다는 말이 나돌았다. 그때 릴리는 열한 살이었다. 다행히 엄마는 그 사실을 끝까지 알지 못했다.

브래들리는 구급상자를 열어 아들의 상처를 치료해주었고, 엄마와 나에게 차와 비스킷을 대접했다. 집은 깨끗이 잘

정돈되어 있었다.

엄마는 겸연쩍은 얼굴로 브래들리에게 사과했다. "미안해요. 내 생각이 짧았어요."

브래들리가 웃으며 말했다. "괜찮아요. 나라도 당연히 그렇게 생각했을 거예요. 아내와 사별한 뒤로 줄곧 폐인처럼 지내느라 아빠 노릇을 제대로 하지 못했으니까. 아직 다 나은 건 아니지만 이제 정신을 좀 차린 것 같아요. 힘들 때마다 할머니에게 큰 도움을 받았죠. 덕분에 이제 글도 쓰기 시작했고요."

"글이라면, 책 말인가요?"

"내가 그동안 겪은 슬픔, 알코올의존증, 새롭게 맞게 된 긍정적인 변화를 글로 풀어내니까 제법 도움이 되더라고요. 내 끔찍한 경험이 타인에게 도움이 된다면 글로 써서 공유하고 싶어요."

브래들리는 쑥스러운 듯 코너에게로 시선을 돌렸다. "다커 부인에게 집에 데려다주셔서 감사하다고 말했니?"

엄마가 괜찮다는 뜻으로 손을 내저었다. "당연한 일인걸요. 앞으로는 다커 부인이라 부르지 말고 낸시라고 하세요."

"그럼 앞으로 저를 케네디 씨라 부르지 말고 브래들리라고 해야 합니다."

두 사람은 반갑게 악수하며 활짝 웃었다.

"직업이 정원사인 줄 미처 몰랐어요." 엄마는 차를 한 모금 마시며 말했다. "시글라스 뒤편 공터를 정원으로 가꾸고 있는데 언제 한번 둘러보고 나서 어떻게 해야 할지 조언을 해줄 수 있어요?"

"네, 당연히 그렇게 해드려야죠."

"어머님이 이번 주 일요일에 코너를 초대했다고 들었어요. 시간 되면 함께 오세요."

"일단 일정을 좀 확인해보겠습니다." 브래들리가 진지하게 말하더니 씩 웃었다. 그제야 엄마는 그가 농담했다는 걸 알고 큰 소리로 웃음을 터뜨렸다. 오랜만에 듣는 엄마의 웃음소리였다.

브래들리는 부활절 당일에 코너와 함께 달걀 초콜릿을 한 바구니 사 들고 시글라스에 왔다. 그날 오후 내내 정원에서는 엄마의 웃음소리가 끊이지 않았다.

그날 코너가 폴라로이드 카메라로 찍은 사진이 현재 거실 벽난로 위에 놓여 있다. 분홍색 드레스에 보라색 모자를 쓴 할머니, 오드리 헵번 앙상블 차림의 엄마, 데번햄스 백화점에서 산 감색 벨벳 원피스를 입은 우리 세 자매. 엄마의 시선이 약간 빗나가 있는 걸 보면 아마 브래들리를 바라보고 있었던 것 같다.

　엄마는 배우가 되고 싶었던 꿈을 이루지 못했지만 적어도 한때는 사랑하는 가족들과 함께 즐겁고 행복한 시간을 보냈다. 몇 년 뒤 벌어진 악몽은 엄마 잘못이 아니었다. 지금 일어나고 있는 일도. 때때로 우리는 원하는 걸 잡기 위해 가진 걸 내려놓아야 한다.

25장

10월 31일 오전 2시 45분
간조까지 네 시간 미만

릴리가 오랜 침묵을 깨고 말했다. "엄마를 찾아봐야 하지 않을까?"

로즈의 생각은 달랐다. "우리 모두 여기에 모여있는 게 가장 안전해."

릴리가 창문이 잘 잠겼는지 확인하고 있는 코너에게 물었다. "너도 그렇게 생각해?"

"이미 트릭시를 찾느라 집 전체를 샅샅이 뒤졌잖아. 다커 여사님이 집 안 어딘가에 있었다면 찾고도 남았겠지. 난 로즈 말에 동의해."

릴리가 오만상을 찌푸렸다. "아무리 시간이 흘러도 변하지 않는 게 있나봐."

나는 로즈와 코너가 왜 엄마를 의심하는지 충분히 이해할 수 있었지만 그들의 추론은 빗나갔다.

∞

1984년 봄에 내 심장이 네 번째로 멎었다. 나는 시글라스 뒤편 정원 벤치에 앉아 엄마가 건네준 꽃을 납작하게 누르고 있었다.

엄마는 가위로 시든 장미를 잘라내며 말했다. "사람이든 식물이든 죽었을 때 아름다움의 진가가 드러나는 법이란다."

엄마는 이제 흰 백합을 손질하기 시작했다. "안타깝게도 사람들은 뭐든 잃고 나서야 소중한 가치를 깨닫지."

엄마는 허리를 굽혀 잔디밭에서 시든 데이지 몇 송이를 잘라냈다.

하트 모양 은목걸이가 엄마의 목에서 달랑거렸다. 어느 해 크리스마스에 아빠가 선물한 목걸이다. 엄마는 생각에 잠길 때마다 로즈와 릴리의 사진이 들어 있는 로켓을 매만졌다. 나는 엄마가 그럴 때마다 언니들을 생각하는지 궁금했다.

엄마는 언니들을 기숙학교에 보내고 나서 나를 시글라스에 데려다주고 휑하니 사라지길 반복했다. 런던의 아마추어 극단 소속으로 연극 공연을 한다고 들었다. 엄마는 주연을 맡게 되면 우릴 초대한다고 했는데, 지금껏 무대에 선 엄마를 본 적이 없다.

엄마는 런던에서 지내는 동안 기분이 우울해질 때마다 시 글라스에 왔다. 오디션에서 떨어지거나 새치를 발견하거나 프로필 사진이 마음에 들지 않을 때 엄마는 몹시 우울해했 다. 시글라스는 언제나 엄마의 우울한 기분을 달래주는 도피 처였다. 바다로 둘러싸인 작은 섬에서는 상처받을 일이 없었 으니까.

엄마는 오후의 따스한 햇살 아래에서 레모네이드를 마시 며 책 사이사이에 꽃을 끼워 넣었다.

내가 엄마에게 물었다. "이 정원에 있는 꽃들은 죄다 야생 화야?"

엄마가 대답했다. "원래 모든 생명체는 야생에서 왔어."

"아이들도?"

"특히 아이들이 그렇지."

엄마가 납작해진 데이지를 책 사이에 끼우고 덮을 때 나 는 내 몸이 짓눌리는 것 같은 아픔을 느꼈다. 나는 그날 처음 으로 엄마가 나를 진정으로 사랑하지 않는다는 느낌을 받았 다. 그날따라 파도 소리가 더욱 크게 들려왔고, 슬픔과 외로 움이 나를 익사시킬 듯이 장식해 갔다. 나를 바라보는 엄마 의 눈빛에는 죄책감이 가득했다. 그 순간 나는 직감했다. 나 에 대한 엄마의 사랑은 상록수나 다년초가 아니어서 다시 자라나지 않으리란 걸.

가슴에서 익숙한 느낌이 전해졌다. 심장이 박동하는 소리가 파도 소리보다 더 크게 들려왔다. 엄마는 내 얼굴을 보다가 뭔가 잘못되어가고 있다는 걸 인지했다.

"또 심장에서 신호가 오니?"

나는 고개를 끄덕였다. "아마도요."

엄마는 그저 나를 물끄러미 바라봤다.

할머니가 집 안에서 소리쳤다. "데이지, 별일 없지?"

잠시 망설인 끝에 엄마는 할머니에게 구급차를 불러 달라고 소리쳤다. 그때 나는 이미 두 팔로 가슴을 안고 잔디밭으로 쓰러졌다. 데이지가 있던 곳에 얼굴을 묻고.

할머니와 엄마는 나를 담요로 감싼 채 바닷길을 건너 절벽을 올랐다. 구급차가 도착하기도 전에 내 심장은 멈춰버렸다. 내 심장이 일시적으로 멈췄던 순간들을 기억한다. 가슴의 극심한 통증, 폐에서 공기를 쥐어짜는 고통, 정신을 차릴 수 없을 만큼 심한 어지럼증, 무한한 암흑.

내 심장은 무려 3분 동안 뛰지 않았다. 임사체험을 한 사람들이 말하는 하얀 불빛이나 긴 터널, 흰 수염을 기른 남자가 진주로 장식한 문에서 나를 반겨주는 일은 없었다. 숨이 멎었다가 다시 눈을 떠보니 낯선 병동이었다. 네 번째로 심장이 멎었다가 되살아났을 때 나는 한 달 동안 병원 신세를 져야 했다.

내가 병원에 입원하면 엄마에게는 휴가가 주어졌다. 엄마는 내가 입원했을 때 더 밝고 행복해 보였고, 나는 내심 그런 엄마가 미웠다.

할머니는 주기적으로 병문안을 왔다. 머리맡에 앉아 책을 읽어주거나 이야기를 꾸며내 들려주기도 했다. 가끔 잠에서 깨면 할머니가 내 손을 잡은 채 졸고 있었다. 그때 처음으로 할머니가 언니들보다 나를 더 사랑한다는 걸 느꼈다.

어느 날 나는 할머니에게 물었다. "할머니도 내가 아픈 애라서 속상하죠?"

할머니는 내 질문에 미소로 화답했다. "내 눈에 넌 더없이 완벽한 아이란다. 자신감을 잃지 말고 너 자신을 바라봐. 네가 어떤 사람이 될지는 네가 어떻게 하느냐에 달려있어. 인간은 누구나 불완전해. 불완전하기에 아름다운 존재이기도 하고."

"의사 선생님이 말하길……."

"의사 선생님들이 무슨 말을 하든 마음에 담아두지 마. 병을 고치는 방법만 배운 사람들이니까. 넌 무엇이든 해낼 수 있다고 믿으면 돼."

할머니는 병원 음식이 담긴 식판을 쓰레기통에 엎어버렸다. 그런 다음 침상에 빨간 체크무늬 식탁보를 깔고 고급 호텔에서 산 샌드위치와 조각 케이크, 잼과 크림을 얹은 스콘을 차려놓았다.

할머니가 스콘을 한입 베어 물며 말했다. "아무래도 병원 음식은 맛이 없어 입맛이 안 돌아올 거야. 난 네가 잘 먹는 걸 보면 마음이 놓여. 의사들이 뭐라 하든 상관없어. 사람들은 나에게 작가가 될 자질이 없다고 했는데 나는 작가가 되었지. 의사들이 뭐라고 하든 네가 원한다면 뭐든지 될 수 있어. 앞으로 너만의 이야기를 써나가면 되는 거야."

그날 할머니가 해준 말이 한동안 내 머릿속에서 맴돌았다. 할머니의 말을 듣고 나서 처음으로 삶에 대한 희망을 느꼈다. 나에게도 미래가 있다는 믿음이 생겼고, 의사들의 말이 틀렸다는 걸 증명해 보이고 싶었다. 사람들은 때때로 사랑과 의무를 구분하기 어려워하지만 내 경험상 둘은 확연히 달랐다. 나는 어린 시절의 할머니와 엄마에게서 그 차이를 확인했다.

나는 집으로 돌아가려고 코트를 입는 할머니에게 말했다. "저를 보러 와줘서 고마워요."

"너를 만나면 언제나 기쁨을 얻는단다. 너도 내가 더 늙고 외로워지면 시글라스에 자주 와줄 거지?"

"꼭 그럴게요."

"이건 비밀인데, 난 네가 제일 좋아."

나는 할머니의 말이 진심이었다고 믿는다. 내가 살아오는 동안 할머니는 지치지도 않고 계속 나를 지지하고 격려하고 사랑을 베풀었다. 할머니를 영원히 떠나보낸 상실감이 컸다. 정말이지 앞으로 할머니 없이 어떻게 살아가야 할지 막막했다.

비밀은 채무와 같아서 이자가 감당할 수 없을 만큼 불어나기 전에 청산해야 한다. 세계적 베스트셀러인 《데이지 다커의 작은 비밀》의 데이지 다커는 착하고 순진한 아이로 그려져 있었다. 현실의 나는 착하지도 순진하지도 않았다. 때로 어두운 생각에 사로잡혔고, 어떤 비밀은 무슨 수를 써서라도 지키려 했다.

26장

10월 31일 오전 2시 50분

간조까지 네 시간 미만

릴리가 물었다. "지금 몇 시야?"

로즈가 대답했다. "네가 마지막으로 시간을 물어보고 나서 겨우 5분 지났어."

"정말 5분밖에 안 지났어?"

마음이 불안할수록 시간은 더디게 흐른다. 불과 5분이 지났을 뿐인데 몇 시간은 흐른 것 같다. 이 집에 영영 갇힌 기분이 든다.

릴리가 고개를 세차게 흔들었다. "당장 여길 떠날 방법이 없을까? 세 시간이나 더 기다리다간 미쳐버릴지도 몰라."

로즈가 말했다. "배 없이는 물이 빠지기 전에 떠날 수 없다는 걸 잘 알잖아."

릴리가 방 안을 서성거렸다. "문짝이라도 떼어내서 타고 가는 건 어때?"

로즈가 가벼운 한숨을 내쉬었다. "아직 폭풍이 몰아치고 있어. 네 귀에는 성난 파도 소리가 안 들리니? 문짝에 매달려 거친 파도를 헤치고 뭍까지 갈 수 있겠어? 노도 없는데 주걱으로 대신할래?"

릴리는 계속 불안하게 서성거렸고, 로즈는 손톱을 물어뜯었다.

내가 말했다. "다들 신경이 날카로운 건 알지만 서로 오가는 말이라도 좀 부드럽게 하면 안 될까?"

다들 내 말에 수긍하는 분위기다.

로즈가 릴리에게 사과했다. "릴리, 미안해. 네 기분이 어떤지 알아. 트릭시가 겪은 일을 생각하면 신경이 곤두서는 게 당연하지. 다만 힘든 상황일수록 더 냉정하고 차분하게 대처해야 하는 건 분명해."

트릭시가 눈을 동그랗게 뜨고 물었다. "제가 복도에서 기절한 거 말고 또 다른 일이 있었나봐요?"

로즈가 실수를 깨닫고 급히 상황을 수습했다. "아니야, 그냥 네 엄마가 복도에서 기절한 너를 보고 많이 놀랐었다는 뜻이야."

로즈가 다시 손목시계를 보며 시간을 확인했다. 저녁 내내 그랬다. 코너의 배가 사라졌다고 말하고, 누군가 선창의 밧줄을 고의로 끊은 듯이 보인다고 말한 사람도 로즈였다. 내가 아는 한 현관문을 열고 밖으로 나갔던 사람은 로즈가 유일했다.

혹시 로즈가 배를 매둔 밧줄을 고의로 끊은 건 아닐까?

근거 없는 의심은 금물이지만 이제 누굴 믿어야 할지 알 수 없었다. 다들 나처럼 혼란스러운 마음일 것이다.

트릭시가 몸을 부르르 떨었다. "왜 이리 춥죠?"

"벽난로에 장작을 더 넣어야겠어." 릴리가 장작 바구니가 있는 곳으로 걸어가더니 굳은 표정으로 속삭였다. "여기 또 있어."

코너가 릴리에게로 다가가더니 허리를 숙여 장작 바구니 안에 든 비디오테이프를 꺼내 들었다.

코너가 우리의 얼굴을 번갈아 보며 말했다. "정말 이상하네. 아까 불을 지필 때만 해도 없었는데."

로즈가 물었다. "이번에는 뭐라고 쓰여 있어?"

코너가 비디오테이프를 들어 올렸다.

나를 주목해줘

릴리가 말했다. "가뜩이나 마음이 뒤숭숭한데 이번에는 비디오테이프를 보지 말고 불태워버리는 건 어때?"

로즈가 반대했다. "안 돼! 비디오테이프에 뭐가 들어있는지 봐야 진실을 알 수 있다면 당연히 봐야지.”

릴리가 물러서지 않고 말했다. “누군가 우릴 엿 먹이려고 미리 세워둔 작전을 펴고 있을지도 모르잖아. 우리를 당황하게 만들어 상황을 장악하려고.”

트릭시가 말했다. “그래도 난 보고 싶어요. 엄마와 이모들의 어린 시절 모습을 보는 게 신기하고 좋던데요.”

릴리가 쏘아붙였다. “비디오를 보면 마음이 싱숭생숭해진다니까!”

내가 말했다. “트릭시 잘못이 아닌데 왜 목청을 높이고 그래?”

로즈가 말했다. “지금 여기서 무슨 일이 일어나고 있는지 감이라도 잡으려면 비디오테이프를 봐야 해. 지금 달리 뭘 할 수 있는데?”

릴리는 이리저리 시선을 옮겼지만 아무도 편을 들어주지 않자 체념했다. “다들 보고 싶다면 봐야지 어쩌겠어.”

코너는 비디오테이프를 플레이어에 꽂아 넣고 로즈 옆 소파에 앉았다. 나는 포핀스 옆 바닥에 앉아 화면을 주시했다.

이번에는 시글라스 뒤편에 있는 엄마의 정원에서 화면이 시작되었다. 계절은 여름인 듯 나무들은 잎이 무성하고 꽃나무에는 다양한 꽃들이 피어 있었다.

릴리와 트릭시도 화면을 뚫어지게 바라보았다.

코너가 로즈를 향해 속삭이듯이 말했다. "현재 이 집에서 벌어지고 있는 일련의 사건을 저지른 범인은 가능성이 가장 낮은 용의자일 거야."

나는 못 들은 척하면서 화면에 시선을 고정했다.

로즈가 속삭였다. "설마 데이지를 범인으로 생각하는 건 아니지?"

코너가 말했다. "그거야, 아니지."

안도감도 잠시 나는 분노가 치밀었다. 성난 파도 소리와 똑딱이는 시계 소리가 머릿속에서 점점 더 크게 들려왔다. 심장이 부실하다고 해서 누군가를 해칠 수 없는 건 아니다.

27장

1984년, 시글라스

흔들리는 화면이 파란 하늘 아래 수목이 우거진 정원을 비췄다. 엎어 놓은 쪽배는 무대고, 잔디밭에 놓인 의자들은 관객석이었다. 엄마가 〈로마의 휴일〉에 나오는 오드리 헵번처럼 흰 블라우스와 벨트 치마에 스카프를 두른 모습으로 활짝 웃고 있었다. 엄마를 향해 다가가던 화면이 갑자기 다양한 식물들로 옮겨갔다. 누가 촬영하는지 몰라도 엄마를 염탐하고 있다는 느낌이 들었다. 엄마 옆으로 한 남자가 다가갔다. 코너의 아빠 브래들리였다.

엄마는 한동안 브래들리의 도움을 받아 정원을 새롭게 단장했다. 목련을 비롯해 다양한 꽃나무들을 심었다. 엄마와 브래들리는 잔디밭에 놓인 의자에 나란히 앉았다. 두 사람이 '친구'로 지내기 시작한 지 일 년쯤 되었을 무렵이었다. 언제부터인지 몰라도 우리 자매들은 여름방학 때마다 관객석을 인형으로 채우고 공연을 했다. 우리는 힘을 모아 아빠의 무거운 피아노를 잔디밭으로 옮겼고, 엄마는 우리가 노래하거나 춤추거나 연기하는 걸 좋아했다. 엄마는 늘 의상과 안무를 맡았고, 누구보다 열렬히 환호했다. 화면을 보니 로즈와 릴리가 연극 공연을 할 때 나에게 처음으로 대사를 나누어준 첫해였다. 그 당시 로즈와 코너는 열네 살, 릴리는 열세 살, 나는 아홉 살이었다.

언제나 그랬지만 우리가 그해에 공연한 연극은 좋아하는 영화를 엉성하게 패러디한 모작이었다. 1984년에는 〈스타워즈〉가 단연 화제작이었다. 레이아 공주처럼 양 갈래로 땋아 올린 머리에 흰 드레스를 입은 릴리가 간이 무대에 올라 은하계 이야기로 연극을 시작했다. 릴리가 대사를 마치기도 전에 내가 시글라스 뒷문에서 나와 피아노 앞에 앉았다. 가뜩이나 수줍음이 많았던 나는 그날 〈그렘린〉에 나오는 기즈모 분장을 했고, 어찌나 창피하던지 그 누구와도 눈을 마주치고 싶지 않았다.

그날 오후, 아빠가 정원에 나타나 무척이나 반가웠다. 엄마 옆자리에 앉은 아빠는 잔뜩 언짢은 기색이었다. 그 당시는 아빠의 피아노가 정원에 나와 있기 때문이라고 생각했는데 이제 보니 엄마 옆에 다른 남자가 앉아 있기 때문이라는 생각이 들었다. 내가 피아노 연주를 시작하자 아빠는 환하게 웃었고, 나는 며칠 동안 연습한 보람을 느꼈다. 피아노 연주는 내가 언니들보다 잘하는 편이었다.

로즈는 〈고스트 버스터즈〉 분장을 했는데 의상이 단연 돋보였다. 로즈가 무대에 오를 때 내가 피아노로 영화 주제곡을 연주했다. 악보도 없이 즉흥적으로 시작한 연주라 내가 음을 몇 번 이탈하자 릴리가 눈을 아래위로 부라렸다. 그땐 정말이지 기분이 나빴다.

로즈가 목청을 가다듬고 나서 노래를 불렀다.

쉿, 아가야, 겁내지 마
콩 심은 데 콩 나고 팥 심은 데 팥 나니까
그래서 밤에 잠을 이룰 수 없다면
때로는 화가 복이 된다는 걸 기억해
혼자가 되는 걸 두려워 마
네 곁에는 항상 내가 있고 집이 있으니까
쉿, 아가야, 울지 마
우리는 살기도 하고 죽기도 하니까

나도 모르게 로즈를 바라보았다. 코너와 릴리도 마찬가지였다. 로즈는 우리의 시선에도 아랑곳하지 않고 화면을 주시하고 있었다. 어릴 때 로즈는 툭하면 동요를 개사해 불렀는데 할머니의 책에 나오는 시처럼 내용이 전반적으로 어두웠다.

"저 사람은 누구예요?"

우리는 트릭시의 말에 일제히 화면을 주시했다. 트릭시가 〈베스트 키드〉 복장을 한 코너를 알아볼 리 없었다. 코너는 임시 무대로 쓰는 족배 위에서 언론의 자유에 대해 웅변한 뒤 영화에 나오는 학다리 발차기를 우스꽝스럽게 선보였다.

이제 내 차례가 되었다. 나는 잔뜩 겁먹은 얼굴로 두 주먹을 불끈 쥐고 있었다. 관객석의 할머니가 '넌 할 수 있어'라고 입 모양을 만들어 응원을 보냈다.

내가 대사를 말했다. "그렘린에게는 절대 어겨서는 안 될 세 가지 규칙이 있습니다. 첫째, 빛을 싫어하니까 조심하세요."

코너와 릴리가 손전등 불빛을 나에게 쏘았고, 로즈가 흰 시트를 내 머리에 뒤집어씌웠다. 그나마 눈 부위에 구멍이 뚫려 있어 앞을 볼 수 있었다.

"둘째, 자정 이후에는 절대로 먹이를 주지 마세요."

릴리가 나에게 달걀을 던졌다. 나는 사전에 연습했던 상황이 아니라 당혹스러웠지만 관객석에서는 웃음이 터져 나왔다.

나는 대사를 이어갔다. "셋째, 몸이 젖지 않도록 물을 멀리하세요."

릴리가 찬물을 담은 양동이를 내 머리 위로 쏟아부었다.

역시 사전에 계획하지 않은 장면이었다. 가까스로 정신을 추스른 나는 뒤로 빙그르르 돌아 시트 뒷면에 그린 무서운 얼굴을 드러냈다.

"규칙을 지키지 않으면 유령으로 변할 거야."

고스트 버스터로 분장한 로즈가 판지로 만든 프로톤팩을 내 쪽으로 조준하더니 스프레이 휘핑크림을 뿌려댔다. 마침내 공연이 끝났고, 우리 세 자매는 손을 잡고 관객석을 향해 허리 숙여 인사했다. 엄마가 환호하며 물에 흠뻑 젖은 나에게로 다가와 수건을 건네주었다. 릴리 때문에 화가 단단히 난 나는 곧장 집 안으로 사라졌다.

주방 뒷문 근처에 놓아둔 캠코더가 어른들이 대화하는 소리를 전했다.

아빠가 말했다. "먼저 가봐야겠어요. 다음 주에 파리에서 오케스트라 공연이 있거든요."

브래들리가 말했다. "바쁘게 지내시네요."

엄마가 말했다. "브래들리는 최근에 책을 썼어. 정원 가꾸기와 애도에 관한 책."

아빠가 말했다. "정말 멋진 일이네요."

엄마가 말했다. "브래들리가 책을 낼 수 있게 어머님이 출판사를 연결해주실 거야. 나도 읽어봤는데 정말 훌륭한 글이었어. 주목받을 수 있는 책이야."

그때 집 안에서 날카로운 비명이 울려 퍼졌다. 화면을 주시하며 귀를 기울이고 있던 우리는 다들 깜짝 놀랐다. 비명을 지른 사람은 릴리였다. 릴리는 기즈모 복장을 한 내가 계단 아래에 쓰러진 채 숨을 쉬지 않는 걸 발견하고 비명을 지른 것이다.

28장

10월 31일 오전 2시 55분

간조까지 네 시간 미만

다섯 번째로 심장이 멈추었다가 살아난 뒤 나는 또다시 몇 달간 병원 신세를 졌고, 이듬해 2월에 런던으로 또 다른 심장병 전문의를 만나보러 갔다. 병원에서 지낸 기억들은 세월이 흐르면서 대부분 희미해졌다. 다만 두 가지 기억은 아무리 시간이 흘러도 지워지지 않았다.

여전히 남아 있는 기억 가운데 하나는 밸런타인데이에 같은 병실을 쓰던 남자아이에게서 하트 모양 카드를 받은 것이다.

그 아이는 두꺼운 안경을 코 위로 밀어 올리며 말했다. "널 사랑해."

그 당시 그 아이는 열한 살, 나는 아홉 살이었다. 둘 다 사랑이 뭔지 모를 때였다.

나는 뻔한 거짓말을 했다. "나, 남자 친구 있어."

"그런데 왜 한 번도 병문안을 안 와? 남자 친구 이름이 뭐야?"

나는 망설이지 않고 이름을 댔다. "코너 케네디. 여긴 심장 병동이고 내일 아침이면 우리 둘 다 심장이 멎어 있을지도 몰라. 그러니까 서로 티격태격하기보다는 시간을 좀 더 유익하게 쓰고 싶어."

얼굴에 주근깨가 가득한 아이가 활짝 웃으며 말했다. "내일 아침에 우린 둘 다 무사히 일어나 아침을 먹을 수 있을 거야. 하느님이 돌봐주시니까."

나는 여전히 꿈꾸듯 몽롱한 그 아이의 표정이 마음에 들지 않았다.

내가 말했다. "너는 왜 날 사랑한다고 생각해? 날 잘 알지도 못하면서."

아이가 웃으면서 대답했다. "아니, 너에 대해 잘 알아. 데이지 다커 시리즈를 다 읽었거든."

할머니가 쓴 책에 나오는 데이지 다커와 나는 이름 말고는 공통점이 없었다.

나는 잠을 자야겠다면서 병상을 가리는 커튼을 내렸다. 그런 다음 아이가 준 카드를 봤다. 아이가 카드에 그린 빨간 하트는 왜 내 심장을 전혀 닮지 않았는지, 왜 그 못난 신체 기관이 사랑의 상징이 되었는지 몹시 궁금했다.

할머니가 병문안을 왔을 때 그 이유를 물어보았다.

"할머니, 하트가 왜 사랑의 상징이 되었어요?"

"고대 그리스인들은 심장이 생각과 감정을 통제한다고 믿었고, 로마인들은 큐피드의 화살이 심장을 쏘면 사랑에 빠진다고 믿었지. 왼손 약지에 심장과 이어지는 정맥이 있어 약지에 결혼반지를 끼기 시작했고. 그런 전통이 이어져 내려온 거야."

해가 뉘엿뉘엿 질 무렵 할머니가 가져온 음식을 먹고 나서 내가 가장 좋아하는 책인 《이상한 나라의 앨리스》를 읽었다.

할머니가 말했다. "내가 널 얼마나 사랑하는지 알지?"

나는 씩 웃었다. "얼마나 사랑하는데요?"

할머니는 병실 창문으로 보이는 보름달을 가리켰다. "달에 다녀올 수 있는 거리만큼 널 사랑해."

"저는 달에 두 번 다녀올 수 있는 거리만큼 할머니를 사랑해요."

"그럼 나는 네 번."

그날 밤 다시 혼자가 되어 잠자리에 누웠을 때 한 가지 의문이 들었다. 다섯 번이나 멈춘 적이 있는 부실한 심장을 가진 내가 과연 누군가를 사랑할 수 있을까? 인간의 심장은 일 분에 80번, 하루에 10만 번, 일 년에 3천 5백만 번 뛴다고 한다. 인간의 평균 수명을 적용해보면 심장은 평생 25억 번 박동한다는 뜻이다. 그렇다면 심장과 사랑의 공통점은 내구성

일 수도 있다.

두 번째로 남아 있는 기억은 다음 날 병원을 방문한 엄마가 복도에서 우는 모습을 본 것이다. 나는 병실 창문 너머로 엄마가 의사와 대화를 나누다가 눈물을 훔치는 모습을 보았다. 의사가 무슨 말을 했는지, 엄마는 뭐가 그리 속상했는지 궁금했지만 끝내 물어보지 못했다.

∞

거실 문이 열리는 소리에 뒤돌아보았다. 로즈가 움찔 놀라며 문손잡이를 놓았다. 로즈의 손에 들려 있는 열쇠가 눈에 들어왔다.

로즈가 우리를 돌아보며 말했다. "화장실 좀 다녀올게."

릴리가 물었다. "또 혼자 밖으로 나가게?"

로즈가 말했다. "난 어린아이도 아니고, 수중에 총도 있어. 2분이면 족해."

우리가 미처 반박할 틈을 주지 않고 로즈는 방을 나섰다.

릴리가 코너에게 속삭였다. "코너, 물어볼 말이 있어."

코너가 놀란 미어캣처럼 고개를 들었다. "뭔데?"

"로즈가 트릭시의 상태를 그렇게 빨리 알아챈 게 좀 이상하지 않아? 발가락 사이에 살짝 묻은 피를 어떻게 그리 빨리 발견했을까?"

"양말 한 짝이 벗겨져 있었으니까 쉽게 눈에 띄었을 수도 있지."

"아무리 그래도 이상해."

트릭시가 끼어들었다. "영상에서 할머니 옆에 있던 남자는 누구예요?"

트릭시는 호기심이 많아 평소에도 질문을 많이 하는 편이다.

릴리가 대답했다. "코너의 아버지인 브래들리 케네디 씨야."

트릭시가 혼잣말로 중얼거렸다. "이상하네요. 어디서 본 얼굴인데. 영상에서 할머니가 그의 책이 주목받을 만하다고 했잖아요. 아까 비디오테이프 케이스에 적혀 있는 메시지도 '나를 주목해줘'였고요."

내가 말했다. "트릭시의 말이 맞아."

그러자 릴리가 감탄한 눈으로 트릭시를 바라보았다.

트릭시가 물었다. "그런데 왜 그분이 시글라스에 와 있어요?"

릴리가 어깨를 으쓱했다. "할머니의 친구였거든."

"지금은 아닌가요?"

코너가 짧게 말했다. "응, 아니야."

로즈가 거실로 돌아와 문을 잠그고 나서 다시 코너의 옆자리에 앉았다. 2분이 더 걸렸지만 아무도 따지지 않았다.

로즈가 리모컨을 손에 들고 비디오 재생 버튼을 눌렀다. "우리, 비디오나 마저 볼까?"

트릭시가 화면을 응시하며 말했다. "화면이 왜 저래요? 비디오테이프가 망가졌어요?"

어린 트릭시의 눈에는 비디오테이프에 다른 영상을 덮어씌웠을 때 나타나는 현상이 낯설 수밖에 없었다. 이전 기억을 지워버리듯이 하나의 이미지가 다른 이미지로 대체될 때 화면은 왜곡되어 보인다. 모두들 화면을 주시했고, 코너가 가장 먼저 입을 열었다.

"맙소사! 끔찍해."

29장

1985년, 시글라스

트릭시가 물었다. "엄마, 머리가 왜 저래요?"

누구나 기억하기 싫은 머리 모양이 하나쯤 있겠지만 화면에 나오는 릴리의 머리 모양은 그야말로 '끔찍하다'는 말밖에는 달리 표현할 방법이 없었다. 지금 우리가 보는 비디오는 정원에서 열린 공연 이후 일 년쯤 지난 시점에 촬영된 것으로 보였다. 릴리는 남자처럼 짧은 머리를 하고 있었다. 전혀 어울리지 않는데 시선을 강탈하기에는 충분했다.

릴리가 트릭시에게 말했다. "헤어스타일을 잘못 정했어."

화면 안에서 릴리가 말했다. "캠코더에 테이프가 들어 있어!"

그때 로즈가 릴리에게서 캠코더를 빼앗아 들고 자기 얼굴에 들이댔다.

"크레이지 타운 뉴스의 로즈 다커입니다." 활짝 웃는 로즈의 얼굴이 놀랄 만큼 낯설었다. 여전히 아름답긴 해도 오랜 시간 불행을 겪은 탓에 이제 미소를 대하기 어려웠다.

"이제 코너 케네디 씨를 만나보겠습니다." 로즈가 리포터처럼 무게감 있는 목소리로 말했다. 이내 코너가 화면에 등장했다. 〈백 투 더 퓨처〉의 마티 맥플라이가 연상되는 옷차림이었다. 그 당시 코너는 툭하면 시간 여행이나 시공간 연속체에 대한 글을 학교 신문에 게재했다.

"코너 케네디 씨, 올해 다커 가족과 함께 릴리 다커의 생일을 축하하기로 했다고 들었는데, 그 이유를 들어볼까요?"

"릴리의 초대를 받았고, 늘 그랬듯이 재미있는 자리가 될 거라 생각했어요."

"재미있는 자리라? 혹시 아까 내 동생 데이지 다커가 '트리비얼 퍼슈트* 게임에서 이겼기 때문인가요? 학교에 가본 적도 없는 아이인데!"

화면이 코너의 반대편에 앉은 나를 비추었다. 나는 로즈에게 장난스레 혀를 내밀어 보였다. 그 무렵 나는 툭하면 책의 세계로 도피했다. 춥거나 외롭지 않은 유일한 피신처가 책 속 세상이었고, 나는 기꺼이 몇 시간 동안 처박혀 지냈다.

로즈가 코너에게 물었다. "아니면 정말 비밀 탐정 역할을 하러 여기에 왔나요? 미궁에 빠진 잘린 머리 사건을 해결하기 위해."

엄마가 말했다. "로즈, 이제 그만해."

*Trivial Pursuit, 다양한 분야의 상식 문제를 맞춰 각기 다른 색깔의 조각을 모아 원형 게임판의 중앙에 가장 먼저 도달하면 이기는 보드게임

우리는 모두 음악실에 모여 앉아 공연을 기다렸다. 내 심장에 무리가 갈까봐 더는 정원에서 공연할 수 없게 되었지만 그날은 릴리의 생일이라 우리 모두 관객이 되어야 했다. 그해 릴리는 가수 벨린다 칼라일에게 푹 빠져 지냈고, 〈천국은 이 땅에 있어요〉를 카세트테이프가 늘어날 정도로 들었다.

로즈는 계속 리포터 행세에 열중했다. "지금 제 옆에는 낸시 다커가 있습니다. 늙은이 느낌이 든다면서 한사코 엄마로 불리길 거부하는 분이죠. 아무도 낸시 다커의 실제 나이를 모르지만 과학자들에 따르면 암흑기에 태어났다고 하네요. 다커 부인, 다음 세대를 위해 한 말씀 해주시겠습니까?"

엄마가 화면을 향해 씩 웃어 보였다. "그래, 릴리를 잘 찍어줘. 만약 잘못 찍었다가는 난리가 날 테니까."

엄마는 브래들리 옆에 앉아 있었다. 두 사람이 손을 잡는 모습이 잠시 클로즈업됐다가 멀어졌다.

그때 아빠가 주방과 정원을 이어주는 문으로 나와 무대에 이제 막 오른 연주자처럼 피아노 앞에 앉았다. 엄마가 브래들리와 사귀기 시작하면서 아빠는 가족 모임에 비교적 자주 참석했다. 릴리가 이어서 입장했고, 할머니가 뒤따랐다.

아빠가 피아노 건반에 손을 올리자마자 나는 무슨 곡을 연주할지 알아챘다. 릴리가 가장 좋아하는 바바라 딕슨과 일

레인 페이지의 듀엣곡 〈나는 그를 잘 알아요〉였다. 릴리는 생일이 가까이 다가오자 아빠를 졸라 피아노 연주를 부탁했고, 할머니에게는 노래를 함께 불러주길 원했다. 나는 할머니가 노래를 부르는 모습을 본 적이 없었는데 모든 음정과 화음을 완벽하게 소화해 깜짝 놀랐다.

노래가 끝나자마자 우리는 모두 진심으로 감탄하며 박수를 보냈다.

릴리가 계속 코너를 바라보며 노래하던 모습을 본 기억이 있었는데 영상을 보고 실제로 확인했다. 그 무렵 릴리는 코너가 가까이 다가오거나 말을 걸면 눈을 동그랗게 뜨며 얼굴을 붉혔다. 짧은 머리 탓에 우스꽝스러워 보이는 모습이 사람들을 만나길 기피하는 이유 가운데 하나였다.

사실 전날 밤까시 릴리의 머리카락은 허리에 닿을 정도로 길었다. 전날 릴리는 로즈와 함께 쓰는 방에서 긴 머리가 엉키지 않도록 양 갈래로 땋은 상태로 잠자리에 들었다. 다음 날 아침은 릴리의 열네 번째 생일이었는데 일어나자마자 비명을 질렀다. 베개 위에 두 갈래로 땋은 머리가 잘린 상태로 놓여 있었기 때문이다. 할머니의 주방 가위도 로즈의 침대 옆 탁자에 놓여 있었다. 릴리의 머리를 그렇게 만든 범인은 로즈가 아니라 나였다.

전날 할머니와 릴리가 공연 연습을 하는 모습을 보는 순간 내 안의 질투심이 꿈틀거리며 반응했다.

엄마가 제일 좋아하는 딸은 릴리, 아빠가 제일 좋아하는 딸은 로즈, 할머니가 제일 좋아하는 손녀는 나였다. 그런데 할머니와 릴리가 정답게 속삭이는 모습을 보는 순간 질투심이 폭발했다.

언젠가 릴리와 싸우고 울고 있을 때 할머니가 해주었던 충고가 떠올랐다.

'끝까지 싸워. 질 것 같으면 더욱 격렬하게 싸워. 지금은 가장 열심히 싸워야 할 때야.'

그래서 나는 완벽한 계획을 세웠다. 그날 밤 들키지 않도록 조심스럽게 엄마의 수면제를 훔쳐 언니들이 자기 전에 마시는 핫초코에 넣어두었다. 언니들이 수면제를 먹고 깊이 잠들었을 때 방에 몰래 들어가 릴리의 머리카락을 잘랐다. 다들 로즈가 한 짓이라고 의심했다. 로즈는 시험공부에 지쳐 있었고, 오래전이긴 하지만 몽유병에 걸린 적도 있었기 때문이다. 로즈는 그런 짓을 할 이유가 없다면서 거듭 부인했다. 그러나 해명하기에 마땅한 근거도 없었고, 아무도 나를 의심하지 않았다. 착한 아이는 나쁜 짓을 할 수 없다는 듯이.

릴리가 할머니의 애정까지 독차지하도록 내버려둘 수는 없었다. 할머니는 나와 가장 가까운 사이였다. 나를 진정으로 알아봐주고 사랑해주는 사람을 빼앗아 가려는 릴리가 미웠다. 단순한 질투가 아니었다. 수년 동안 나에게 말로, 행동으로, 눈빛으로 상처를 준 릴리에게 복수하고 싶었다. 증오는 되풀이할수록 불어난다. 릴리의 머리카락을 자르는 건 시작에 불과했다.

30장

10월 31일 오전 3시
간조까지 세 시간 전

영상이 갑작스레 끝나더니 플레이어가 자동으로 테이프를 뱉어냈다. 현관 복도의 시계들이 일제히 오전 3시를 알렸다.

릴리가 다시 조용해지자 말했다. "비디오를 본 건 시간 낭비였어."

로즈도 고개를 끄덕였다. "아마도."

혹시 영상이 더 남아 있는데 로즈가 꺼버린 건 아닌지 의심스러웠다.

"이제 3시인데 아직 다들 무사하잖아. 한 방에 모여 있길 잘했어."

릴리가 물었다. "무슨 뜻으로 한 말이야?"

"할머니는 자정에 시체로 발견됐고, 아빠는 1시, 트릭시는 2시에……."

트릭시를 힐끗 본 로즈가 말끝을 흐렸다.

트릭시가 나서서 말했다. "다들 더 이상 내 눈치 살피지 말아요. 나도 이제 아무것도 모르는 어린애는 아니니까요."

하지만 트릭시는 헝클어진 머리에 분홍색 잠옷을 입고 있어 영락없는 어린아이로 보였다.

"나, 단순히 기절했다가 깨어난 거 아니죠?"

릴리가 말했다. "네가 너무 충격받을까봐 조심스러워했을 뿐이야."

"그런데 지금은 왜 다들 불안해해요?"

코너가 말했다. "로즈 말대로 매시간 끔찍한 사건이 발생했다면 앞으로 또 다른 사건이 벌어질 수도 있으니까."

릴리가 말했다. "이제 3시 3분이야. 이번 시간도 안전하게 넘긴 것 같아."

로즈가 자신 없어 하는 말투로 대꾸했다. "아마도."

로즈의 시선이 벽난로 잎에 누워있는 포핀스에게로 향했다. 생각해보니 포핀스는 한참 동안 움직이거나 소리를 내지 않았다. 우리는 서로 걱정스러운 눈빛을 교환했다. 로즈가 동물을 다룰 때 쓰는 나긋나긋한 목소리로 말을 걸었다. "포핀스?"

녀석은 미동도 하지 않았다.

로즈가 다시 녀석의 이름을 불렀다. "포핀스?"

역시 요지부동이었다.

트릭시가 말했다. "포핀스, 어서 일어나."

여전히 아무런 반응이 없자 로즈의 얼굴이 창백해졌다.

로즈가 다시 한번 녀석을 불렀다. "포핀스, 맘마 줄까?"

녀석이 갑자기 벌떡 일어나 꼬리를 흔들었고, 우리는 그제야 모두 안도의 한숨을 내쉬었다.

로즈가 말했다. "다행이야. 이제 간조까지 세 시간 남았어. 지금처럼 동요하지 말고 침착하게 대처하면 다 함께 섬을 빠져나갈 수 있을 거야."

코너가 문과 창문이 잠겼는지 확인하는 동안 릴리는 다시 방 안을 서성거렸다. 로즈는 할머니의 보라색 안락의자에 앉아 오른손에 낀 반지를 만지작거렸다. 금, 은, 동 세 가지 띠가 맞물린 반지로 로즈의 열여섯 번째 생일을 맞아 할머니가 선물한 것이었다.

∞

1986년 로즈의 생일에 할머니와 엄마는 둘 다 앞치마를 두르고 음식을 만들었다. 할머니는 혼자 요리하는 걸 선호했지만 엄마가 딸의 열여섯 번째 생일 케이크를 함께 만들고 싶다며 고집을 부렸다. 나는 식탁에 얌전히 앉아 있었고, 릴리는 그릇에 담긴 초콜릿 아이싱을 손가락으로 찍어 먹었다.

이제 머리가 조금 자라 단발머리가 된 릴리는 엄마의 축소판처럼 보였다.

열여섯 번째 생일을 맞은 로즈는 가장 친한 친구들을 초대해 시글라스에서 파티를 열었다. 이제 곧 상급학교에 진학할 예정이라 작별 인사를 나눌 겸 마련한 자리이기도 했다. 릴리의 머리카락이 잘린 사건 이후 두 자매 사이는 예전 같지 않았다. 로즈가 없는 기숙학교 생활이 싫었던 릴리는 그해 여름 내내 로즈의 뒤를 졸졸 따라다녔다. 물론 로즈가 다니게 된 영재 학교까지 따라갈 수는 없었다.

할머니와 엄마는 요리하면서 아빠 얘기를 나누었다. 나는 아빠가 오든 말든 신경 쓰지 않았다. 아빠는 내 생일에 단 한 번도 온 적이 없었으니까.

할머니가 아들을 옹호하며 말했다. "이번에는 온다고 했으니 오겠지."

"이제 곧 물이 들어올 텐데 여태 안 왔으니 안 오겠죠. 로즈가 정말 실망할 텐데."

할머니가 말했다. "조금만 더 기다려 보자꾸나. 그리고 브래들리는 곧 연락이 올 거다. 남자들은 잔소리를 듣는 걸 워낙 싫어하잖니. 잠깐 토라진 거야."

"저는 그저 그에게 집에 들어가기 전에 신발에 묻은 흙을 털라고 했을 뿐이에요."

엄마와 코너의 아빠 브래들리 케네디가 '친구'였을 때 둘은
사소한 문제로 자주 다투었다. 엄마는 깔끔하고 정돈된 상
태를 좋아하는데 브래들리는 대충 넘어가는 스타일이었다.

엄마가 소리쳤다. "데이지! 케이크 믹스 건드리지 마!"

"릴리 언니도 손가락으로 케이크를 찍어 먹었는데 왜 나는
안 돼요? 저녁에 열리는 밤샘 파티에도 가게 해줘요. 나도
이제 열한 살인데."

"로즈가 친구들이랑 놀다가 같이 자고 싶대. 너보다 한참
나이가 많은 언니들이야. 오늘 밤엔 할머니와 나도 아래층에
내려오지 않기로 로즈와 약속했어. 너도 곧 그 마음을 이해
할 수 있을 거야."

나는 엄마 말을 믿지 않았다.

엄마 아빠가 이혼한 이후 우리 자매들은 다른 이혼 가정
아이들처럼 주어진 환경에 적응하는 법을 배웠다. 로즈와 릴
리는 기숙학교에서 지내는 걸 좋아하게 되었고, 여름방학 때
시글라스에 처박혀 지내는 걸 달가워하지 않았다. 내가 방학
때 만나게 된 언니들은 선생님과 친구들, 수업 얘기를 즐겨
하면서 시글라스에 갇혀 지내던 내 호기심을 자극했다. 학교
에 다니면서 친구들을 만나고, 공부도 하는 언니들이 부러웠

다. 나는 긴 병원 생활 때문에 또래 아이들에게 뒤처지는 게 안타까웠다.

엄마는 나에게 독서를 권했고, 〈벅스 버니〉 같은 만화는 보게 해도 뉴스는 못 보게 했다.

"데이지는 현실 세계가 얼마나 추악한지 아직은 알 필요 없어."

엄마는 그렇게 말하며 내가 차츰 세상에 대해 알아갈 기회를 박탈했다. 난 궁금한 게 있으면 뭐든 스스로 조사해 알아내려고 애썼다. 난 늘 시글라스에서 혼자였고, 언니들이 없는 내 생활은 조용하기 그지없었다. 왕성한 상상력과 소설이 세상에 대해 알고 싶은 내 허기를 채워주는 유일한 친구였다.

기숙학교에 다니는 언니들은 내가 책으로는 알 수 없는 많은 경험을 쌓아갔다. 현실에 대한 이해, 사회에 대한 인식, 남자들과의 교제를 통해 나에게는 부족한 부분을 채워갔다.

나는 지금도 사람들과 잘 어울리지 못하고, 나만의 관점과 생각에 매몰되어 있는 편이다. 시글라스에서 또래 친구나 언니들 없이 혼자 독서에 빠져 지냈던 어린 시절이 나에게 물려준 유산이었다.

나를 주방에서 쫓아내려는 엄마에게 물었다. "영화는 봐도 돼요?"

언니들은 톰 크루즈가 주연한 〈탑건〉에 푹 빠져 있었기에 나는 코너가 해적판을 구해준 〈사라의 미로 여행〉을 혼자 봐야 했다.

"오늘은 안 돼. 너도 알다시피 한 대밖에 없는 TV가 아래층에 있잖아. 어서 네 방에 올라가."

엄마는 그렇게 말하고 나서 파란 풍선을 불며 주방을 나섰다.

엄마가 자리를 비운 사이 할머니가 나에게 말했다. "바꿀 수 없는 일로 시간을 낭비하지 말아야 해."

나는 뾰로퉁한 얼굴로 따졌다. "나만 매번 안 되잖아요. 언제까지 혼자서는 아무것도 못하는 아이로 남아 있어야 해요? 로즈는 대학에 가고, 코너는 기자가 되겠죠. 둘 다 똑똑하고 재능이 있으니까."

할머니가 말했다. "다른 사람들이 가진 꿈을 부러워하느라 너의 야망을 이룰 시간을 허비해서는 안 돼."

"아무것도 아닌 내가 어떤 야망과 꿈을 갖고 미래를 준비할 수 있죠?"

할머니는 미소 지으며 고개를 저었다. "넌 아무것도 아닌 사람이 아니야. 사람들은 저마다 많이 달라 보이지만 막상 따지고 보면 그다지 다르지 않아. 누구에게나 꿈을 이룰 기회가 주어지니까 미리부터 걱정해서는 안 돼."

그 당시에는 이해할 수 없는 말들이었지만 지금은 충분히 알 수 있었다. 밖에서 웅성거리는 소리가 들려오는 동안 할머니가 말했다. "이번 로즈의 생일에는 서랍에 넣어둔 가위를 밖으로 꺼내지 말았으면 좋겠구나."

할머니는 릴리의 머리카락을 자른 사람이 나라는 걸 다 알고 있었으면서 입을 꾹 다물어주었다. 나는 어찌나 창피한지 팔다리가 얼어붙고 표정 관리가 제대로 되지 않았다.

할머니가 웃으면서 말했다. "너의 비밀은 무덤까지 가져가줄게. 난 너를 제일 좋아하니까. 넌 의사들의 말이 틀렸다는 걸 증명하면 돼. 아인슈타인이 그랬지. 약한 사람은 복수하고, 강한 사람은 용서하고, 똑똑한 사람은 무시한다고. 성공이 가장 짜릿한 복수란다."

로즈의 생일을 맞아 열 명이 넘는 친구들이 시글라스에 왔다. 로즈는 방조제가 물에 잠기기 전에 친구들을 데리고 바닷길을 건너왔다. 다들 최신 유행하는 옷으로 빼입은 모습이었다. 코너가 내가 아는 유일한 사람이었다. 코너가 영화 〈탑건〉의 톰 크루즈처럼 선글라스를 쓰고 있어 얼굴을 제대로 볼 수 없었지만 내 눈에는 너무나 멋져 보였다.

로즈가 생일 케이크에 꽂은 촛불을 불어 끌 때까지 나에게도 아래층에 머물 기회가 주어졌다. 식사를 마치고 나서 로

즈는 친구들과 가족들에 둘러싸여 선물 상자를 열기 시작했
다. 로즈가 엄마에게 받은 파란 드레스를 펼쳐 보이는 순간
나는 너무 부러워 속이 쓰릴 지경이었다. 릴리도 그 드레스
에서 눈을 떼지 못했다. 그래서인지 로즈는 그 드레스를 위
층 옷장에 곧장 넣어두었다. 로즈가 할머니에게 받은 선물
상자를 열었을 때 나는 다시 한번 질투심을 느꼈다. 금, 은,
동으로 이루어진 반지가 탐이 나 견딜 수 없었다.

　엄마가 많은 사람 앞에서 나에게 통보하듯 말했다. "데이
지, 넌 이제 잘 시간이야."

　엄마는 나를 세상으로부터 숨기고 싶어 했고, 나는 그걸
감지할 수 있는 나이였다.

　나는 위층으로 올라갔지만 엄마 말대로 바로 잠자리에 들
지는 않았다.

　로즈가 친구들과 생일 파티를 즐기고 있을 때 나는 언니들
방에 몰래 들어가 옷장을 열고 파란색 드레스를 조심스레 꺼
냈다. 내 치수보다 훨씬 큰 드레스를 입고 거울 앞에 섰다.
거울에 비친 내 모습에 실망한 나는 릴리의 브래지어에 양말
을 넣어 착용한 다음 다시 드레스를 입었다. 릴리의 구두도
신었다. 너무 커서 발이 헐렁거렸지만 상관없었다. 내친김
에 언니들의 화장품도 얼굴에 덕지덕지 찍어 발랐다. 머리를

부풀려 올린 다음 기침이 나올 때까지 헤어스프레이를 뿌렸다. 나는 거울에 비친 내 모습을 보고 감탄했다. 알록달록한 얼굴에 벼락 맞은 듯한 머리가 푸른색 드레스와 기막히게 잘 어울렸고, 그런 내 모습이 썩 마음에 들었다.

릴리의 책상 위에 잡지들이 널려 있었다. 좋아하는 밴드의 사진을 오려내려고 했는지 가위도 놓여 있었다. 그 당시 릴리는 남자들에게 푹 빠져 지냈고, 릴리에게 관심을 표하는 남자들도 많았다.

아래층에서 왁자지껄한 소리가 들려와 나는 언니들 방에서 나와 난간 아래를 염탐했다. 로즈와 친구들은 줄무늬 빨대를 이용한 게임을 하고 있었다. 남자들은 파란색 줄무늬 빨대, 여자들은 빨간색 줄무늬 빨대를 하나씩 뽑았다. 가장 짧은 빨대를 뽑은 남녀는 계단 아래 벽장에 일 분 동안 갇혀 있어야 했다. 쥐와 거미들이 오가는 캄캄한 벽장에.

나에게는 전혀 재미있어 보이지 않는 게임이었다. 그런데 로즈와 코너가 가장 짧은 빨대를 뽑아 벽장에 갇히게 되자 릴리의 표정이 심상치 않아 보였다. 로즈의 친구들은 초읽기를 하며 깔깔거렸다. 나는 좀 더 가까이 다가가 보고 싶은 마음을 억누르지 못하고 계단을 살금살금 내려갔다. 바로 그 때 복도 벽면에 걸린 시계들의 자정을 알리는 소리가 요란하게 울려 퍼졌다.

릴리가 벽장 문을 열었지만 로즈와 코너는 안에서 무얼 하는지 밖으로 나오지 않았다. 두 사람은 키스에 푹 빠져 있었다.

릴리는 눈물을 흘리며 복도 구석으로 달려갔다. 흐르는 눈물에 마스카라가 번져 얼굴이 엉망이 되었다. 로즈와 코너는 시계의 종소리를 배경으로 세상에 둘만 남은 사람들처럼 여전히 키스에 몰입해 있었다.

계단을 뛰어 올라간 나는 언니들 방으로 다시 들어가 푸른색 드레스를 벗었다. 릴리가 즐겨 보는 잡지 위에 놓인 가위가 눈에 들어왔다. 나는 가위를 집어 들고 드레스를 난도질했다. 갈가리 찢긴 드레스 천 조각을 로즈의 베개 아래에 모아두고, 가위를 릴리의 침대 옆 탁자에 두고 방을 나왔다.

릴리가 죄를 뒤집어썼고, 언니들 사이에 전쟁이 시작되었다.

31장

10월 31일 오전 3시 15분

간조까지 세 시간 미만

멀리서 어렴풋이 소리가 들려왔다. 옛날 알람 시계 같은 소리.

내가 속삭였다. "다들 저 소리 들려?"

릴리가 말했다. "저건 또 무슨 소리야?"

코너가 말했다. "난 아무 소리도 안 들리는데."

트릭시가 말했다. "들려요."

로즈가 말했다. "나도 들려. 쉿, 조용히 하고 들어봐."

우리는 거실 밖 어딘가에서 나는 소리를 들으려고 신경을 곤두세웠다. 로즈가 화장실에 다녀온 이후 아무도 방을 나가지 않았다.

로즈가 말했다. "내가 나가볼게."

손에 총을 쥔 로즈의 모습이 비현실적으로 보였다.

코너가 고개를 저으며 손전등을 집어 들었다.

"아니, 다 같이 움직여야 해. 잠시도 흩어져서는 안 돼."

우리 모두 함께 거실 밖으로 나섰다. 벽난로 앞에서 잠든 포핀스만 빼고. 코너와 내가 맨 앞에 섰고, 로즈가 바짝 뒤따랐다. 릴리는 트릭시의 손을 꼭 잡고 우리를 따라왔다. 트릭시에게 다시는 몹쓸 일이 일어나지 않게 하겠다는 단단한 각오가 보였다.

우리는 알람 소리가 나는 주방 쪽으로 걸어갔다. 뒷문이 열려 있어 비가 안으로 들이쳤다. 바람이 불 때마다 문짝이 덜컹거렸고, 낙엽이 소용돌이치며 날아들었다. 우리는 주방 벽면에 적힌 시에서 또 몇 줄이 지워진 사실을 발견했다.

데이지 다커의 가족은 몹시 어두웠네
가족 중 하나가 죽었을 때 모두 거짓말을 하고 못 본 척했네
나이만큼 지혜롭지 못했던 데이지 다커의 할머니 비어트리스는
온 가족을 기분 나쁘게 만든 유언을 남긴 죄로 죽어야 했네
데이지 다커의 아빠 프랭크는 자기만의 리듬에 맞춰 춤을 추며
살았네
자기중심적인 태도와 그가 연주하던 피아노가 그 자신을 파멸
로 이끌었네
데이지 다커의 엄마 낸시는 차가운 심장을 가진 배우로
아이들을 편애하고 차별해 맏은 배역을 잃었네

세 자매의 맏이인 데이지 다커의 언니 로즈는

영리하고 아름답지만 외롭게 죽을 운명이라네

누구보다 허영심 강한 데이지 다커의 둘째 언니 릴리는

이기적이고 오만하고 사악하게 굴었으니 죽어 마땅하다네

~~원래 조숙한 아이인 데이지 다커의 조카 트릭시는~~

~~버려진 새끼 오리처럼 야생에 잘 적응하지 못했네~~

데이지 다커의 작은 비밀은 슬프지만 꼭 밝혀져야 한다네

자주 멈추는 심장은 영원한 이별의 시작에 불과하다네

데이지 다커의 가족들은 거짓말로 긴 세월을 허비했네

그들은 죽기 전 마지막 시간을 함께하며 교훈을 얻어야 한다네

바람이 유령들의 합창처럼 울부짖었다.

트릭시가 속삭이듯이 물었다. "왜 내 이름이 지워져 있죠?"

릴리가 중얼거렸다. "엄마에 대해 쓴 부분도 지워졌어."

로즈가 모녀를 안심시키려는 뜻으로 말했다. "시에서 굳이 어떤 의미를 찾아내려고 애쓸 필요 없어. 아무런 의미도 없을 수도 있으니까."

"아니, 시에 각별한 의미가 있어 보여." 릴리가 쏘아붙였다. "우리 모두 알다시피. 아까 엄마를 찾아봤어야 해. 엄마가 사라졌는데 우린 찾아볼 생각도 하지 않았어."

릴리가 한 발 뒤로 물러서며 로즈를 노려보았다. "거실 밖으로 나갔던 사람은 언니가 유일했고, 그 사이 시의 일부가 지워졌어. 어릴 때부터 언니는 툭하면 음울한 가사를 지어냈지. 내 눈에는 언니가 이 모든 비극을 만들어내고 있는 것으로 보여. 트릭시에게 주사를 놓고 나서 살린 척하기도 했고. 도대체 이런 짓을 벌이는 이유가 뭐야?"

트릭시가 떨리는 목소리로 물었다. "어떤 주사를 놓았는데요?"

로즈가 반박했다. "죄다 터무니없는 모함이야!"

릴리가 다그쳤다. "엄마는 어디 있어?"

"나도 몰라!"

"언니는 내가 엄마를 찾아보자고 했을 때 들은 척도 하지 않았잖아."

릴리가 겁에 질린 트릭시 앞을 가로막았다. 로즈가 한 발 앞으로 다가섰다. 우리는 모두 로즈가 손에 들고 있는 총을 주시했다.

릴리가 경고하듯이 말했다. "내 딸에게서 물러나!"

로즈가 총을 내리며 소리쳤다. "맹세코 난 아무 짓도 하지 않았어!"

코너가 끼어들었다. "잠깐!"

릴리가 말했다. "넌 빠져. 너도 공범이니까."

코너가 릴리를 달래듯이 말했다. "지금은 서로 공격하기보다는 똘똘 뭉쳐야 해."

릴리가 날카롭게 쏘아붙였다. "먼저 신뢰를 깬 사람은 로즈 언니와 너야."

코너가 말했다. "덮어놓고 의심하지 말고 여기에 있는 이 발자국을 봐."

우리 모두 바닥을 내려다보았다. 주방 뒷문으로 이어져 있는 진흙 묻은 발자국이 눈에 들어왔다. 문득 코너의 아버지 브래들리가 떠올랐다. 그는 늘 흙투성이 원예용 장화를 신고 집 안을 들락거려 엄마를 화나게 했다. 나는 로즈의 깨끗한 흰색 운동화를 바라보았다. 어디선가 알람 소리가 계속 울리고 있고, 정원으로 통하는 뒷문이 다시 바람에 쾅 소리를 내며 닫혔다. 코너가 주방 뒷문을 향해 저벅저벅 걸어갔다.

내가 말했다. "제발 밖으로 나가지 마."

코너는 잠시 망설이다가 결국 밖으로 나가 손전등을 켰다. 나는 언니들과 문간에 서서 정원을 수색하는 코너의 뒷모습을 지켜보았다. 주변이 너무 어두워 손전등 불빛만으로는 겨우 몇 발짝 앞을 비출 수 있을 뿐이었다. 빗줄기가 많이 약해지긴 했어도 비가 끊임없이 내리고 있었다. 코너는 짙은 어둠 속에서 정원을 두루 살펴보다가 목련 나무 앞에서 발길을 멈추었다.

엄마가 브래들리와 함께 심은 나무로 지난 20년 동안 제법 크게 자랐다. 그 아래 벤치에 엄마가 기대앉아 있는 모습이 눈에 들어왔다. 수면용 검은색 안대를 눈에 착용하고, 강한 바람이 불고, 천둥 번개가 치고, 비가 주룩주룩 내리는 이 새벽에.

코너가 놀란 목소리로 엄마를 불렀다. "다커 여사님!"

우리는 다 같이 문밖으로 나섰다.

트릭시가 물었다, "할머니는 왜 저기 빗속에서 안대를 쓰고 앉아 계세요?"

릴리가 말했다. "넌 여기에서 꼼짝하지 말고 있어."

트릭시를 문간에 남겨두고 우리는 엄마를 향해 다가갔다. 빗줄기가 다시 강해지기 시작했다. 늘 완벽하게 정리되어 있던 엄마의 머리카락이 미역 줄기처럼 얼굴에 달라붙어 있었고, 옷도 비에 흠뻑 젖어 있었다. 빗물이 안대 안으로 스며들어 검은 아이라이너와 마스카라가 먹물처럼 얼굴을 타고 흘러내렸다. 엄마의 머리 위 목련 나뭇가지에 기대놓은 빨간 시계가 여전히 알람 소리를 울리고 있었다.

코너가 손을 뻗어 알람 소리를 멎게 했다. 시계는 3시를 가리키고 있었지만 지금은 이미 20분이 지난 3시 20분이었다. 엄마는 축 늘어진 손에 꽃다발을 들고 있었다. 장미, 백합, 데이지가 섞인 꽃다발. 담쟁이덩굴 한 줄기가 엄마의 목을 조이고 있지만 늘 차고 다니는 하트 모양 은목걸이를 완전히 가리지는 못했다. 목걸이의 로켓이 벌려져 있었다. 나는 로켓 안에 언니들 사진이 들어있을 거라 확신했는데 한쪽에는 내 어릴 적 사진이 들어 있었고, 다른 한쪽에는 데이지 압화가 들어 있었다.

로즈는 총을 재킷 주머니에 집어넣고, 엄마에게 다가가 맥박을 짚어보았다. 다른 사람도 아닌 우리 엄마의 생사를 확인하는 로즈의 행동이 지나치게 침착해 보였다. 릴리의 지적대로 로즈가 이 모든 비극을 주도했다면 우린 모두 몹시 위험한 상황에 놓여 있다고 봐야 했다. 로즈에게는 총이 있으니까.

로즈가 엄마의 맥박이 뛰는지 확인하고 나서 고개를 절레절레 저었다.

"사망했어."

릴리가 밤하늘을 향해 울부짖었다. "엄마!"

릴리의 눈물이 더욱 거세진 빗줄기에 섞여 들었다. 다들 할 말을 잊고 그 자리에 우두커니 서서 거세게 내리는 비를

하염없이 바라보고 있었다. 그때 코너가 손전등으로 빨간 알
람 시계의 표면을 비췄다. 거기에 글귀가 적혀 있었다.

아무리 늦어도 진실은 결국 밝혀진다

내가 물었다. "무슨 뜻이지?"
릴리가 말했다. "도무지 이해가 안 돼. 누가 이따위 짓을
벌이는 거야?"
로즈가 말했다. "아직 범인이 드러나지 않았지만 한 가지
는 명백해졌어."
릴리가 물었다. "뭔데?"
"우리 가운데 범인은 없어. 시글라스에 우리 말고 다른 누
군가가 있나봐. 누군지 몰라도 그가 우리를 한 사람씩 죽이
고 있어."

낸시

차가운 심장을 지닌 배우였던 데이지 다커의 엄마 낸시는

아이들을 편애하고 차별하다 맡은 배역을 잃었네

낸시는 예상치 못한 임신으로 결혼하고 세 딸을 낳았지만

가족을 사랑하기보다는 세상을 보길 갈망했네

낸시는 배우가 되고 싶었는데 세상은 그녀에게

세 아이 엄마 역을 맡겼네

엄마 역할을 버거워 한 낸시는 침대에 누워만 있고 싶었네

첫째는 똑똑했고, 둘째는 예뻤는데

태어날 당시부터 손상된 심장을 갖고 있던 셋째가 늘 짐이 되었네

낸시는 비극을 탓했지만 아무도 그 이유를 이해하지 못했네

죄책감은 그녀를 외롭고 쓰라리고 비통하게 했지만

눈물을 흘릴 수 없었네

낸시가 자신의 꽃들에 의해 죽었을 때

누굴 탓해야 할지 아무도 몰랐네

비에 젖은 땅에서 발견되었을 때

낸시는 이미 몇 시간 전에 사망한 상태였네

데이지 다커

32장

1987년, 시글라스

세찬 바람과 거친 빗줄기가 쏟아지는 가운데 숨겨 있는 엄마를 바라보고 있자니 20년 전 시글라스에 폭풍이 몰아쳤을 때가 떠올랐다. 할머니의 열 번째 책이 출간되었고, 서점에서 출판기념회가 열릴 예정이었다. 우리 가족들은 모두 출판기념회에 초대받았고, 막 집을 나서려고 할 때 전화벨이 울렸다. 병원에서 아빠가 사고를 당했다는 소식을 전해주었다. 엄마는 아빠와 이혼한 지 오래되었어도 중요한 일이 있을 때마다 서로 연락을 주고받았다.

영국인이라면 누구나 1987년에 불어닥친 폭풍을 기억할 것이다. 그해 10월, BBC의 빗나간 일기예보를 비웃듯이 어마어마한 폭풍이 영국 남서부를 강타했다. 시글라스는 파도에 휩쓸려 영영 사라질 수도 있는 위기를 겪어야만 했다.

아빠는 할머니의 책 출판기념회에 참석하려고 가던 길에 가로수가 쓰러지면서 차를 덮치는 바람에 하마터면 목숨을 잃을 뻔했다. 예기치 못한 재난이 발생하면 아무리 서로 미워해서 헤어진 부부라도 잠시 증오의 감정을 내려 놓을 수밖에 없게 된다. 사고 소식을 접한 엄마와 할머니는 출판기념회를 취소하고 즉시 병원으로 달려갔다. 그날 밤 코너의 아빠 브래들리가 코너와 함께 우리 자매들을 돌봐주러 시글라스에 왔다.

코너는 하룻밤 머물 예정이었는데 며칠 동안 있게 되었다. 브래들리는 네 아이와 함께 집에 갇혀 지내자니 답답했는지 날씨가 잠잠해지면 아이들을 부추겨 밖으로 데리고 나갔다. 브래들리는 엄마와 함께 정원에 심어놓은 꽃나무 이야기를 들려주기도 했고, 나무와 꽃들을 어떻게 돌봐야 하는지 손수 시범을 보이며 가르쳐주기도 했다. 우리는 꽃나무 이야기에는 별반 흥미가 없어 다들 시큰둥한 반응을 보였다. 목련나무도 그 당시에는 브래들리의 키보다 작았다.

릴리가 따분해하다가 브래들리에게 원하는 걸 말했다. "솔직히 우린 정원 가꾸기에는 별로 흥미가 없어요." 릴리는 브래들리를 별로 좋아하지 않아 평소에도 그를 '꺽다리 아저씨'라 불렀다. 브래들리는 큰 키에 마른 체형이었고, 친절한 편이었지만 왠지 가까이 다가가기 어려웠다.

릴리는 정원 가꾸기보다 집 안에서 컴퓨터게임을 했으면 좋겠다고 했다.

"정원 가꾸기에 대해 제대로 알고 나면 절대로 지루하지 않단다." 브래들리가 미소를 지으며 말을 이었다. "너희들, 스파이를 독살할 때 어떤 식물을 이용하는지 아니?"

코너가 물었다. "제임스 본드처럼요?"

브래들리가 고개를 끄덕였다. "1978년에 BBC 기자가 독이 묻은 우산에 찔려 사망한 사건이 있어."

잠시 침묵이 흘렀다.

릴리가 물었다. "우산은 식물이 아니잖아요?"

내가 물었다. "실내에서 우산을 폈나요? 할머니가 그러면 안 된다고 했는데."

브래들리가 대답했다. "아니, 너희들 워털루 다리 알지? 그 다리에서 누군가 독을 바른 우산 끝으로 BBC 기자의 다리를 찌르고 달아난 거야."

로즈가 물었다. "이유가 뭔데요?"

"동유럽 출신 기자였는데 서유럽으로 망명했다는 이유로."

릴리가 물었다. "망명이 뭐예요?"

"자기 나라에서 박해받아 더는 살 수 없을 때 다른 나라로 국적을 옮기는 거야."

내가 물었다. "부부 사이로 치면 이혼 같은 거네요?"

"이혼하고 비슷하면서도 훨씬 더 위험해. BBC 기자는 병원으로 옮겨졌지만 이내 사망했어. 아무튼 내가 들려주고자 하는 이야기의 요점은 그 우산 끝에 묻어 있던 독의 원료가 무엇이었냐는 거야.”

우리는 대답하지 못하고 브래들리를 멀뚱멀뚱 쳐다봤다.

“리신이라는 독이었는데 아주까리씨에서 추출해. 아주까리는 그다지 희귀하지도 않고, 재배하기도 어렵지 않아. 정원에서 흔히 볼 수 있는 식물이지. 이 정원에도 있어.”

브래들리가 정원에 심어놓은 불그스름한 식물을 가리켰고, 우리는 일제히 헉하고 숨을 들이켰다.

“어디서나 볼 수 있는 평범한 식물이 누군가를 죽일 때 쓰는 독약이 된 거야. 이제 어때? 정원 이야기가 마냥 지루하지는 않지?” 브래들리가 릴리를 바라보며 말했다. “나중에 집에 들어갈 때 꼭 신발을 벗고 들어가야 해. 낸시가 진흙 묻은 신발 자국을 얼마나 싫어하는지 너희들도 잘 알지?”

그날 브래들리는 주방에서 저녁 식사를 준비하느라 바삐 움직여야 했다. 브래들리와 함께한 며칠 동안 우리는 생선튀김, 감자튀김, 콩 요리를 많이 먹었다. 그가 냉장고를 뒤적이는 동안 로즈가 코너와 속삭이는 소리가 들려왔다.

코너가 말했다. “우리 아빠가 너희 아빠 일로 많이 속상한가 봐.”

"엄마한테 들었는데 아빠가 살아있는 것만으로도 천만다행이래. 차가 박살 났다니까."

"아빠는 그래서 속상한 게 아니야. 다커 여사가 사고 소식을 듣자마자 병원으로 달려가 아직 오지 않아서 속상한 거야. 몇 년 전 이혼한 사이인데 며칠씩이나 병상을 지키고 있는 게 이해하기 힘든가봐."

로즈가 말했다. "그래도 부부였잖아. 지금은 서로 미워하는 사이라고 해도 한때는 사랑했던 사이인걸. 그런 감정은 전등처럼 스위치를 내린다고 당장 꺼지지 않아."

그 당시 로즈는 열여섯 살이었지만 나이보다 성숙했다. 로즈와 코너는 연인 사이나 다름없었다. 로즈의 말은 언젠가 서로 헤어지게 되더라도 사랑하는 마음은 오래도록 간직하겠다고 고백하는 듯했다. 나와 릴리는 로즈와 코너가 손을 잡는 모습을 맥없이 지켜보았다.

이틀 뒤 엄마 아빠가 함께 돌아왔다. 머리와 팔에 깁스를 한 아빠는 요양이 필요했고, 런던 노팅 힐에 있는 자기 집보다 시글라스에 머물고 싶어 했다. 엄마는 간병을 자청했고, 아빠는 받아들였다. 우리 자매들은 오랫동안 아빠와 함께 지낼 수 있어서 좋았다. 로즈와 릴리도 불화를 잠시 접어뒀다.

어느 날 저녁에 로즈와 릴리가 가족들을 위해 요리를 준비하겠다며 팔을 걷어붙였다. 메뉴는 스파게티 볼로네제였다. 나는 주방 문간에 우두커니 서서 언니들이 요리하는 모습을 지켜보았다. 로즈는 양파, 당근, 마늘, 고추를 다지고 고기, 토마토, 육수에 허브를 추가하고 치즈를 갈았다. 로즈 혼자 요리를 하다시피 했고, 릴리가 한 일은 고작 파스타 면을 삶은 게 전부였다. 릴리가 자꾸만 저리 가라고 소리치는 바람에 나는 어쩔 수 없이 주방 문밖으로 물러서야 했다.

가족들 모두가 저녁 식사를 하려고 식탁에 앉았다. 엄마가 스파게티를 포크로 둘둘 말아 입에 넣었다가 곧바로 뱉어냈다. 아빠는 스파게티를 한 입 먹고 나서 이내 물을 벌컥벌컥 들이켰다. 다들 한 입 이상 먹지 못했다. 내가 언니들 몰래 스파게티 소스에 고춧가루를 병째로 들이부었기 때문이다. 로즈와 릴리는 서로를 탓했다. 아마 할머니만 유일하게 내가 범인이라는 걸 알고 있었을 것이다.

우리 가족은 그 어느 때보다 행복했다. 하지만 모두가 우리 가족의 화합을 축복하지는 않았다. 브래들리는 아빠가 시글라스에 머물게 되면서 아예 발길을 뚝 끊어버렸다. 하루가 몇 주가 되고, 몇 주가 다시 몇 달이 되었다.

엄마의 방치된 정원에서 꽃들이 시들고 죽어갔다. 아빠가 상처를 회복하는 동안 우리는 다시 화목한 가족을 이루었다. 우린 함께 보드게임을 하고, 해변을 산책하고, 옛날 영화를 보러 다녔다. 할머니는 이틀에 한 번씩 으깬 바나나를 넣고 누텔라를 바른 빵을 곁들인 특제 닭고기 수프를 만들어주었다.

1987년 크리스마스는 어느 해보다 즐겁고 행복했고, 우리는 그 시간이 오래 지속되리라 믿었다. 물론 착각이었다. 우리 집에서는 행복이 우유보다 빨리 줄어들었다.

33장

10월 31일 오전 3시 30분

간조까지 세 시간 미만

코너가 말했다. "시신을 집 안으로 옮겨야겠어. 계속 빗속에 방치해둘 수는 없잖아."

잠시 과거에 머물렀던 나는 다시 현실로 끌려 나왔다. 현실이 괴로우면 행복했던 과거를 떠올리기 마련이다. 과거에 매몰돼 현재를 의미 없이 보내게 되면 미래를 기대할 수 없게 된다고 한 할머니 말이 떠올랐다.

릴리가 힘없는 목소리로 물었다. "누가 우리에게 이런 짓을 하고 있을까?"

로즈가 달래듯이 말했다. "앞으로 세 시간만 버티면 바닷길이 열려. 너와 트릭시는 무사할 거야." 릴리는 그 말을 듣고도 기운이 나지 않는지 여전히 기진맥진해 있었다.

로즈가 말했다. "릴리, 넌 먼저 집 안에 들어가서 당뇨 키트를 찾아서 혈당을 체크해봐."

릴리가 쥐어짜듯이 겨우 대답했다. "알았어. 엄마의 시신은 잠시 후 내가 먼저 집 안으로 들어가고 나서 옮기는 게 좋겠어. 트릭시가 시신을 보지 않았으면 해서. 그 아이는 이미 끔찍한 일을 너무 많이 겪었으니까."

로즈가 고개를 끄덕였고, 릴리는 트릭시가 기다리고 있는 주방 문간으로 걸어갔다.

로즈가 엄마가 들고 있는 꽃다발을 내려다보다가 말했다. "엄마는 우리가 정말 꽃이길 바랐는지도 몰라. 꽃들은 꺾고 꽂고 자르기 쉬우니까."

이 상황에서 적절한 말은 아니었다. 코너도 그 말을 듣더니 혼란스러운 표정을 지었다.

"이제 시신을 집 안으로 옮겨야겠어."

"시신을 꼭 집 안으로 옮길 필요가 있을까?" 로즈가 반문하며 말을 이었다. "경찰이 올 때까지 현장을 보존하는 게 낫지 않을까? 범죄 사건인 경우 다들 그렇게 하잖아. 넌 기자고, 지금 여기서 벌어진 사건들을 예의주시하면서 특종을 기대하고 있을지도 모르겠네. 이만한 특종이면 경력에 한 획을 그을 수 있을 테니까."

코너가 굳은 얼굴로 말했다. "네가 속상해하는 마음은 이해할 수 있는데 나를 파렴치한 인간으로 몰아가지 말았으면 해. 난 그런 말을 들을 만큼 이기적으로 행동한 적이 없으니까."

　로즈는 코너를 한참 동안 물끄러미 바라보다가 어깨를 으쓱했다. "그래, 집 안으로 옮기자. 여기서 더는 나빠질 게 없는 상황이긴 해. 어디로 옮기는 게 좋겠어?"

　두 사람은 서로를 마주 보았고, 나는 왠지 아무것도 모르면서 두 사람 사이에 끼어든 것 같은 기분이 들었다.

　코너가 말했다. "다른 분들 시신 옆으로 옮기는 게 좋겠어."

　로즈는 잠시 망설이더니 결국 눈물을 흘리며 말했다. "내가 하체를 들 테니까 넌 상체를 들어."

　내가 앞장섰고, 두 사람은 엄마의 시신을 들고 나를 뒤따랐다. 로즈와 코너가 다시 뭐라고 속삭였지만 강한 바람과 파도 소리에 묻혀 내 귀에는 들리지 않았다.

　주방에 들어서는 순간 나는 뭔가 달라진 걸 느꼈다. 누가 닦았는지 진흙투성이 발자국이 사라지고 없었다. 릴리가 불안하거나 신경이 거슬려 닦아놓았을 수도 있었다. 로즈와 코너가 엄마의 시신을 들고 주방을 빠져나가 계단 아래 벽장으로 옮겼다. 우리 세 사람은 하나같이 아빠와 할머니의 시신을 보지 않으려고 눈길을 피했다. 엄마의 시신을 내려놓다가 코너의 손이 로즈의 손을 살짝 스쳤다. 로즈가 불에 덴 듯 화들짝 놀라며 뒤로 주춤 물러섰다.

　"로즈, 정말 유감이야."

로즈가 눈살을 찌푸렸다. "뭐가?"

"그냥 모두 다. 부모를 잃는다는 게 어떤 건지 알아. 얼마나 힘들지 이해해."

로즈가 말했다. "이건 너의 가족에게 일어난 일과는 전혀 달라."

코너가 그 말을 듣고 뺨을 세게 얻어맞은 것 같은 표정을 지었다.

브래들리는 다시 술을 마시기 시작했다. 아마 우리 엄마 아빠가 재결합이라도 한 듯이 가까이 지내고 있기 때문이었을 것이다. 1987년 거센 폭풍이 영국 전역을 휩쓸었을 당시 사고를 당한 아빠가 엄마의 시중을 받으며 요양하는 동안 브래들리는 단 한 번도 시글라스에 얼굴을 보이지 않았다. 몇 달 뒤에 본 브래들리의 모습은 이전과 확연히 달랐다.

브래들리가 어느 날 시글라스에 찾아와 코너에게 말했다. "이 집 사람들은 네 가족이 아니야. 네 가족은 나야. 앞으로 다시는 여기에 오지 마."

그때 나는 너무 어려서 브래들리가 술에 취한 상태인 줄 몰랐고, 수목원 정원사 일자리를 잃었다는 말도 나중에야 들었다. 코너는 아빠의 경고를 무시하고 계속 시글라스를 제 집처럼 드나들었다. 코너는 열여덟 살이었고, 브래들리가 완력으로 제압할 수 없을 만큼 체구가 당당했다.

결국 엄마는 브래들리와 헤어졌다. 몇 달 후 코너는 타지로 떠났고, 우리 가족 누구도 브래들리를 다시는 만나보지 못했다.

"코너, 저 부츠 네 거야?" 로즈가 현관문 쪽을 바라보며 물었다. 그제야 내 눈에도 복도에 놓인 진흙투성이 부츠가 눈에 들어왔다. 분명 이전에는 본 적 없는 부츠였다.

코너가 고개를 가로저었다.

"아니."

34장

10월 31일 오전 3시 45분

간조까지 세 시간 미만

코너가 말했다. "누군가 일부러 부츠를 저기에 놔둔 게 분명해."

로즈가 이어서 말했다. "흙이 묻어 있던 주방 바닥도 닦아 놓았어."

내가 말했다. "주방 바닥은 릴리가 닦았을 거야."

로즈가 그럴 수도 있겠다는 듯이 고개를 끄덕이며 말했다. "릴리가 트릭시를 거실로 데려오고 나서 주방 바닥을 닦았을지도 모르겠네."

코너가 말했다. "과연 릴리가 닦았을까? 평소에 릴리가 청소나 정리하는 걸 본 적 있어?"

로즈가 고개를 가로저었다.

코너가 목소리를 낮춰 말했다. "혹시 이 집에 다른 누군가 숨어 있는 게 아닐까?"

로즈가 속삭였다. "설마 릴리가 이 모든 사건의 배후라고 생각하는 건 아니지?"

코너가 말했다. "나도 모르겠어. 4시가 되려면 이제 15분밖에 안 남았어. 그때까지 릴리를 잘 지켜보는 게 좋겠어. 이상한 점이 많아서."

로즈가 말했다. "일단 알았으니까 젖은 옷부터 갈아입자."

코너가 로즈와 나를 번갈아 보며 물었다. "여기서 옷을 갈아입겠다고?"

로즈가 눈에 힘을 주자 코너가 말했다. "좋아, 그럼 5분 뒤에 여기서 만나."

로즈는 옷을 갈아입으러 간밤에 자려고 했던 할머니의 서재로 갔다.

나는 코너를 따라 계단을 오르다가 현관문 옆에 있는 방문 기록기를 보았다. 그 안에 든 타임카드는 옛날 도서관에서 사용하던 대출 카드와 비슷했다. 할머니는 시글라스를 방문한 모든 사람에게 방문 기록을 남기도록 했다. 가족이나 친구도 예외가 아니었다. 할머니의 괴팍한 고집 가운데 하나였다.

방문 기록기의 타임카드에 적힌 이름이 보였다. 익숙한 이름이었다. 이름이 적힌 날짜와 시간을 보니 바로 어제 할머니의 출판 에이전트가 다녀간 모양이었다. 내가 도착하기 불과 몇 시간 전이었고, 에이전트가 언제 떠났는지는 기록되어 있지 않았다. 아마 깜빡 잊고 그냥 떠났을 것이다.

위층으로 올라간 코너는 가방에서 마른 옷을 꺼낸 뒤 다시 방을 나섰다. 화장실에서 옷을 갈아입을 생각인 듯했다. 잠시 후 돌아온 코너가 떠날 준비를 하듯이 짐을 싸기 시작했다. 책상 위 노트북은 펼쳐진 채 그대로였다. 간밤에 내가 장난으로 쳐놓은 '으악'이라는 글자가 유치하게 느껴졌다.

나는 코너가 핼러윈 파티 때 벌어진 일을 어떻게 생각하고 있는지 궁금했다. 코너는 그 사건이 있었던 이후 나에게 괜찮은지 한 번도 물은 적이 없었다. 사랑에 빠진 커플은 가만히 있어도 티가 난다. 그때 난 어렸어도 로즈와 코너가 예사롭지 않은 사이라는 걸 눈치챘다. 할머니가 코너를 시글라스로 데려와 레모네이드를 마시게 했을 때부터 두 사람이 무언가를 공유하고 있다는 느낌을 받았다. 공기 중에도 두 사람의 사랑이 떠도는 듯했다. 어쩌면 사랑은 호흡 같은 것인지도 몰랐다. 배우거나 의식하지 않고도 할 수 있었고, 너무 오래 참으면 탈이 났다.

로즈와 코너의 사랑은 계단 아래 벽장에서 첫 키스를 나눈 이후 급격히 타올랐다. 한동안 장거리 연애가 이어졌고, 코너가 콘월에 있거나 로즈가 기숙학교에서 있는 동안에도 식지 않았다. 두 사람은 어디에 있으나 항상 편지를 쓰고 통화를 하며 사랑을 이어갔다. 솔직히 그때 나는 두 사람 사이를 질투했다. 그들을 질투한 사람은 나뿐만이 아니었다.

코너의 열여덟 번째 생일에 로즈는 검은 레이스로 된 속옷을 입고 그를 만나러 갔다. 코너에게 버림받았다고 느끼던 릴리는 크게 분노했다. 코너는 릴리가 사귀고 싶어 했던 남자였고, 먼저 추파를 던지고도 퇴짜를 맞은 유일한 남자이기도 했다.

형제자매 중 맏이는 인생의 여러 경험을 앞장서서 하게 된다. 로즈는 가장 먼저 뜨거운 사랑에 빠졌으나 곧 이별의 슬픔과 아픔을 경험했다.

그 순간 나는 화들짝 놀라며 상념에서 깨어났다.

"데이지, 정말이지 유감이야. 너희 가족에게 이런 끔찍한 비극이 벌어지다니."

코너가 나에게 위로의 말을 건넸다는 사실에 만감이 교차했다. 날 본체만체한 지 몇 년 만에 코너가 말을 걸었는데 하필 이런 끔찍한 사건 때문이라니 기분이 묘했다.

"고마워."

코너가 내 옆자리에 앉았고, 나는 다시 짝사랑에 빠진 소녀가 된 기분이 들었다.

"오랫동안 너를 원망했었어." 코너가 말했다. "하지만 그

건 네 잘못이 아니었지. 마음 깊은 곳에선 항상 알고 있었어. 그 뒤에 벌어진 일들은 정말 미안해.”

눈물이 뺨을 타고 흘러내렸다. 코너가 방금 해준 말을 듣기 위해 너무 오래 기다려왔다.

“괜찮아.” 내 손이 코너의 손을 향해 다가갔다. 그때 아래층에서 문이 쾅 닫히는 소리가 들려왔다. 코너가 자리에서 벌떡 일어섰다. 나도 뒤따라 일어섰다.

함께 서둘러 계단을 내려가보니 현관 복도에 놓여 있던 진흙투성이 부츠가 눈에 띄지 않았다. 코너가 닫혀 있는 서재 문을 두드리며 로즈를 불렀다. “로즈, 안에 있어?”

내 심장이 엇박자로 뛰는 것 같은 기묘한 느낌이 들었다. 코너가 다시 서재의 문을 두드리려 할 때 로즈가 문을 열었다. 흰 티셔츠에 청바지 차림이었고, 축축한 머리를 풀어 내린 모습이었다. 두 사람 사이에 무언의 기류가 오가는 동안 나는 또다시 들러리가 된 느낌에 빠져들었다.

“주방 뒷문이 바람에 닫혔나봐.” 로즈가 묻기도 전에 말했다. 그때 복도에 있는 시계들이 4시 정각을 알리는 종소리를 울렸다.

“저건 또 뭐야?” 로즈가 내 뒤를 보며 물었다. 돌아보니 커다란 괘종시계 문이 활짝 열려 있는 게 눈에 들어왔다. 그 안에 비디오테이프 하나가 들어 있었다. 시계 종소리가 널리 울려 퍼지면서 머리가 핑핑 돌았다. 우리가 젖은 옷을 갈아입으러 간 사이 릴리와 트릭시가 괘종시계에 비디오테이프를 넣어두었는지, 아니면 코너와 내가 위층에 있는 동안 로즈가 넣어두었는지, 아니면 잠깐 방을 비웠던 코너가 넣어두었는지, 아니면 우리 모두 한눈을 파는 사이 다른 누군가가 넣어두었는지 알 수 없었다.

비디오테이프를 괘종시계 안에 넣어둔 사람이 내 가족인 게 나을까? 아니면 아예 낯선 사람인 게 나을까?

불길한 생각이 뇌리를 떠나지 않았다. 로즈와 코너도 생각에 골몰해 있었다. 과연 누굴 믿어야 할지 종잡을 수 없는 상황이었다.

두 사람은 동시에 비디오테이프를 향해 손을 뻗었다. 공포가 밀려와 마지막 남은 신경까지 바짝 곤두섰다.

로즈가 집어 든 비디오테이프 케이스에 있는 새 메시지가 눈에 들어왔다.

나를 알아봐줘

"이젠 이런 메시지의 의미를 해석하거나 논쟁할 시간이 없어." 로즈가 거실로 들어가며 릴리를 향해 말했다. "누군가 가 또 당하기 전에 비디오테이프에 어떤 내용이 들어있는지 빨리 확인해봐야 해."

릴리는 그 말에 반박하지 않았다. 마치 전의를 상실한 패 잔병 같았다.

릴리와 트릭시는 TV와 가장 가까운 소파에 바짝 붙어 앉 아 있었다. 트릭시가 다시 숨죽여 울기 시작했다.

TV 화면에서 식탁에 둘러앉은 가족들의 모습이 흘러나왔 다, 무려 16년 전이지만 머릿속에서 그날 밤 벌어진 일이 생 생하게 떠올랐다. 기억에서 깡그리 도려내고 싶었던 밤.

35장

1988년, 시글라스

1988년 핼러윈, 엄마는 다시 알코올 중독에 빠진 브래들리와 헤어졌고, 그해 10월 시글라스에는 무겁고 우울한 분위기가 감돌았다. 낡은 벽의 갈라진 틈새로 슬픔이 흘러나오는 듯했다. 가족들 모두가 평소처럼 색색의 의자에 앉아 있었다. 엄마는 늘 그렇듯이 아름답지만 우울해 보이는 모습으로 하얀 의자에 앉아 있었다. 자동차 사고 때 입은 상처를 모두 회복한 아빠는 엄마와 최대한 멀리 떨어진 테이블 반대편 자리에 앉아 있었다. 엄마가 브래들리와 헤어졌다고 해서 아빠와의 사이에 변화의 조짐은 없었다. 엄마는 아빠와도 함께하기 싫어했다. 아빠의 의자는 예전보다 조금 더 넓고, 둥글고, 어두워 보였다. 마치 의자가 아빠와 함께 나이를 먹는 느낌이 들었다. 열여덟 살 로즈는 빨간 의자에 앉아 있었고, 그 옆에 코너가 있었다. 할머니는 시글라스를 내 집처럼 드나드는 코너를 위해 전용 의자를 마련하고 직접 그림을 그려주었다. 하늘색 바탕에 흰 구름이 그려진 의자였다.

할머니가 말하길 코너는 몽상가였다.

초록색 의자에 앉은 열일곱 살 릴리는 질투심을 숨기지 못하고 뾰로통한 얼굴이었다. 릴리는 전날 런던의 한 연기 학교에서 오디션을 봤는데 탈락했다. 단 한 번의 실패를 맛본 릴리는 연기자가 되겠다는 꿈을 접었다. 아마도 심사위원들이 릴리가 부른 〈영원한 불꽃〉이 마음에 들지 않았던 모양이다.

나는 열세 살이지만 진심으로 원하는 분야가 있다면 몇 번이고 계속 도전해야 한다고 생각했는데 릴리처럼 젊은 시절에 배우를 꿈꿨던 엄마는 생각이 달랐다. 엄마는 릴리에게 다시 도전해보라고 격려하지 않았다. 엄마가 실패를 맛본 분야에서 릴리가 성공하길 바라지 않는 듯했다. 적어도 내가 보기에는 그랬다. 그래서인지 엄마는 로즈나 나와 달리 릴리를 응석받이로 키웠고, 그 결과는 최악이었다. 집에서 늘 말만 하면 허락을 받고 자란 아이는 타인의 거절에 적절히 대응하지 못한다. 나는 릴리가 다른 누군가를 위해서이든 자기 자신을 위해서이든 노력하는 모습을 본 적이 없었다. 성공의 전제 조건이 노력이라면 릴리의 인생은 실패할 운명이었다.

그날 식탁에는 또 다른 손님이 한 명 와있었는데 전용 의자는 없었다. 나는 항상 할머니의 출판 에이전트가 아빠 나이 또래일 거라 여겨왔다. 어린 내 눈에는 서른만 넘어도 다

비슷하게 나이 들어 보였으니까. 지금 화면에 등장하는 할머니의 에이전트를 보니 놀랄 만큼 젊어서 신기했다. 그 당시 삼십 대 초반이었던 그가 출판 에이전트 일을 시작하고 나서 처음 담당하게 되었던 작가가 할머니고, 《데이지 다커의 작은 비밀》의 성공은 할머니뿐만 아니라 그에게도 경력을 한 단계 도약시키는 계기가 되었다. 두 사람은 서로에게 기회를 주었고, 함께 날개를 달고 날았다.

그날 밤 에이전트는 줄곧 할머니 옆에서 자리를 함께했고, 별이 쏟아지는 밤을 그린 파란 의자에 앉아 있었다. 할머니와 내 자리 사이였다. 몇 년 전 할머니가 글쓰기를 중단할 때까지 에이전트는 중요한 집안 행사가 있을 때마다 시글라스에 왔고, 항상 그 자리에 앉았다.

말쑥한 정장 차림의 에이전트가 활짝 웃으며 나에게 악수를 청했다. "드디어 '진짜' 데이지 다커를 만나보게 되어 영광입니다." 에이전트의 태도와 말투는 정중했다. "손이 힘 있고 따스하네요."

"감사합니다." 나도 모르게 그의 말투를 따라 했다. 열세 살인 나는 칭찬에 약했다.

할머니가 에이전트가 있다고 했을 때 어떤 사람일지 궁금했는데 직접 만나본 건 그때가 처음이었다. 할머니는 그를 각별하게 신뢰했고, 실제로 만나보니 그 이유를 알 것 같았다.

"할머니가 제 이름을 빌렸을 뿐이에요. '진짜' 제 이야기를 알게 되신다면 훨씬 더 흥미로울걸요."

에이전트는 내 말에 웃음을 터뜨리더니 재킷 주머니에서 펜과 명함을 꺼내 이렇게 적었다.

언젠가 진짜 데이지 다커의 이야기를 읽게 되길 기대합니다.

에이전트는 명함과 함께 내가 홀린 듯이 쳐다보던 4색 잉크 펜을 나에게 건넸다. 나는 감사를 표하고 나서 데님 멜빵 원피스 앞주머니에 에이전트의 명함과 펜을 넣었다.

할머니가 샴페인 잔을 두드렸고, 다들 대화를 멈추고 주목했다.

할머니는 로즈와 릴리를 빈갈아 바리보다가 말했다. "핼러윈 파티에 가고 싶은 사람도 있을 텐데 내 생일을 맞아 이렇게 함께할 수 있어서 기쁘구나. 로즈의 케임브리지 대학 입학을 진심으로 축하하고, 정말 자랑스럽게 생각한다. 자, 모두를 위해 건배!"

나는 샴페인이 처음이었고, 가능한 한 천천히 달콤한 맛을 음미하며 마시고 싶었다.

"식사하기 전에 선물부터 볼까?" 할머니의 말에 다들 멋쩍은 표정을 지었다. 할머니는 생일이 핼러윈과 겹친다는 이유로 초콜릿 선물만 받겠다고 미리 규칙을 정해두었다. 나는 미니 초콜릿 바 한 통, 로즈는 큼직한 개구리 초콜릿, 아빠는 스위스에서 산 고급 초콜릿을 선물했다. 릴리는 이번에도 건너뛰었는데 엄마가 캐드버리사의 밀크 초콜릿 한 상자를 릴리와 함께 준비했다고 말하며 식탁에 올려놓았다.

할머니가 웃으며 말했다. "사실 너희가 와준 것만으로도 큰 선물이야."

할머니의 에이전트가 목청을 가다듬으며 말했다. "저는 규칙이 있는 걸 몰라서 초콜릿이 아닌 다른 선물을 준비했습니다."

에이전트가 예쁘게 포장된 선물 상자를 식탁에 올려놓았다. 할머니가 아이처럼 환하게 웃었다. "어머나, 이게 뭐예요?"

"어서 열어보세요."

할머니가 포장지를 풀자 스크래블 보드게임 세트가 나왔다. 트릭시와 내가 어젯밤에 했던 바로 그 게임 세트였다.

에이전트가 말했다. "이미 서재에 원하는 책을 모두 갖추고 계신 작가님에게 무엇을 선물해야 할지 고민하다가 단어 조합 게임 세트를 골랐습니다. 언어 놀이를 사랑하시니까요."

에이전트의 목소리가 순간적으로 할머니 목소리와 비슷

해 보였다. 에이전트의 눈이 반짝였고, 나는 그의 눈빛이 할머니처럼 푸르다는 걸 깨달았다. 할머니와 그의 모습이 마치 특별한 순간을 함께 축하하는 엄마와 아들처럼 보였다.

할머니가 웃으며 말했다. "이렇게 마음에 드는 선물은 처음 받아봅니다."

우리는 모두 할머니에게 준 선물에 대해 조금 부끄러운 기분이 들었다. 할머니의 에이전트가 가족보다 더 세심한 고민 끝에 아름다운 선물을 준비했으니까.

스크래블 보드게임 세트를 할머니의 에이전트가 선물한 사실을 지금껏 잊고 지냈다. 그 의미를 헤아려볼 겨를도 없이 영상은 계속되었다.

"나도 이번 생일에 나 자신을 위한 선물을 하나 준비했는데, 식사를 시작하기 전에 모두에게 보여주고 싶구나." 할머니가 장난기 가득한 미소를 지으며 주방을 나섰다. 할머니는 서재로 들어가면서 우리에게 들리도록 큰 소리로 말했다.

"내가 툭하면 하소연해서 다들 잘 알겠지만 아무도 없는 이 집에 혼자 있으면 조금 외로울 때가 있단다. 얼마 전 방문 기록기의 타임카드를 훑어보니 다들 방문이 점점 뜸해지고 있더구나. 나를 위해 준비한 선물은 아주 특별한 존재란다. 자, 다들 이제부터 우리 가족이 된 포핀스와 인사를 나누어라."

화면에 귀엽고 작은 강아지가 등장했다. 지금 벽난로 앞에 잠들어 있는 올드 잉글리시 시프도그와 연결 짓기 힘들 만큼 깜찍한 모습이었다. 포핀스가 할머니보다 오래 살 줄은 땅끝마을 점술가도 예상치 못했을 것이다. 우리는 모두 환호성을 터뜨리며 포핀스를 반겼다. 할머니의 에이전트도 눈을 반짝이며 미소 지었다.

내가 에이전트의 귀에 대고 속삭였다. "제가 진짜 데이지 다커 이야기를 쓰면 읽어보실 거예요?"

에이전트가 빙그레 웃었다. "당연하죠. 꼭 읽어보겠습니다."

엄마가 로즈에게 포핀스를 건네며 말했다. "데이지, 자꾸 손님을 귀찮게 하면 안 돼."

에이전트가 웃으며 말했다. "괜찮습니다. 이야기를 발굴하는 건 제 일이기도 합니다."

화면에 나오는 우리 가족은 다른 해와 마찬가지로 핼러윈 겸 할머니 생일을 맞아 할머니가 직접 준비한 음식을 먹으며 즐거운 시간을 함께했다.

열일곱 살이었던 로즈가 캠코더를 집어 들고 포핀스를 찍었다. 그 뒤로 할머니가 나를 안아주며 귀에 대고 뭐라고 속삭이는 모습이 보였다. 그때 할머니가 했던 말이 아직도 생생하게 기억났다.

“여기서 달까지 세 번, 행운을 빌어 한 번 더 다녀올 만큼 널 사랑해.”

나는 그날 저녁 찍은 영상이 존재하는지 미처 몰랐다. 그때 갑자기 화면에 어두운 해변과 모닥불이 보였다. 그다음에 무슨 일이 있었고, 내가 무얼 했는지 떠올리고 싶지 않았다. 그날 밤 이후 다들 나에게 말을 걸지 않았다. 내 인생 최악의 밤이었다.

36장

10월 31일 오전 3시 55분

간조까지 세 시간 미만

로즈가 자신의 목소리 같지 않은 어조로 말했다. "이 비디오는 더 이상 보지 않는 게 좋겠어."

로즈도 그날 밤 무슨 일이 있었는지 기억하고 있다는 뜻이었다.

코너가 동조했다. "그래, 가족들이 목숨을 잃었는데 비디오나 보고 있을 수야 없지."

코너가 비디오를 더는 보고 싶어 하지 않는 이유는 따로 있었다.

나는 방을 가로질러 그해 할머니의 에이전트가 선물한 스크래블 보드게임 세트를 보러 갔다. 그 위에 놓인 걸 보는 순간 방이 빙글빙글 도는 듯했다.

"트릭시, 네가 그랬어?"

내가 묻자 트릭시가 내 곁으로 다가왔다. 뒤따라온 로즈가 보드게임 세트를 보고 인상을 찌푸렸다. 요즘 스크래블 보드게임을 하는 사람은 나와 트릭시뿐이었다.

"트릭시, 네가 그랬니?" 로즈가 트릭시에게 물었다. "솔직히 말해."

트릭시는 고개를 저으며 우리 두 사람을 빤히 쳐다보았다.

누군가가 우리 이름들을 맞춰 놓았다.

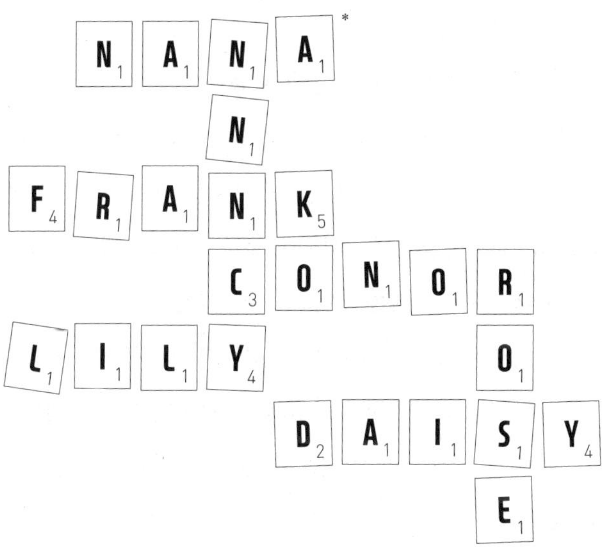

로즈가 방 안을 서성이기 시작했다. "할머니의 에이전트가 이 일과 관련 있다는 뜻일까? 에이전트는 할머니가 무척이나 좋아했던 사람이었는데."

*Nana, 영어권에서 할머니를 친근하게 부르는 애칭

로즈를 따라온 코너가 말했다. "1988년 그날 이후 할머니가 더는 새 책을 쓰지 않아서? 만약 어젯밤에 에이전트가 여기에 와서 할머니가 쓴 원고를 찾으려고 작업실을 뒤졌다면? 저명한 작가가 글을 쓰지 않으면 에이전트도 큰 타격을 받을 수밖에 없으니까. 할머니는 그에게 가장 큰 고객이었어."

내가 말했다. "할머니가 첫 번째 의뢰인이었고, 한동안 유일한 고객이었지."

"우린 지금 뭔가 중요한 걸 놓치고 있어." 로즈가 고개를 절레절레 젓더니 어떤 해답을 바라듯이 릴리를 바라보았다. 릴리는 마치 최면에 걸린 사람처럼 TV 화면을 응시하고 있었다. 화면은 여전히 해변의 모닥불을 비추고, 벽난로의 장작불이 타닥타닥 소리를 내며 타고 있었다.

그날 저녁 할머니의 생일 기념 저녁 만찬과 해변의 모닥불 사이에는 영상으로 남지 않은 공백이 존재했다. 안타깝게도 내 머릿속에는 그 공백을 채울 수 있는 기억이 고스란히 들어있었다.

37장

1988년, 시글라스

"왜 언니들은 핼러윈 파티에 가는데 난 여기 남아 있어야 해요?" 나는 그날 저녁 술을 많이 마신 엄마가 취기를 못 이겨 나도 파티에 갈 수 있게 허락하길 바라며 하소연했다.

엄마가 와인을 한 잔 더 따르며 말했다. "넌 아직 열세 살이고, 너무 어리니까."

"언니들은 열세 살 때 핼러윈 파티에 갔잖아요?"

"너랑 언니들은 달라."

"뭐가 다른데요?"

엄마가 혀를 차더니 내가 손님 앞에서 떼를 쓰는 게 창피한지 나를 주방 밖으로 데리고 나갔다.

"넌 네 언니들보다 몸이 연약하잖아."

"그렇게 연약하지 않아요."

"데이지, 나는 평생 너를 보호하고 돌봐야 할 책임이 있어."

내 귀에는 그 말이 농담처럼 들렸다. 그 무렵 엄마는 자기 몸 하나도 제대로 돌보지 못하는 형편이었다. 브래들리와 헤어진 후 엄마는 점점 우울하고 소심해졌다. 런던의 작은 연립 주택은 너무 시끄럽고 숨 막힌다며 엄마는 자주 시글라스에 왔다. 엄마는 하루 종일 정원에서 꽃들을 돌봤고, 나를 돌보는 시간은 극히 적었다. 그리고 엄마 역할을 소홀히 했다는 죄책감을 떨쳐버리려고 술을 마셨다.

"데이지, 엄마는 너에게 아무 일도 일어나게 하지 않을 거야." 엄마가 내 어깨를 잡고 말했다. 때때로 엄마는 내가 영원히 아프고 약한 상태로 남길 바라는 것처럼 보였다. 아무튼 엄마의 '보호' 아래 나는 정상적인 사회생활을 해볼 기회가 없었다. 언니들처럼 학교에 다니지도 않았고, 걸 스카우트에 들거나 수영 강습을 받은 적도 없었다. 또래 아이들과 어울려 놀지도 못했다. 내 어린 시절 친구는 애거사 크리스티와 스티븐 킹이었다. 세상에는 책으로는 배울 수 없는 인생의 교훈들이 많은데 나로서는 상상만 할 뿐이었다.

그날 밤, 나는 외출을 허락해달라고 조르다가 포기했다. 어차피 엄마와 말다툼을 해봐야 소용없다고 느꼈으니까. 엄마는 항상 나를 어린애 취급했고, 그럴수록 화가 치밀었다. 엄마는 병원에서 온 편지도 내 마음대로 읽지 못하게 했다. 엄연히 내 건강 상태에 관한 편지들이었다.

병원에서 나를 담담했던 의사는 이제 나에게 전혀 문제가 없다는 듯이 환하게 웃으며 말했다. "이제부터 네 인생을 살아라."

의사에게 그런 말까지 들었는데 엄마는 왜 나를 집 안에 가둬두고 인형처럼 취급하는지 도저히 이해하기 힘들었다. 할머니의 생일 만찬이 끝나고 나서 한 시간쯤 지나 물이 다 빠졌고, 로즈, 릴리, 코너는 다들 해변에서 열리는 핼러윈 파티에 가려고 저마다 특색 있는 분장을 했다. 로즈는 사자, 릴리는 마녀, 코너는 주황색 자루를 뒤집어쓰고 호박으로 변신했다.

나는 계단 꼭대기에 앉아 그들이 집을 나가는 모습을 지켜보았다. 현관문이 쾅 닫히고, 어른들은 술을 마시러 다시 주방으로 갔다. 극심한 분노와 좌절감에 휩싸인 나는 계단참에 놓인 빨래 바구니를 발로 힘껏 걷어찼다. 바로 그때 머릿속에서 좋은 생각이 떠올랐다. 나는 빨래 바구니 안에서 흰 시트를 꺼냈다. 몇 년 전 가족 공연 때 유령 역을 맡게 되어 뒤집어썼던 낡은 시트였다. 나는 유령으로 변신할 생각으로 흰 시트를 배낭에 집어넣었다.

침대로 달려간 나는 나를 대신할 솜인형을 눕히고 이불을 덮어준 다음 살금살금 아래층으로 내려가 현관문을 열고 밖으로 나섰다. 어슴푸레한 달빛이 내리비추고 있었고, 빠르게 방조제를 건넌 뒤 바윗길을 따라 절벽을 올라갔다. 먼발치에 언니들과 코너의 모습이 눈에 들어왔다. 그들은 밤이라 가장 안전한 길을 택했고, 나는 지름길을 택했다. 그들보다 먼저 코너의 차에 도착한 나는 트렁크 안에 들어가 몸을 숨겼다. 그 당시만 해도 차 문을 온전히 잠그는 사람은 드물었다.

코너가 끌고 온 차는 사실 브래들리의 파란색 볼보였다. 그 당시 코너는 아빠에게 일일이 허락을 구하지 않고 차를 몰고 다녔다. 브래들리는 술을 마시고 나서 차를 몰고 돌아오는 일이 잦았고, 도중에 벽이나 나무를 들이받아 차를 찌그러뜨리는 일도 허다했다.

며칠 전 운전면허를 취득한 코너는 여자 친구인 로즈에게 잘 보이려고 혈안이 되어 있었다. 코너는 조수석 문을 열어 로즈를 태우고 릴리를 뒷좌석에 태웠다. 릴리는 향수를 어찌나 많이 뿌려댔는지 스컹크도 코를 감싸 쥘 정도로 냄새가 지독했다. 오죽했으면 차 트렁크에 있던 나도 코와 입을 틀어막아야 했다.

코너가 운전하는 차가 구불구불한 해안 도로를 달리기 시작했다. 답답한 트렁크 안에 있으니 머리도 아프고, 자세도 불편했다. 핼러윈 파티가 열리는 해변은 차로 5분 거리였다. 난생처음 핼러윈 파티에 간다는 설렘이 두려움과 불편을 누그러뜨렸다. 이내 차가 멈추었고, 나는 다들 내릴 때까지 기다렸다가 트렁크를 열려고 했는데 실수였다. 코너가 차 문을 잠그는 바람에 열리지 않았다. 당장 질식할 것 같은 공포감이 밀려들었다. 나는 목청껏 비명을 질렀다.

트렁크가 벌컥 열렸고, 코너의 놀란 얼굴이 눈에 들어왔다.

릴리가 껌을 짝짝 씹으면서 실소를 날렸다. "데이지, 너 미쳤어?"

로즈가 엄마처럼 차분한 목소리로 물었다. "데이지, 왜 그랬어? 만약 심장이 멎기라도 하면 어쩌려고?"

코너가 자신이 입고 있는 주황색 자루에 노즐을 끼우고 펌프질을 시작하며 말했다. "데이지가 오죽 파티에 참석하고 싶었으면 그랬겠어."

"데이지가 우리가 준비한 테마를 망칠 거야." 릴리가 툴툴거렸다. "사자, 마녀, 호박에 어린애라니?"

코너는 릴리의 말을 무시하고 계속 펌프질에 열중했다. 주황색 자루에 잔뜩 바람을 넣으니 진짜 호박처럼 보였다.

릴리가 계속 징징거렸다. "어른들만 참석하는 파티야."

내가 지지 않고 받아쳤다. "그럼 언니도 어른이 아니니까 집에 가야겠네."

릴리가 눈을 치켜뜨며 말했다. "삐약이, 말조심해."

삐약이는 아빠가 나를 부르던 애칭이었는데 지금은 조롱처럼 들렸다.

로즈가 끼어들었다. "릴리 말이 맞아. 열세 살짜리 여자애가 여기서 돌아다니면 다들 이상한 눈으로 쳐다볼 거야."

나는 배낭에서 흰 시트를 꺼냈다. "유령으로 분장하려고 가져왔어."

파티가 끝날 때까지 유령 분장을 벗지 않겠다고 약속하고 나서야 나는 그 자리에 남을 수 있게 되었다. 머릿속으로 상상해온 해변의 파티를 내 눈으로 직접 보고 느낄 수 있게 되어서 기뻤다. 비록 흰 시트에 뚫린 구멍으로 구경해야 했지만, 보호자 없이는 그 어디에도 갈 수 없었던 나에게는 마음 설레는 시간이었다. 게다가 유령 변장을 해서 주변 사람들을 의식하지 않아도 된다는 점이 마음에 들었다. 어렵게 나온 자리인 만큼 최대한 즐기고 싶었다.

하지만 그 후 일어난 일들은 뼈저린 교훈 그 자체였다.

시간이 지날수록 따스한 벽난로가 있는 집이 그리워졌다. 10월 말, 밤이 되어 어둠이 깃든 해변은 몹시 추웠다. 벽난로 앞 의자에 앉아 핫초코를 마시며 소설이나 읽을 걸 괜히 왔다는 후회가 일었다. 핼러윈 파티장에는 언니들 또래 남녀가 열다섯 명쯤 있었는데 몇몇은 눈에 익었지만 대부분 낯선 사람들이었다. 그들은 모닥불 주위에 둘러앉아 사과주와 화이트와인을 홀짝였다.

코너는 차를 운전해야 하기에 처음부터 콜라를 마셨다. 나는 로즈의 와인을 몰래 한 모금씩 마셨다. 할머니의 생일 만찬 때 마신 달콤한 샴페인과는 전혀 다른 맛이어서 마음에 들지 않았지만 술을 마셔야 파티에 참석한 무리와 자연스럽게 어우러질 수 있을 것 같았다. 유령 시트를 뒤집어쓰고 한 시간 동안 와인을 마셨더니 춥고 피곤하고 속이 울렁거렸다. 그때 누구보다 술을 많이 마신 듯한 릴리가 병 돌리기 놀이를 하자고 제안했다.

"빙글빙글 돌리다가 멈춘 병의 주둥이가 가리키는 사람한테 키스하는 게임이야. 내가 먼저 돌릴게." 릴리가 장난스럽게 웃으며 말했다. 로즈를 빼고 다들 재미있어하는 표정이었다. 모닥불과 술에 달아오른 십 대들의 얼굴이 빙글빙글 돌아가는 병을 지켜보았다. 맴을 돌던 병이 멈춰 서며 한 남자를 가리켰다. 릴리는 망설임 없이 입에서 풍선껌을 빼고 그에게 다가가 키스했다. 서로의 혀가 얽혀드는 모습이 보여 절로 눈살이 찌푸려졌다.

릴리는 손에 잠시 뱉어두었던 껌을 다시 입 안에 넣고 씹으며 웃었다.

그 당시 나에게 성은 미스터리였다. 소설에서 읽고 머릿속으로 그려보긴 했지만 이해가 부족해서인지 불결하다는 생각이 앞섰다. 릴리가 남자와 키스하는 모습을 보면서 속이 메스꺼웠다.

릴리가 지목했다. "다음은 코너."

"난 패스할래."

코너가 거부 의사를 표하자 릴리가 말했다. "코너, 제발 남자답게 굴어. 네가 늘 원하는 좋은 글감은 모두 생생한 경험에서 나오는 거야."

코너는 마지못해 몸을 숙이고 병을 돌렸다. 병이 빙글빙글 돌아가는 동안 코너는 줄곧 로즈를 쳐다봤다. 이내 병이 멈춰 섰고, 하필이면 릴리를 가리켰다.

릴리의 얼굴에 이전에는 볼 수 없었던 생기가 돌았다.

릴리는 코너가 거절하거나 도망칠 틈을 주지 않고 그에게 다가가 키스했고, 단단히 뿔이 난 로즈는 앞에 놓인 와인 병을 집어 들고 벌컥벌컥 들이켰다.

릴리가 키스를 마치자마자 취기 탓에 몽롱해진 미소를 지으며 말했다. "맛있네."

릴리는 그해에 담배를 피우기 시작했으니 코너에게는 결코 맛있는 키스가 아니었을 것이다.

"수영하러 갈 사람?" 릴리가 딱히 누구에게랄 것 없이 묻더니, 자리에서 벌떡 일어나 마녀 모자와 검은 드레스를 벗어 던지고 속옷 차림으로 바다를 향해 뛰어갔다. 달빛을 받은 릴리의 몸이 하얗게 빛났다. 추운 날씨였지만 남자 몇 명이 릴리를 뒤따라갔다.

그 무렵 릴리는 도발적인 말과 거침없는 행동으로 안 좋은 소문이 나돌았다. 그럼에도 나는 릴리의 자유분방한 모습이 부러웠다. 릴리는 늘 예쁘고 유쾌하고 생기발랄하고 자유로웠으니까. 나는 나 자신에 갇혀있는 나를 꺼내 던져버리고 싶었다.

38장

1988년, 시글라스

로즈는 사자 꼬리를 좌우로 흔들며 해변을 따라 걸어갔고, 호박 분장을 한 코너가 그 뒤를 따라갔다.

한 남자가 물었다. "너 다커 자매 동생이지?"

로즈의 열여섯 번째 생일 파티 때 본 기억이 있는 얼굴이었다. 입에서 나는 맥주 냄새가 느껴질 만큼 그는 나와 가까이 앉았다. 나는 와인을 많이 마신 탓에 졸음이 쏟아졌고, 그가 유령 분장을 한 시트를 올리려고 할 때 한 박자 늦게 제지했다. 마음 한구석에서 계속 시트 안에 숨어 있고 싶다는 생각이 들었다. 나는 다시 시트를 끌어내렸다.

남자가 조금 뒤로 물러서며 물었다. "데이지 다커, 맞지? 네 이름." 그가 주변에 들을 사람이 없었음에도 조용히 속삭였다. "아까 내가 병을 돌렸을 때 네 앞에서 멈췄으면 했어."

나는 무슨 말을 해야 할지 몰라 가만히 앉아 있었다.

그가 마치 비 오는 일요일 오후에 보드게임을 제안하듯이 물었다. "병 돌리기 게임이 싫으면 트릭 오어 트릿 게임은 어때?"

내가 말했다. "어떻게 하는지 몰라요."

"내가 가르쳐줄게. 우선 조금만 더 붙어 앉아. 추워서 몸을 덜덜 떨고 있잖아. 내가 따스하게 해줄게."

나는 언니들이 어디 있는지 주위를 둘러보았지만 둘 다 보이지 않았다. 어느새 모닥불 주위에는 그와 나 둘뿐이었다. 내가 한 뼘쯤 다가섰을 때 그가 빙그레 미소 지었다.

"내가 이 동전 초콜릿을 어느 손에 쥐고 있는지 맞히면 이 초콜릿을 줄게. 그 대신 틀리면 시트를 벗는 거야."

나는 금박 포장의 초콜릿을 보며 고개를 끄덕였다. 그는 두 주먹을 등 뒤로 숨겼다가 앞으로 내밀었다. 내가 고른 손에는 초콜릿이 없었다. 내가 하얀 시트를 벗었을 때 그가 빙그레 웃었다.

"네 언니들이 널 집에만 가둬두는 이유를 알겠네. 네가 더 예쁘니까 그런 거야. 우리 게임 다시 한번 할래?"

남자에게 예쁘다는 말을 들은 건 그때가 처음이었다. 빈말이라도 듣기에 나쁘지 않았다. 내가 언니들보다 예쁘지 않다는 건 나도 잘 알고 있었다.

나는 고개를 끄덕였고, 그는 다시 두 주먹을 뒤로 숨겼다가 앞으로 내밀었다. 이번에도 내가 고른 주먹은 빈손이었다.

그가 내 멜빵 원피스의 한쪽 버클을 풀면서 말했다. "이번에도 내가 이겼네.”

내가 또다시 빈 주먹을 선택하자 그가 남은 버클을 풀었다. 그러더니 나에게 키스했고, 나는 거부하지 않았다. 그의 축축한 입술이 느껴졌고, 입안으로 혀가 밀려 들어오려고 해 입을 굳게 다물고 눈도 꼭 감았다. 마치 무슨 일이 일어나는지 보고 싶지 않은 아이처럼.

나는 늘 코너가 첫 번째 키스 상대가 되길 꿈꾸었다. 어른들을 제외하고 내가 아는 유일한 남자가 코너였기 때문일 수도 있다. 언니의 남자 친구를 남몰래 좋아하는 여자아이가 세상에 나 혼자만은 아니었을 것이다. 열세 살이었던 나는 다섯 살 많은 남자의 키스를 받아들이면서 코너와 키스를 하고 있다고 상상했다. 나를 담당했던 심장병 전문의의 말에 따르면 그 당시 내 수명은 2년 정도밖에 안 남아 있었다. 그때는 엄마가 가장 최근에 만나본 의사가 전한 말을 듣지 못한 상태였다. 내 기대 수명이 획기적으로 늘었다는 사실.

그런 까닭에 나는 키스를 한 번도 못 해보고 죽고 싶지 않았다. 장기적인 계획을 세울 수 없다는 사실을 알게 되면 단기적인 실수를 저지르기 쉬웠다.

그가 내 목에 키스하며 속삭였다. “긴장 풀어.”

그때 검은 모래 위에서 반짝이는 동전 초콜릿이 눈에 들어왔다. 애초에 그의 두 주먹에는 동전 초콜릿이 들어 있지 않았다는 증거였다. 그의 손이 내 옷을 파고들더니 그대로 가슴까지 올라왔다. 언니들에게 물려 입은 스포츠 브라가 드러나 부끄러웠고, 차가운 공기에 숨이 턱 막혔다.

그때 악마 분장을 한 사람이 웃으며 우리 곁을 지나갔다. 분장인지 알면서도 무서웠다. 할머니는 악마는 뿔 달린 괴물이 아니라 우리를 잘못된 길로 가자고 꼬드기는 목소리이자 안 보이는 척하는 눈, 안 들리는 척하는 귀라고 가르쳐주었다. 악마는 우리 모두의 마음 안에 있다고도 했다.

그날 밤 보름달이 구름 뒤에서 드문드문 고개를 내밀었다. 구름들이 모두 악마처럼 보이기 시작했고, 남자가 다시 나에게 키스했다.

"그만!" 나는 갑자기 속이 메스꺼워 그를 밀쳤다.

그가 말했다. "한 번만 보여줘."

"뭘?"

"수술 흉터. 만져봐도 돼?"

내가 평소 부러워한 평범한 사람들의 모습이 이런 거라면 차라리 나는 그냥 나로 머물고 싶었다.

나는 그를 밀쳐내고 옷과 시트를 챙겨 달아났다.

그가 뒤에서 웃음을 터뜨리며 소리쳤다. "별종!"

그의 말대로 나는 별종이었다. 사랑하거나 사랑받을 수 없는 별종, 역겨운 인간에게 첫 키스를 허락한 별종. 아예 세상에서 사라지고 싶었으나 우선 집으로 가고 싶었다.

그 어디에도 로즈와 코너가 보이지 않았고, 언뜻 바위 뒤에서 릴리의 웃음소리가 들려왔다. 릴리는 어떤 남자와 함께 있는 듯했다. 몹시 피곤하고 어지러웠던 나는 릴리가 나를 보살펴줄 거라는 막연한 기대감으로 따개비와 해초로 뒤덮인 바위를 기어올랐다. 그 너머가 내려다보일 때까지.

예상대로 릴리는 남자와 함께였고, 놀랍게도 코너였다.

"로즈가 단단히 화났어." 코너가 그렇게 말하고서 위스키를 병째 들이켰다.

"그리 오래가지 않을 거야." 릴리가 그렇게 말하더니 코너의 손에 들려 있는 병을 빼앗아 한 모금 들이켰다. 릴리는 얼굴을 찌푸리면서도 한 모금을 더 마셨다. "로즈 언니는 곧 케임브리지 대학으로 떠날 테고, 넌 지역 신문사에 취직했으니 이제 둘 사이는 끝났다고 봐야지. 케임브리지 대학의 똑똑한 남자들이 예쁜 로즈 언니를 가만 내버려둘까? 넌 이번 기회에 반창고를 확 잡아떼는 편이 나을 거야."

"난 로즈를 사랑해." 코너가 울먹이는 듯한 목소리로 말했다. "로즈도 날 사랑하고."

릴리가 말했다. "넌 꼭 겪어봐야 아니? 조만간 넌 로즈 언니한테 차이게 되어 있다니까."

릴리는 여전히 속옷 차림으로 몸에 수건을 두르고 있었다. "로즈는 이제 너랑 노는 물이 달라졌어. 로즈에게 버림받은 건 나도 마찬가지야."

릴리가 코너에게로 한 발짝 다가갔다. "기분도 울적한데 우리 서로에게 위로가 되어주지 않을래?"

코너가 위스키를 한 모금 더 마시고 나서 물었다. "어떻게?"

릴리는 수건을 바닥에 떨어뜨리고 코너에게 한 걸음 더 다가가 키스했다. 검은 모래와 대비를 이룬 릴리의 하얀 속옷이 달빛을 받아 반짝였다.

"로즈 언니가 우리 집에서 제일 똑똑한 사람이지만 난 로즈 언니가 모르는 걸 아주 많이 알아." 릴리가 코너를 똑바로 쳐다보며 말했다. "키스는 로즈 언니보다 내가 더 잘해." 릴리가 코너에게 몸을 밀착하며 덧붙였다. "처음이자 마지막으로 어때? 우리 둘만의 비밀을 만들어보는 거야."

나는 바위 위에 납작 엎드려 그들의 행위를 지켜봤다. 코너는 행위 도중에 릴리를 '로즈'라고 부르는 실수를 저질렀고, 릴리는 개의치 않았다.

나는 충격과 혐오, 슬픔이 뒤섞인 복합적인 감정의 파고에 휩싸였다. 떠올리기 싫은 과거의 기억이 유령처럼 뇌리를 스쳐 지나갈 때 우리의 몸은 꼼짝없이 얼어붙게 된다. 나는 교통사고를 목격한 사람처럼 그들의 행위가 끝날 때까지 눈을 떼지 않고 지켜봤다.

그러다 바위 위에서 미끄러졌고, 두 사람이 고개를 들어 나를 쳐다보았다.

39장

10월 31일 오전 4시

간조까지 두 시간 전

현관 복도 벽면의 시계들이 오전 4시 정각을 알리기 시작했는데 아무도 입을 열지 않았다. 그날 밤의 기억은 TV 화면에 나타나지 않았다. 우리가 방금 본 화면은 1988년 핼러윈데이 밤 해변에서 모닥불 주위에 둘러앉았던 십 대들의 모습뿐이었다. 그날 밤은 언니들과 코너, 나 또한 뇌리에서 지워버리고 싶은 밤이었다. 나는 릴리와 코너의 성관계를 목격했고, 그 일을 한 번도 입 밖에 꺼낸 적이 없었다. 분명 내 잘못이 아니었는데, 세 사람 다 나를 미워하는 것 같았다.

코너가 TV 앞으로 걸어가더니 비디오테이프를 꺼냈다. "이제 두 시간 남았어. 바닷물에 발이 젖는 걸 무릅쓴다면 더 빨리 뭍으로 나갈 수 있을 거야. 그때까지 조용히 앉아서 기다리는 게 좋겠어. 이제 불행한 추억 여행은 그만하고."

코너가 비디오테이프를 벽난로 안으로 던져 넣더니 몸을 돌려 우리를 쏘아보면서 말했다. "누가 이 혼란을 계획했는지 몰라도 나는 이제 더는 놀아나지 않겠어. 이 혐오스러운 장난질은 여기까지야."

로즈가 나서며 말했다. "그렇게 말하면 뭐가 해결돼?"

"트릭시를 위해서라도 정신 똑바로 차리자는 거야. 이런 미친 집안에서 애가 어떻게 제대로 자랄 수 있겠어? 릴리가 엄마 노릇을 잘하지도 않는데."

코너가 버럭 화를 내서 놀랐고, 릴리가 아무런 대꾸를 하지 않아 더욱 놀랐다. 평소의 릴리라면 그런 말을 듣고 가만히 있을 사람이 아니었으니까.

릴리는 여전히 아무것도 나오지 않는 TV 화면에 눈길을 주었다. 로즈도 이상한 느낌을 감지하고 물었다. "릴리, 괜찮아?"

내 옆에 앉아 있던 트릭시가 릴리에게로 다가가 어깨를 살며시 두드렸다. "엄마?"

릴리의 고개가 마치 앉은 채 잠든 사람처럼 아래로 푹 꺾어졌다. 릴리의 얼굴에는 생기가 전혀 남아 있지 않았다. 마치 누군가가 그리다가 지루해 남겨둔 미완의 수채화처럼.

릴리가 맥없이 쓰러졌고, 로즈가 다급히 소리쳤다. "릴리!"

로즈는 트릭시를 밀쳐내고 릴리의 맥박이 뛰는지 알아보려고 손목 혈관에 손가락을 대보았다.

"맙소사! 릴리의 숨이 멎었어."

"엄마, 안 돼!" 트릭시가 비명을 지르며 릴리에게로 다가갔다.

순식간에 방 안이 시끄러워졌다.

로즈가 급히 심폐소생술을 시작했다.

릴리의 목에 이상한 흔적이 보였다.

내가 다가서며 물었다. "릴리 언니의 목에 난 흔적은 뭐지?"

코너도 알아채고 고개를 갸웃거렸다. "그러게, 저게 뭐야?"

로즈는 고개를 가로저었다. "내 눈에는 화상처럼 보여. 릴리. 어서 숨을 쉬어."

코너와 나, 트릭시는 공포에 질린 채 로즈가 흉부 압박과 인공호흡을 하는 모습을 지켜보았다. 나는 몸을 떨며 울음을 터뜨리는 트릭시를 달래주려고 애썼다.

로즈가 심폐소생술을 중단하고 고개를 저었다. "이미 사망했어."

코너가 물었다. "확실해?"

"확실해."

벽난로에서 비밀의 밤이 담긴 비디오테이프가 타닥타닥 소리를 내며 타들어 가는 동안 우리는 조용히 릴리를 바라보았다. 로즈가 모직 담요를 가져와 릴리를 덮어주었다. 아무도 릴리가 손에 들고 있는 물건에 대해 언급하지 않았다. 릴리는 한 손에는 향수병, 다른 손에는 손거울을 들고 있었다.

릴리

누구보다 허영심이 강했던 데이지 다커의 둘째 언니 릴리는
이기적이고 오만하고 사악해서 죽어 마땅했네

릴리는 시기심이 많고 툭하면 불평과 한탄을 일삼았네
주는 것보다 더 많은 걸 받기를 원했고, 양심을 도피처로 삼았네

딸 트릭시의 아빠와 몸을 섞은 것은
결코 사랑에서 비롯된 행위가 아니었네
남자애들이 자길 더 좋아한다는 걸 증명하려는 딱한 시도였네

그렇게 엄마가 되었을 때 누구보다
충격을 받은 건 릴리 자신이었네
릴리는 영리하지도 친절하지도 않았고,
타인의 감정을 헤아릴 줄도 몰랐네

그런데도 용케 딸아이는 훌륭하게 자랐네

피는 못 속인다는 말은 틀린 것으로 판명되었네

마침내 릴리가 자신이 쓰던 향수를 뿌렸다가 독살되었을 때
누구를 탓해야 할지 아무도 몰랐네

싸늘한 피부와 목에 난 발진은 이미 한참 전에
그 방에서 심장이 멈췄음을 증명해줄 뿐이었네

마침내 릴리가 자신이 쓰던 향수를 뿌렸다가 독살되었을 때

40장

10월 31일 오전 4시 10분

간조까지 두 시간 미만

로즈가 말했다. "향수에 독극물이 들어갔을지도 몰라."

코너가 물었다. "그렇게 생각하는 이유는?"

"향수를 이용한 독살 사건은 드물지 않아. 우리 모두 릴리가 평소에 향수를 얼마나 많이 뿌리는지 잘 알잖아. 릴리의 목과 손목의 흔적도 독성 반응 같아. 향수병을 손에 들고 있기도 하고."

코니가 로즈에게 따지듯이 물었다. "도대체 어떤 독극물을 향수에 섞으면 사람을 죽일 수 있는 거야?"

"나도 몰라. 난 수의사지 화학자가 아니니까. 방금 릴리가 죽었어. 누군가 우리 가족을 전부 죽이려고 하는데 그런 멍청한 질문이 어디 있어?"

코너가 착잡한 표정으로 물러섰다. "너무 당혹스러운 일이라 물어본 거야. 미안해."

로즈는 대꾸하지 않았다.

사람을 제대로 알려면 상대방의 말뿐 아니라 침묵에도 귀 기울여야 한다. 비밀은 말과 말 사이에 숨어 있으니까. 코너 는 그날 밤 벌어진 일을 내세워 결별을 선언한 로즈에게 여 전히 앙금이 남아 있는 듯했다. 로즈 역시 코너가 저지른 짓 에 대해 여전히 용서할 생각이 없어 보였다.

"미안해, 미안하다고."

코너가 반복해 사과하자 로즈가 벌컥 화를 냈다. "구체적 으로 뭐가 미안하다는 거야? 애초에 여긴 왜 왔어? 몇 년 전 부터 할머니를 빼고 너랑 연락을 주고받은 사람은 아무도 없 잖아. 할머니는 여전히 너를 가족처럼 생각했는지 몰라도 우 린 아니야. 넌 우리 가족과 더 멀어져야 하는 존재야. 네가 여기에 있을 때마다 불행한 일이 벌어졌으니까." 로즈는 말 을 마치자마자 릴리의 시신을 끌어안고 울음을 터뜨렸다. "앞으로 여긴 얼씬도 하지 마."

두 사람 다 방금 엄마를 잃고 큰 충격을 받은 트릭시를 전 혀 배려하지 않았다. 트릭시는 몸을 부르르 떨며 눈물을 펑 펑 쏟았고, 나는 아이를 달래느라 여념이 없었다.

"범인은 지금 여기에 있어." 코너가 로즈를 보며 말했다. "그건 명백한 사실이야."

로즈가 힐난하듯이 물었다. "그래? 그럼 넌 누가 범인이라고 생각하는데? 혹시 나야?"

"너 말고 누가 또 그런 짓을 하겠어? 열다섯 살 트릭시? 아니면 데이지? 그날 밤 벌어진 일에 대해 마침내 복수하려고?"

코너는 난생처음 대하는 험악한 표정을 짓고 있었다. 나는 두 사람의 언쟁을 무시하고 트릭시를 위로하기에 바빴다.

나는 손바닥으로 귀를 틀어막고 있는 트릭시에게 말했다. "지금은 힘들어도 곧 괜찮아질 거야."

앞으로 누가 트릭시의 보호자가 될지 모르지만 나는 조카가 트라우마에서 벗어날 수 있도록 최선을 다할 생각이었다. 나는 트릭시의 아빠가 누군지도 모르고, 릴리에게 들은 적도 없었다. 어쩌면 릴리조차 몰랐을 수도 있다.

나는 트릭시의 등을 토닥여주며 말했다. "내가 항상 곁에 있을게."

트릭시는 고개를 끄덕였지만 내 말을 완전히 신뢰하는 표정은 아니었다. 오늘 밤 일어난 일들을 돌아볼 때 나 역시 누군가를 전적으로 믿기 힘들 듯했다. 무사히 시글라스를 벗어난다고 하더라도 가족들이 차례로 죽어가는 이 끔찍한 상황을 목격한 아이가 장차 어떻게 살아갈지 걱정스러웠다. 로즈와 코너가 서로를 비난하며 분위기를 날카롭게 만드는 동안 트릭시는 팔로 무릎을 끌어안고 눈을 감았다. 아이의 눈에서 하염없이 눈물이 흘러내렸다.

나는 우리 이름들이 모두 적혀 있는 스크래블 보드를 바라보았다. 우리 가족들은 다 그런 식으로 떼려야 뗄 수 없이 서로 밀접하게 얽혀 있는 관계였다.

로즈가 코너에게 말했다. "만약 범인이 이 방에 있다면 가장 유력한 용의자는 바로 너야."

코너가 황당하다는 듯이 대꾸했다. "무슨 근거로 그렇게 주장하는데?"

"간밤에 벌어진 비극들은 모두 네가 한밤중에 불쑥 나타난 뒤로 일어났어. 넌 쪽배를 빌려 노를 저어왔다고 했는데 아무도 본 사람이 없어. 넌 시글라스에 숨어서 우리가 도착하길 기다렸을지도 몰라. 밀물이 들어와 우리가 뭍으로 나갈 수 없을 때까지. 내 말이 틀려?"

코너는 답변할 기회를 얻지 못했다. 위층에서 마룻널이 삐걱거리는 소리가 들려왔기 때문이다.

우리는 숨죽인 채로 눈짓을 주고받았다. 트릭시도 울음을 멈추고, 조용히 천장을 올려다보았다. 복도에서는 시계 초침 소리조차 들리지 않았다. 마치 우리가 정신을 차릴 때까지 시간을 정지시키고 기다리고 있는 듯이. 로즈, 코너, 트릭시, 나는 혼란과 두려움이 섞인 얼굴로 서로를 번갈아 쳐다보았다.

41장

10월 31일 오전 4시 15분

간조까지 두 시간 미만

로즈가 속삭였다. "우린 이 집과 이 섬에서 당장 벗어나야 해."

코너가 말을 받았다. "설마 해안까지 헤엄쳐 가려고?"

"시글라스에 침입자가 있어. 방금 위층에서 울리는 발소리를 들었잖아. 다음 희생자가 나올 때까지 기다리는 건 무모해."

마치 우리가 상상이라도 한 듯이 위층에서는 아무런 소리도 들려오지 않았다.

내가 말했다. "포핀스가 위층에 있는 게 아닐까? 아까도 옷장에서 튀어나와 우릴 놀라게 했잖아."

그때 포핀스가 보란 듯이 소파 뒤에서 나타났다. 그 자리에서 엎드려 졸다가 이름을 듣고 몸을 일으킨 듯했다. 포핀스가 나에게 다가오며 꼬리를 흔들었다.

코너가 말했다. "적어도 우리에겐 총이 있잖아."

내가 맞장구쳤다. "그건 그래."

그때 로즈의 얼굴이 창백해졌다.

코너가 물었다. "로즈, 왜 그래?"

로즈가 고개를 흔들었다. "재킷 주머니에 총이 들어있었는데 아까 젖은 옷을 벗고 마른 옷으로 갈아입을 때 서재에 두고 왔나봐."

코너가 중얼거렸다. "이 상황에 그런 실수를 하다니 대단하네."

"의자에 두고 옷을 갈아입다가 깜빡했어. 갑자기 네가 방문을 두드리는 바람에."

코너가 빈정거리듯이 말했다. "그것도 결국 내 잘못이라는 건가?"

"우린 어차피 이 방을 나가 할머니 서재로 옮겨야 해. 거기에 총도 있고, 여기보다는 안전해. 지금 다 함께 움직이는 게 좋겠어."

로즈는 주머니에서 마스터키를 꺼내 거실에서 서재로 이어지는 문을 열었다. 아래층의 모든 방은 문으로 연결돼 있었다. 한때 릴리는 아래층의 모든 문을 열어두고 롤러스케이트를 타기도 했다. 그때 이후로는 내부 문이 열린 걸 본 기억이 없었다. 로즈가 어쩜 그렇게 빠르게 상황을 판단하고 움직이는지 감탄스러웠다.

로즈가 속삭였다. "침입자는 내부에 이런 문이 있다는 걸 모르겠지?"

"알 수도 있지." 코너가 말했다. "범인이 누군지 몰라도 이 집의 구조를 잘 아는 사람일 거야. 그렇지 않고서야 어떻게 쥐새끼처럼 단 한 번도 우리 눈에 띄지 않고 옮겨 다닐 수 있겠어."

우리는 잠시 걸음을 멈추었다. 가만히 있어야 생각이 떠오르기라도 하듯이.

내가 속삭이듯이 말했다. "누군가 몰래 돌아다니는 소리가 났다고 하더라도 폭풍우 소리에 묻혀 들리지 않았을 거야. 우리 가족 말고 이 집을 잘 아는 사람은 없다고 봐. 할머니를 찾아오는 손님도 거의 없었잖아."

로즈가 고개를 끄덕였다. "할머니가 이 집에 초대한 사람은 가족이나 다름없다고 생각한 사람들뿐이었지."

코너가 말했다. "할머니의 출판 에이전트도 포함되나?"

로즈가 말했다. "할머니는 그를 믿었어. 넌 범인이 남자라고 생각해?"

코너가 말했다. "남자가 아니라면 너희 아빠를 음악실에서 계단 아래 벽장으로 옮길 수 없었을 거야. 너희 엄마 시신을 옮길 때 얼마나 무거웠는지 기억하지? 그렇게 마른 분이었는데 그 정도로 무거웠어."

로즈가 말했다. "그건 그러네. 네 말대로 할머니의 출판 에이전트일지도 몰라. 할머니는 새 책을 쓰지 않은 지 제법 오래됐어. 최근에 할머니와 그가 서로 왕래하고 있었을까?"

나는 진작 언급할 걸 그랬다고 후회하며 말했다. "어제 시 글라스에 왔었어. 방문 기록기 타임카드 보관함에서 그의 이름이 적힌 카드를 봤어. 그가 집을 나갈 때 타임카드 찍는 걸 깜빡했거나 아직 이 집에 남아 있거나 둘 중 하나야."

다시 머리 위에서 발소리가 들리자 모두 공포에 질린 눈빛으로 천장을 바라보았다.

로즈가 말했다. "어서 서재 안으로 들어가자. 포핀스, 너도 얼른 따라와."

우리는 포핀스를 데리고 서재 안으로 들어섰고, 로즈는 문을 안에서 걸어 잠갔다. 코너는 초조한 얼굴로 서성거렸고, 트릭시는 구석 창가로 갔다. 분홍색 잠옷 차림인 트릭시가 유달리 작아 보였다. 나는 방금 엄마를 잃은 아이 곁으로 다가갔다. 과연 트릭시가 이 비극적인 사건의 트라우마를 극복해 낼 수 있을지 의문이었다. 아마도 우리 모두 한동안 극심한 트라우마에 시달리게 될 것이다.

로즈가 가방에 물건을 챙겨 넣다가 동작을 멈추었다.

내가 물었다. "왜 그래?"

로즈가 당혹스러운 얼굴로 우리를 쳐다보았다. "아까 내 충을 분명 의자에 내려놓았는데 사라졌어."

42장

10월 31일 오전 4시 20분

간조까지 두 시간 미만

코너가 속삭였다. "범인이 총을 가져갔다는 거야?"

로즈가 낙심한 듯 한숨을 쉬며 말했다. "그랬을 수도 있어."

"이제 우린 어쩌지?"

로즈가 어깨를 으쓱했다. "이 방에서 바리케이드를 치고 버텨야지."

내가 새된 소리로 속삭였다. "전화가 없으니 도움을 요청할 방법이 없잖아. 우릴 구하러 올 사람도 없고."

로즈는 내 말을 무시하고, 거실로 통하는 문, 음악실로 통하는 문, 복도로 통하는 문이 전부 잠겼는지 다시 한번 확인했다. 트릭시는 울다가 지쳐 넋을 잃은 얼굴로 눈을 반쯤 감고 있었다. 엄마, 조부모, 증조모가 차례로 살해되었으니 제정신이길 기대하는 건 무리였다. 트릭시는 서 있기조차 힘든지 벽에 기대어 미끄러지듯 주저앉았다. 내가 옆으로 다가가며 손을 내밀었고, 트릭시는 두 팔로 무릎을 감싸 안았다.

내가 트릭시였더라도 지금 이 자리에 남아 있는 그 누구도 믿을 수 있을 것 같지 않았다.

할머니 서재는 세 개의 벽면이 책이 빽빽하게 꽂힌 책장으로 둘러싸여 있다. 다만 창문이 있는 벽은 할머니가 '성취의 벽'이라 명명한 곳으로 우리 가족이 이룬 성과가 전시돼 있다. 로즈가 서재에서 묵기로 한 건 우연이 아니다. 우리 가족이 이룬 성과는 대부분 로즈와 밀접한 관련이 있었으니까. 로즈가 학교에서 상을 받는 사진, 케임브리지 대학 학위수여식 때 가운과 모자를 쓴 사진 등등.

할머니는 케임브리지 대학에 진학한 로즈를 늘 자랑스러워했다.

"꿈이 없으면 꿈을 이룰 수 없단다."

할머니는 우리 세 자매에게 입버릇처럼 말했다. 릴리가 남긴 성과도 남아 있다. 열 살 때 어린이 미인대회에 나가 우승한 사진과 신문 기사다. 아빠가 런던 앨버트 홀에서 오케스트라를 지휘하는 사진도 있다. 그 옆에는 시글라스 음악실에서 어린 내가 아빠와 함께 앉아 있는 사진도 있다. 나는 5급 피아노 자격증을 들었고, 아빠가 옆에서 활짝 웃고 있다. 내가 열한 살 때 쓴 시도 액자에 걸려 있다. 할머니는 내가 할머니를 따라 작가로 성공하길 은근히 바랐다.

술에 취해 아무렇지 않게

상처가 되는 말을 뱉는 사람들이 있네

눈물 나도록 의문을 품게 하네

왜 자신이 삶이라는 죽음 속에 존재하는지

비아냥과 수군거림을 일삼거나

두려움을 부추기는 사람들은

미소가 가시는 순간을 경계해야 한다네

업보의 수레바퀴는 돌고 돌아

소리 없이 당신을 죽일 테니까

당신이 깊이 잠든 침대에서

　시의 내용이 전반적으로 어둡지만, 당시 나는 시한부 생명을 선고받고 살아가던 아이였다. 지금처럼 오래 살 줄 알았다면 성격이 좀 더 밝았을지도 모른다. 하지만 나는 거짓으로 점철된 가정에서 자랐다.

　엄마는 내 남은 수명이 얼마나 되는지 잘 알고 있었으면서 나를 포함해 가족 모두를 속여왔다. 내 마지막 담당 의사는 의학의 발전으로 내가 더 오래 살 수 있게 되었다고 엄마에게 말했다. 수술을 한 번만 더 받으면 나는 시한부에서 벗어나 빛나는 미래를 설계할 수 있었다. 엄마는 나뿐만 아니라 우리 가족 그 누구에게도 그런 사실을 말하지 않았고, 수술 동의서에도 서명하지 않았다. 내 심장이 영원히 멈추길 바라는 사람처럼.

모두를 불편하게 만드는 진실은 차라리 묻어두는 편이 나을 수도 있다.

할머니는 코너가 쓴 첫 번째 기사도 액자에 넣어 걸어두었다. 1988년 핼러윈 파티 다음 날 브래들리가 어디론가 사라졌고, 코너는 한동안 시글라스에 머물게 되었다. 기자가 된 코너의 첫걸음은 그리 순탄하지 않아 기사를 쓰기보다는 차를 끓이느라 많은 시간을 보낸다고 했다.

할머니가 코너를 돕고자 인터뷰를 자청했고, 《콘월 타임스》 1면을 장식했다. 그 인터뷰 기사를 '성취의 벽'에 걸어둔 것만 보더라도 할머니가 코너를 가족과 다름없이 대했다는 걸 알 수 있었다.

코너는 지금의 자리에 오르기까지 정말 열심히 일했다. 지난 10년 동안 코너는 일에 빠져 살았다. 코너가 외딴섬에 살던 유명 작가 비어트리스 다커와 그의 일가족이 살해된 사건을 독점 취재해 기사로 쓴다면 엄청난 성취가 되리란 건 분명했다. 지역 신문 기자에서 지역 방송 기자로, 런던의 네트워크 뉴스 기자로, 마침내 BBC 범죄 담당 기자로 성공하기까지 코너의 여정은 그리 순탄하지 않았다. 하지만 성공은 중독성이 강했고, 코너는 하나의 성취를 이루어낼 때마다 또 다른 목표를 세우고 자신의 가치와 능력을 증명하고자 했다.

이제 보니 10년이 넘도록 걸려 있던 코너의 액자가 낯설었다. 액자 안에 들어있는 종이는 우리가 익히 보았던 빛바랜 신문 기사가 아니었다.

코너도 액자를 들여다보다가 그 사실을 눈치챘다. "이건 뭐지? 내 인터뷰 기사가 아니야."

로즈와 나도 액자를 가까이에서 자세히 들여다보았다. 공문처럼 보이는 약식 문서였고, 내용은 충격적이었다.

비어트리스 다커 귀하

검사 결과 번호 : DAR2004TD

귀하가 제공한 샘플의 분석 결과는 다음과 같습니다.

추정 부 : 코너 케네디

모 : 릴리 다커

자 : 트릭시 다커

유전자 분석 결과 99.9퍼센트의 확률로 코너 케네디가 트릭시 다
커의 생부임을 증명합니다. 이 결과에 대해 더 자세히 알고 싶다면
전화로 문의 바랍니다.

나는 문서의 활자들을 응시하며 퍼즐 조각을 맞춰보았다.
1988년 해변에서 코너와 릴리가 함께 있던 날과 트릭시의
나이를 따져보니 꼭 들어맞았다. 두 사람의 은밀한 행위를
목격하고도 왜 이제껏 단 한 번도 코너가 트릭시의 아빠일
수도 있다는 생각을 안 했는지 나 스스로도 의아했다.

릴리는 어릴 때부터 성적으로 개방적이었기에 누가 트릭
시의 아빠로 밝혀지든 전혀 이상할 게 없다고 생각했는데,
그게 코너일 줄은 몰랐다. 우리는 생각이 꼬리를 물 때 감당
할 수 있는 선에서 끊어내곤 한다.

로즈가 코너를 빤히 쳐다보았다. 코너는 문서를 들여다보
던 눈을 돌려 트릭시를 바라보았다. 트릭시는 여전히 망연한
얼굴로 바닥에 앉아 있었다. 릴리가 죽은 뒤로 트릭시는 말
을 한마디도 하지 않았다.

내 담당 의사들은 나와 같은 환자가 임신하면 심장에 치명
적인 무리가 간다고 했다. 나는 트릭시를 처음 본 순간부터
내 자식처럼 애정을 느꼈다. 우리는 모녀지간이라고 착각할

정도로 얼굴도 많이 닮았다.

 "왜 다들 그런 눈으로 나를 봐요?" 트릭시가 눈물로 얼룩진 얼굴을 찌푸리며 물었다. 아무도 그 질문에 대답하지 못했다. 위층에서 다시 발소리가 들려왔기 때문이다. 거기에 있어서는 안 될 누군가의 발소리가.

43장

10월 31일 오전 4시 55분

간조까지 한 시간 남짓

코너는 창백한 얼굴로 로즈, 나, 트릭시를 번갈아 바라보았다.

"나는 정말 몰랐어." 코너가 속삭였다. "그때 나는 술에 취해 있었거든. 릴리는 왜 지금껏 나에게 아무 말도 하지 않았을까?"

로즈는 그 말을 듣고도 그다지 놀란 얼굴이 아니었다. 이미 그 사실을 알고 있었다는 듯이.

"나는 항상 아빠처럼 살고 싶지 않았어. 내 아이에게는 정말이지 좋은 아빠가 되고 싶었는데."

코너가 혼잣말하듯 중얼거리더니 감정이 북받치는 듯 등을 돌렸다.

코너는 아빠에게 무슨 일이 있었는지 우리에게 말한 적이 없었다. 마음의 상처는 눈에 보이지는 않아도 몸에 난 상처보다 더 아플 수 있었다. 코너는 자라면서 양쪽 상처를 모두 겪었다. 해변에서 열린 핼러윈 파티 다음 날 경찰은 절벽 꼭대기에서 브래들리 케네디의 차를 발견했다. 대시보드에 남겨진 메모와 함께.

내 마음은 죽은 아내가 훔쳐 갔고, 내 아들은 다커 집안이 훔쳐 갔다. 상실의 아픔에 시달리는 내 모습과 내가 저지른 실수가 유감스러울 따름이다.
이제 나에게 남은 건 없다.

나는 항상 그랬듯이 집에 혼자 남겨져 브래들리의 장례식에 참석하지 못했지만 아마 관은 비어 있었을 거다.
코너는 트릭시를 바라보며 입을 열었다가 고개를 가로젓고는 천장을 올려다보았다.
"지금 이 집에서 무슨 일이 벌어지고 있는지 모르지만 내가 끝장내야겠어."
코너는 로즈의 손에서 마스터키를 빼앗아 들고 복도로 통하는 문을 향해 걸어갔다. 잠시 망설이던 그는 최대한 살머시 문을 열었다.
코너는 마스터키를 로즈에게 돌려주며 속삭였다. "내가 올 때까지 문을 잠그고 있어."

그런 다음 코너는 문밖으로 사라졌다.

로즈가 계속 훌쩍이는 트릭시를 안아주었다. "시간이 지나면 괜찮아질 거야."

트릭시는 잠옷 소매로 눈물을 닦으면서 고개를 저었다. "난 이모 말을 믿지 않아요."

나도 로즈를 신뢰하지 않았다. 이제 더는 누굴 믿어야 할지 알 수 없었다. 내가 알거나 모르는 사실이 모두 두려울 뿐이다. 어디로 가야 할지 탈출구가 보이지 않았다.

시글라스는 건물이 낡아 방음이 형편없었다. 얇은 벽과 마룻장으로 이뤄진 시글라스에서 비밀을 지키는 건 매우 어렵다. 바람도 비도 잠잠해지면서 간간이 파도 소리가 들려왔다. 현관 복도에서 똑딱거리는 여든 개의 시계 초침 소리와 함께.

로즈, 트릭시, 나는 코너가 복도를 가로질러 계단을 오르는 소리에 귀를 기울였다. 발소리로 미루어 보아 위층 방을 하나씩 확인하고 있는 듯했다. 느리게 움직이던 소리가 바로 우리 머리 위에서 우뚝 멈춰 섰다.

코너가 계단 위에서 소리쳤다. "아무도 없어. 우리가 잘못 들었나봐!"

그때 코너의 비명과 함께 쿵 소리가 울려 퍼졌다. 우리가 있는 서재 밖에서.

몇 초 동안 정적이 흘렀고, 로즈와 트릭시, 나는 공포에 휩싸인 상태로 닫혀 있는 문을 바라보았다.

트릭시가 겁에 질린 표정으로 속삭였다. "문은 잠갔어요?"

로즈는 떨리는 손으로 겨우 문을 잠그고 나서 불을 껐다. 창문으로 새들어오는 달빛 덕분에 서로의 얼굴이 보였다. 복도에 걸린 시계들이 일제히 새벽 5시를 알리기 시작하자 트릭시는 귀를 틀어막았다. 어릴 때 두려움을 몰아내려고 눈을 감고 숫자를 세던 우리 세 자매의 모습이 떠올랐다.

하나…… 둘…… 셋……

폭풍우가 몰아칠 때만 그러지는 않았다.

하나…… 둘……

때로는 시글라스 안에서 일어나는 일에 주의를 돌리기 위해 그렇게 했다.

하나……

바로 지금처럼.

이윽고 시계 소리가 일제히 멈추면서 사위가 조용해졌다. 우리는 어둠과 추위, 두려움 속에서 서로 바짝 붙어 앉았고, 그때 발소리가 들려왔다.

누군가가 계단을 내려오고 있다.

44장

10월 31일 오전 5시 5분
간조까지 한 시간 미만

발소리는 계속 이어지다가 서재 앞에서 멈추었다. 잠긴 문고리가 잠시 덜컹거렸다. 우리 셋은 사방이 조용해지고 나서야 참았던 숨을 내쉬었다. 잠시 끊겼던 발소리가 다시 이어졌고, 계단 아래 벽장 문 경첩이 삐걱거리는 소리가 들려왔다. 우리는 숨을 죽이고 곧 있을 상황 변화에 촉각을 곤두세웠다. 진정한 공포는 피해자에게서 목소리를 앗아간다.

누군가 뭔가를 바닥에 질질 끌면서 걸어 다니는 소리가 들려왔다. 이어서 한 번 더 발소리가 들려왔고, 이내 집은 다시 고요 속에 잠겼다. 나는 소리를 들으려고 귀를 기울였는데 복도 벽에 걸린 시계의 초침 소리와 아침을 깨우는 갈매기 소리만이 들려왔다.

"떠난 것 같아." 로즈가 속삭이더니 트릭시를 내려다보았다. "이제 물이 많이 빠져 해안까지 걸어갈 수 있을 거야. 현관문만 나서면 돼. 우리가 용기 내어 한번 살펴볼까?"

트릭시가 뾰로통한 얼굴과 낮은 목소리로 말했다. "어린 애 대하듯이 말하지 말아요."

내가 제안했다. "좀 더 기다렸다가 나가는 게 어때?"

용기는 분명 내 강점 가운데 하나가 아니었다.

로즈는 내 말을 무시하고 '성취의 벽'을 바라보았다.

내가 쓴 시를 읽던 로즈가 도저히 이해하기 힘든 말을 꺼냈다.

"딱 한 번만 물을게. 내가 생각해도 터무니없는 질문이긴 한데, 데이지, 혹시 간밤에 벌어진 이 모든 비극의 배후에 네가 있니?"

로즈는 끝내 나와 시선을 마주치지 못했다.

"아니." 나는 뺨을 타고 흘러내리는 눈물을 닦으며 대답했다. 로즈는 미안한 표정으로 바닥을 내려다보았다.

트릭시가 속삭였다. "데이지 이모가 그런 짓을 할 리 없잖아요."

그나마 나를 있는 그대로 봐주는 사람이 있어 위안이 됐다.

로즈가 트릭시와 눈을 맞추며 말했다. "무슨 일이 있어도 넌 내 뒤에 꼭 붙어 있어, 알았지?"

트릭시가 겁에 질린 얼굴로 고개를 끄덕였다. 로즈가 서재 문으로 다가가는 동안 나는 마지못해 뒤따랐다. 포핀스도 따라나서려고 했는데 로즈가 손을 휘휘 내저었다.

"안 돼, 포핀스. 넌 여기에 남아 있어. 최대한 조용하게 있어야 해."

포핀스는 말을 알아들었다는 듯이 다시 깔개 위에 배를 대고 엎드렸다.

로즈가 천천히 열쇠를 돌렸고, 문이 달칵 소리를 내며 열렸다. 그러고는 문을 활짝 열어젖혔는데 밖에는 아무도 없었다.

"물러서." 로즈가 어깨너머로 속삭이며 복도로 나섰다. 나는 서재에 남아 로즈가 계단 아래 벽장으로 다가가는 모습을 바라보았다. 벽장 안에 뭐가 들어있든 결코 보고 싶지 않은 광경을 보게 될 거라는 불안감이 엄습해왔다. 로즈는 잠시 망설이다가 벽장 문을 열었다.

서재에서는 벽장 안이 보이지 않았지만 로즈의 몸짓을 보니 좋은 신호가 아닌 건 분명했다.

"그대로 있어." 내가 속삭이자 트릭시가 고개를 끄덕였다. 나는 서재를 나와 로즈에게로 다가가 벽장 안을 들여다보았다. 간밤에 겪은 수많은 비극보다 더 끔찍한 광경이 눈에 들어왔다. 할머니, 아빠, 엄마 옆에 릴리와 코너의 시체가 나란히 누워 있었다. 목뼈가 부러진 듯 꺾인 코너의 목에는 요요 줄이 감겨 있었고, 벌어진 입에는 구겨진 신문지가 끼워져 있었다.

로즈가 속삭였다. "코너는 자기가 쓴 신문 기사를 입에 물고 죽었어."

나는 더 이상 끔찍한 모습을 감당할 수 없어 한 발 뒤로 물러섰다. 구역질이 나는 바람에 주방으로 달려가 싱크대를 부여잡았다. 몇 번 헛구역질하다가 벽을 올려다보니 시가 몇 줄 더 지워져 있는 게 눈에 들어왔다.

데이지 다커의 가족은 몹시 어두웠네

가족 중 하나가 죽었을 때 모두 거짓말을 하면서 못 본 척했네

나이만큼 지혜롭지 못했던 데이지 다커의 할머니 비어트리스는

온 가족을 기분 나쁘게 만든 유언을 남긴 죄로 죽어야 했네

데이지 다커의 아빠 프랭크는 자기만의 리듬에 맞춰 춤을 추며 살았네

자기중심적인 태도와 그가 연주하던 피아노가 그 자신을 파멸로 이끌었네

데이지 다커의 엄마 낸시는 차가운 심장을 가진 배우로

아이들을 편애하고 차별해 맡은 배역을 잃었네

세 자매의 맏이인 데이지 다커의 언니 로즈는

영리하고 아름답지만 외롭게 죽을 운명이라네

누구보다 허영심이 강한 데이지 다커의 둘째 언니 릴리는

이기적이고 오만하고 사악하게 굴었으니 죽어 마땅하다네
원래 조숙한 아이인 데이지 다커의 조카 트릭시는
버려진 새끼 오리처럼 야생에 잘 적응하지 못했네
데이지 다커의 작은 비밀은 슬프지만 꼭 밝혀져야 한다네
자주 멈추는 심장은 영원한 이별의 시작에 불과하다네
데이지 다커의 가족들은 거짓말로 긴 세월을 허비했네
그들은 죽기 전 마지막 시간을 함께하며 교훈을 얻어야 한다네

"왜 로즈 언니 이름에 줄이 그어져 있지?" 내가 중얼거렸다. "로즈 언니는 아직 살아있는데."

복도에서 로즈가 누군가에게 말했다. "네가 숨 쉬는 게 보여."

서둘러 주방을 나섰지만 나는 로즈가 누구와 대화하는지 확인할 틈이 없었다. 이내 정적을 깨는 총소리가 울려 퍼졌고, 나는 깜짝 놀라 기절할 뻔했다. 나는 바닥에 쓰러진 로즈를 공포에 질린 눈길로 바라보았다. 내 심장뿐만 아니라 온통 세상이 전부 무너져 내린 느낌이 들었다.

45장

10월 31일 오전 6시

간조

나는 로즈가 쓰러진 곳으로 달려가 무릎을 꿇고 앉았다. 피가 너무 많이 흐르고 있어 어떻게 해야 할지 모르겠지만 내가 서둘러 응급조치를 취한다고 해서 상황이 달라질 것 같지는 않았다. 나는 바닥에 퍼지는 피 웅덩이 대신 로즈의 얼굴을 보려고 집중했다. 복도 벽에 걸린 시계들이 일제히 오전 6시를 알리기 시작했다. 시계 소리든 뭐든 죄다 멈추었으면 했다. 이 집에서는 시시각각 비극적인 사건이 벌어지고 있다. 이미 숨이 멎은 줄 알았던 로즈가 겨우 눈을 뜨고 나를 바라보았다.

로즈가 속삭이듯 말했다. "데이지?"

내가 말했다. "나 여기 있어. 이제 곧 괜찮아질 거야."

로즈는 희미하게 미소를 지었지만 고통을 숨기지 못했다. "넌 예전부터 거짓말을 정말 못했어."

그러더니 눈을 감고 고개를 한쪽으로 힘없이 떨구었다.

나는 잠시 두려움을 잊고 소리를 질렀다. "도대체 무슨 짓을 한 거야?"

나는 고개를 돌려 로즈를 총으로 쏜 사람을 노려보았다. 이제 나는 어떻게 되든지 상관없었다.

"트릭시, 너는 늘 우리 모두에게 사랑받는 아이였잖아. 나는 이 세상 누구보다 널 사랑했어. 왜 로즈 언니를 쏘았니? 대답해! 왜 그랬어?"

트릭시는 아무런 대답도 하지 않았다.

작은 손에 쥔 총이 지나치게 커 보였다.

트릭시는 눈에서 흐르는 눈물을 훔친 뒤 계단을 뛰어 올라갔다.

로즈

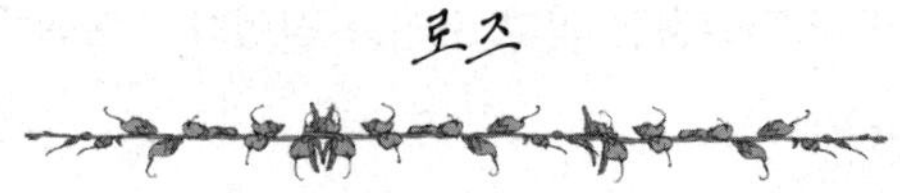

세 자매의 맏이였던 데이지 다커의 언니 로즈는

영리하고 아름다웠지만 외롭게 죽을 운명이었네

로즈 다커는 똑똑하고 성실해 부지런히 책을 파고들었지만

꿈을 이룬다는 건 때때로 환멸과 상심을 불러오기도 한다네

로즈는 자신의 외로움에 귀 기울이기보다

수의사의 꿈을 우선시했네

하지만 주변 사람 모두를 밀어내면 대가를 치르기 마련이라네

로즈가 사람보다 동물을 선호하는 건 죄악이 아니며

여러모로 옳은 선택이었네

아무도 자신의 목소리를 기억하지 못할 때까지

로즈는 일에 몰두했네

가슴에 총을 맞고 쓰러질 때 로즈는 누구를 탓해야 할지 알았네

평생 놀지 않고 일만 했던 로즈는

처음이자 마지막으로 휴식을 취했네

평생 놀지 않고 일만 했던 로즈는

처음이자 마지막으로 휴식을 취했네

46장

간조

트릭시가 로즈를 총으로 쏘았다는 사실이 아무리 생각해도 믿기지 않았다. 나는 도대체 무슨 일이 일어났는지 이해가 되지 않았다. 머릿속이 텅 빈 느낌이 들었다. 마치 내 아이처럼 잘 안다고 생각했던 트릭시가 더없이 낯설고 위험하게 느껴졌다.

나는 트릭시를 찾아 한 발 한 발 위층으로 향하는 계단을 올라갔다. 집은 섬뜩할 정도로 조용했다. 로즈와 릴리의 방에서 트릭시를 발견했지만 내 예상처럼 구석에 웅크리고 앉아 울고 있지는 않았다. 그 대신 트릭시는 작은 분홍색 여행 가방을 뒤적이고 있었다.

내가 방에 들어서자 트릭시가 고개를 들고 말했다. "데이지 이모."

내가 물었다. "너 지금 무얼 하려는 거야?"

"옷을 갈아입어야겠어요. 할 일이 많은데 계속 잠옷을 입고 있을 순 없잖아요.”

트릭시는 아직도 눈물을 흘리고 있었다. 외상 후 스트레스 장애에 시달리는 걸까? 어쩌면 로즈를 실수로 쐈을지도 모른다. 우리 모두 공포에 질려 제정신이 아니니까. 어쩌면 아까 먹은 수면제의 부작용일 수도 있었다.

“네 엄마가 아까 네가 마실 차에 수면제를 넣었어. 푹 자게 하려고.”

“나도 알아요. 그런 적이 한두 번이 아니었으니까. 나는 그 차를 안 마셨어요. 아무도 안 볼 때 거실에 있는 화분에 쏟아버렸죠.”

트릭시가 그렇게 대답하더니 침대 위에 옷가지를 펼쳐 놓았다. 로즈를 쏜 총이 바로 그 옆에 놓여 있었다.

“방금 네가 무슨 짓을 했는지 알아?”

어느새 트릭시의 눈물이 멎어 있었다. “기억력에 문제가 있는 사람은 내가 아닌 것 같은데요.”

“무슨 뜻으로 한 말이야?”

하나……

트릭시가 기묘하게 동정 어린 표정으로 말했다. “이모는 걸핏하면 실제로 벌어진 일을 잊어버리잖아요.”

나는 그 말이 무슨 뜻인지 도저히 이해할 수 없었다.

둘……

나는 설명을 듣길 바라며 물었다. "네가 로즈와 다른 가족들을 죽이지 않았다는 말이야?"

"그야 당연하죠." 안도감도 잠시 트릭시가 덧붙였다. "나 혼자서 다 죽이긴 힘들어서 도움을 받았어요."

머리가 어지럽고 속이 울렁거렸다.

"도대체 무슨 소리야?" 내가 다그쳤다. "너 지금 무슨 짓을 한지 알아? 왜 가족들을 전부 죽였는지 말해. 나는 왜 죽이지 않았고?"

셋……

"실없는 소리 좀 그만하세요. 이모는 이미 죽었잖아요."

47장

10월 31일 오전 6시 30분

간조

까마득한 절벽에서 추락하는 느낌이 들었다.

"뭐라고?" 내가 물었지만 트릭시는 아무 말도 하지 않고 뒤돌아서서 옷을 갈아입기 시작했다. 벗은 잠옷은 잘 개어 베개 아래 두었고, 분홍색 면 셔츠와 멜빵바지를 입었다.

"일단 침대에 좀 앉아봐요. 이모는 자기가 죽었다는 사실을 떠올리면 기절하곤 하거든요. 몇 번이나 그런 모습을 봤어요."

아무리 생각해도 악몽이 틀림없었다. 도무지 말이 안 된다. 악몽을 꾸고 있다면 한시바삐 깨어나고 싶었다.

일어나. 일어나. 일어나.

"악몽을 꾸는 게 아니라 이모는 오래전에 죽었어요." 트릭시가 내 생각을 읽은 듯이 말했다. 나는 엉거주춤 침대에 걸터앉았다. 다시 추락하는 느낌이 들어서.

"그럴 리 없어. 난 최근까지 노인 요양원에서 일했어."

"이모는 늘 그렇게 말해요. 요즘은 요양원에서 얼마를 받고 일해요?"

"돈을 받지는 않아. 자원봉사거든."

"이모는 그냥 요양원에 드나들었을 뿐 봉사하러 다닌 게 아니에요. 요양원 직원들은 이모에 대해 들어본 적도 없어요. 환자들도 마찬가지고요. 이모가 요양원에 드나드는 건 드물게 존재감을 느끼는 곳이기 때문이죠. 방금 로즈 이모가 그랬듯이 사람들은 죽기 직전이 되면 이모를 볼 수 있나 봐요. 이모는 임종을 맞아 겁에 질려 있는 환자들을 위로하길 좋아하죠. 분명 좋은 일이긴 해도 이모의 직업과는 관련이 없어요. 그냥 살아있다고 착각하려고 하는 일이죠." 트릭시는 슬픈 표정으로 한숨을 쉬었다.

"난 데이지 이모를 사랑해요. 이모가 그렇게 속상해하는 모습을 보는 게 싫어요. 하지만 1988년 핼러윈 파티가 끝나가던 밤을 떠올려봐요."

내 이성이 궤도를 이탈했다. 트릭시는 제정신이 아니었다.

"무슨 소리야?"

"생각을 집중해서 그날 밤 무슨 일이 있었는지 기억하려고 애써봐요." 트릭시가 답답하다는 투로 말했다. "이모는 바위 위에 엎드려 엄마와 코너가 저지른 짓을 봤어요. 그러고 나서 무슨 일이 있었는지 기억을 더듬어봐요."

트릭시 말대로 그 후 무슨 일이 있었는지 정확히 기억났다. 나는 도망쳤다.

∞

코너와 릴리는 황급히 옷으로 몸을 가리며 나에게 뭐라고 소리쳤지만 내 귀에는 심장이 쿵쾅거리는 소리만이 들려왔다. 두 사람을 다시는 보고 싶지 않은 마음뿐이었다.

사람은 소원을 빌 때 좀 더 신중해야 한다.

나는 어둠 속에서 해변을 따라 달리다가 로즈와 마주쳤다. 로즈는 빈 와인 병을 들고 있었다.

"데이지! 어디에 있는지 걱정돼 이까부터 계속 찾아다녔잖아. 어서 돌아가야 해. 조만간 바닷길이 물에 잠겨. 그런데 너, 어디에 갔었어?"

언제 쫓아왔는지 코너가 숨을 헐떡이며 말했다. "나랑 같이 있었어."

나는 코너와 로즈, 뒤이어 도착한 릴리를 번갈아 바라보았다. 릴리는 속옷 위에 수건만 걸치고 있었고, 입가에 번진 립스틱 자국이 보였다.

내가 얼버무리듯 내뱉었다. "나는 아무것도 못 봤어."

로즈가 인상을 찌푸렸다. "뭘 못 봤다는 거야?"

뺨이 화끈거렸다. 싸구려 와인 때문인지 머리가 무거웠고, 무슨 말을 해야 할지 알 수 없었다. 나는 결국 진실을 말하기로 했다.

"방금 코너와 릴리 언니가 섹스하는 모습을 봤어. 바위 뒤에서."

잠시 침묵이 흘렀다. 로즈가 풀썩 웃음을 터뜨렸다.

"데이지, 넌 거짓말을 끔찍하게 못해."

로즈는 내 말을 믿지 않았다.

코너도 뒤따라 웃었다. "와, 데이지. 넌 정말 상상력이 대단하구나!"

"네가 섹스가 뭔지 알기나 해?" 릴리가 술에 취해 불분명한 발음으로 말했다. 릴리뿐만 아니라 다들 만취해 있었다. "꼬마 데이지가 술을 몇 모금 마시더니 별 이상한 소릴 다하네."

내가 말했다. "거짓말이 아니야. 릴리 언니가 코너를 유혹했어."

그러자 다들 더욱 심하게 웃어댔다. 그러다가 로즈의 웃음이 멎었다. 그제야 내가 진실을 말하고 있다는 걸 깨달았다고 생각했는데, 로즈의 입꼬리가 살짝 위로 올라갔다. 난제를 풀었을 때마다 짓는 특유의 표정이었다.

로즈가 나를 쳐다보며 말했다. "너였구나. 몇 년 전 내 생일 선물이었던 파란색 드레스를 갈기갈기 찢어버린 사람이? 그런 짓을 저지르고도 넌 그 사실을 릴리에게 덮어씌우고 여태까지 모른 척해온 거야. 우리 사이를 이간질하려고."

"오, 맙소사!" 릴리가 또다시 웃음을 터뜨렸다. "데이지가 코너를 사랑하나봐. 정말이지 너무나 터무니없는 일이었는데 이제야 이해가 되네."

"데이지, 너 코너 좋아하니?" 로즈가 웃으며 물었다. 난생처음 로즈의 미소가 추악해 보였다.

내가 웅얼거렸다. "아니."

로즈가 여전히 얼굴에 미소를 지으며 말했다. "정말이지 넌 거짓말을 끔찍하게 못해."

나는 코너를 쳐다보았다. 동정 어린 눈길을 마주한 순간 굴욕감이 그에 대한 실망감을 압도했다. 그때 릴리의 얼굴이 순식간에 어두워졌다. "내 생일 전날 밤에 몰래 내 머리를 자른 사람도 너였지? 다들 로즈 언니가 그랬다고 믿었는데!"

나는 더 이상 어떤 말도 듣고 싶지 않아 뒤돌아서 달렸다. 내가 릴리의 머리카락을 자른 건 타인에게 저지른 가장 끔찍한 짓이었고, 그 죄책감은 결코 가볍지 않았다. 나는 여전히 가족들을 사랑했다. 가족들이 미울 때조차도 사랑받고 싶었다.

"데이지, 거기 서!" 로즈가 소리쳤지만 나는 그대로 앞만 보고 달렸다.

가파른 오르막길을 오르면서 펑펑 울었다. 블랙샌드 베이가 내려다보이는 절벽에 이를 때까지. 집으로 돌아가는 가장 빠른 길이었다. 내 첫 키스를 빼앗은 남자의 말대로 나는 별종이었고, 아무도 나를 사랑하지 않았다. 가슴속 심장이 세차게 벌렁거렸다.

절벽 꼭대기에서 바윗길을 따라 내려가면 시글라스로 이어지는 방조제 길이 나왔다. 그때 내가 바라던 건 아무에게도 들키지 않고 내 방으로 돌아가 문을 잠그고 세상과 영영 단절하는 것뿐이었다.

차 소리보다 음악 소리를 먼저 들었다. 코너가 즐겨 듣던 〈돈 워리, 비 해피〉였다. 나는 코너가 차를 몰고 나를 구하러 왔을지도 모른다는 생각에 우뚝 걸음을 멈추었다. 코너가 내심 나를 사랑하고 있을지도 모른다는 생각이 들었다. 늘 그렇듯이 내 머릿속에서 항상 헛된 상상이 꼬리에 꼬리를 물었다. 코너가 로즈와 릴리와의 관계는 실수였고, 나와 키스하고 싶었다고 말하는 모습이 떠올랐다.

차는 속도를 늦추지 않았다. 파란색 볼보가 가까이 다가

오면서 블랙샌드 베이에 〈돈 워리, 비 해피〉가 울려 퍼졌다. 하늘은 검붉었고, 절벽 아래에서는 철썩이는 파도 소리가 들려왔다. 이가 저절로 딱딱 부딪힐 만큼 날씨가 추웠다.

유난히 추운 핼러윈이었고, 나는 조금이나마 추위를 덜려고 하얀 시트를 뒤집어썼다. 유령처럼 보이든 말든 상관없었다. 이미 언니들과 코너에게 유령 취급을 받았으니까. 어쩌면 시속 30마일로 차를 달리다가 나를 들이받을 때 코너가 본 건 내가 아니라 유령이었을지도 모른다. 나라는 걸 알았다면 급브레이크를 밟았어야 마땅하니까.

내 몸이 새처럼 높이 떠올랐다 도로 바닥에 떨어졌을 때 조금도 아프지 않았다. 흰 시트가 나보다 늦게 떨어지며 마치 사망선고를 하듯이 내 얼굴을 덮었다. 차는 내 몸을 힘껏 치고 나서야 끼익 소리를 내며 급정거했다. 내가 뒤집어쓰고 있던 하얀 시트 위로 헤드라이트 불빛이 보였다.

차 문이 벌컥 열리는 소리가 들려왔고, 릴리의 혀 꼬부라진 목소리가 뒤를 이었다.

"방금 뭐였어?"

연이어 차 문을 여는 소리가 이어졌다.

로즈가 말했다. "코너, 너 방금 뭔가를 쳤어. 음악을 듣지 말고 전방을 주시했어야지."

"이럴 수가." 코너가 언니들보다 취한 듯한 목소리로 말을 이었다. "뭔가 하얀 게 갑자기 튀어나오는 바람에 나도 멈출 틈이 없었어."

나를 향해 다가오는 발소리가 들려왔다.

로즈가 소리쳤다. "데이지가 뒤집어쓰고 있던 유령 복장이야! 데이지가 차에 치인 거야."

"아니야!" 코너가 소리쳤다. "그냥 하얀 시트잖아."

릴리가 말했다. "그냥 시트였으면 차에 부딪혀서 저렇게 멀리 튕겨 나가지 않아."

누군가 다가와 시트를 벗겼다. 이내 로즈가 비명을 질렀다. 나는 괜찮다고 로즈를 안심시키고 싶었는데 그제야 내가 말을 할 수도, 눈을 뜰 수도, 움직일 수도 없는 처지라는 걸 깨달았다. 나는 고작 열세 살에 불과했지만 이미 여덟 번이나 죽을 고비를 넘겼고, 심장이 멈췄더라도 도움을 받으면 다시 뛸 수 있다는 걸 알았다.

로즈가 새된 목소리로 말했다. "우리가 지금 무슨 짓을 저지른 거야?"

"우린 아무 짓도 안 했어." 릴리가 술이 확 깬 듯한 목소리로 말했다. "운전은 코너가 했잖아."

로즈가 말했다. "이럴 때가 아니야. 데이지를 도와야 해."

로즈의 떨리는 손가락이 내 차가운 피부에 와닿았다. 나는 로즈가 내 손을 잡고 괜찮을 거라고 말해주길 바랐다.

"머리를 심하게 다쳤고, 출혈이 너무 심해." 로즈가 내 위로 몸을 숙였다. 로즈의 입에서 술 냄새가 풍겼다. "맥박도 안 잡히고, 숨도 안 쉬어." 로즈가 크게 흐느껴 울기 시작했다. "어서 구급차를 불러야 해."

릴리도 흐느끼기 시작했다. "어떻게?"

1988년에 휴대폰을 가진 사람은 없었다. 마을로 차를 몰고 가거나 시글라스까지 가서 전화로 도움을 요청할 수밖에 없었다. 어느 쪽을 선택하든 20분 이상 시간이 걸린다고 봐야 했다.

코너가 말했다. "우리, 두고두고 후회할 짓을 저지르기 전에 다시 한번 생각해보자."

"그게 무슨 소리야? 후회할 짓은 이미 저질렀잖아!" 로즈가 코너를 향해 소리쳤다. "네가 차로 데이지를 치어 죽였어!"

코너가 속삭이듯이 말했다. "사실 난 운전면허도 없어."

로즈가 깜짝 놀라며 되물었다. "그게 무슨 소리야?"

"운전 면허 시험을 봤는데 떨어졌거든. 이제 곧 케임브리지로 떠날 여자 친구한테 운전 면허 시험을 봤는데 떨어졌다고 말하기 싫었어. 아빠한테 허락받고 차를 빌린 것도 아니야.

아빠는 내가 아직 면허를 못 딴 걸 알고 있거든.”

로즈가 헐떡이듯이 말했다. “맙소사!”

코너가 이어서 말했다. “난 감방에 갈 거야. 게다가 술도 마셨잖아. 내 인생은 이제 끝났어. 평생 일자리를 구할 수도 없을 거야. 어차피 케임브리지로 돌아가면 나를 차버릴 여자 친구를 핼러윈 파티에 데려다주려 했을 뿐인데.”

로즈가 말했다. “널 차버리다니? 왜 그런 생각을 했어? 이건 엄연히 사고였어.”

“내가 평생 죗값을 치러야 하는 사고라서 문제지.”

한동안 침묵이 이어졌고, 파도가 철썩이는 소리만이 이어졌다. 파도 소리가 마치 자장가 소리처럼 들려오는 가운데 나는 의식이 점점 흐려졌다.

코너가 다시 말했다. “지금 이 상황을 더 악화시킬 필요가 있을까?”

로즈가 되물었다. “무슨 뜻으로 한 말이야? 데이지가 죽었어. 이보다 더 나쁜 상황은 없어. 넌 면허를 땄다고 거짓말을 했고, 앞으로 겪게 될 일도 유감이지만 엄연히 네 탓이고 상황을 되돌릴 수는 없어.”

“너희 부모님도 이제 곧 알게 되겠네. 너희들은 몰래 따라온 데이지를 시글라스로 데려다주려 하지 않았고, 심장질환을 잃는 어린 동생이 술을 마시든 말든 해변에 그대로 방치해두었어. 너희들은 데이지를 힘들게 하는 말을 해 혼자 사라지게 했지. 너희 가족들은 나를 미워하듯이 너희들도 평생 미워하게 될 텐데 괜찮겠어?"

나는 괜찮다고, 걱정할 필요 없으니까 겁먹지 말라고 말해주고 싶었는데 여전히 몸을 꼼짝할 수 없었다.

릴리가 말했다. "코너 말이 맞아. 아마도 엄마 아빠, 특히 할머니는 우릴 평생 미워할 거야."

"둘 다 미쳤어?" 로즈가 말했다. "그럼 데이지를 이대로 도로 위에 두고 도망치자고? 차에 치여 죽은 동물처럼 취급하자고?"

코너가 말했다. "차라리 절벽 아래로 던지는 게 낫지 않을까?"

그때 말을 할 수 있는 상태였더라도 나는 코너의 말이 너무나 끔찍해 말문이 막혔을 것이다.

코너가 호소하듯이 말했다. "어차피 데이지는 살날이 얼마 남지 않은 아이였잖아. 데이지는 착한 애였고, 우리가 평생 불행하게 살길 바라지 않을 거야. 우리에겐 아직 기회가 있어. 데이지가 절벽에서 추락한 사고처럼 보이게 하는 거야. 우리는 집에 가서 이렇게 말하면 돼. 해변에서 잠깐 한눈파는 사이 데이지가 사라졌다고."

언니들이 흐느껴 우는 소리가 들려왔다. 나는 당장 일어나 언니들과 얼싸안고 같이 울고 싶었다. 그러면 언니들은 잘못을 뉘우치며 두 번 다시 나에게 못되게 굴지 않을 테니까. 언젠가 코너가 차로 나를 들이받은 이야기를 농담 삼아 나눌 수 있을지도 모른다.

하지만 그런 일은 일어나지 않았다.

코너가 내 두 발을 잡아 들어 올리며 말했다. "다른 차가 오기 전에 서둘러야 해."

로즈가 소리를 질렀다. "안 돼! 지금 뭐하는 거야?"

언니들이 끝까지 동의하지 않으리라 생각했는데 릴리가 코너를 도와주려고 내 두 팔을 잡았다. 릴리가 즐겨 뿌리는 향수인 포이즌 냄새가 코를 찔렀다.

릴리가 말했다. "코너 말이 맞아. 누가 보면 우리 모두 큰 곤경에 처할 거야."

로즈가 고개를 절레절레 저으며 제지했다. "안 돼, 그럴 수는 없어. 어서 데이지를 내려놔."

릴리가 신경질적으로 쏘아붙였다. "데이지는 이미 죽었다니까. 죽은 아이를 병원에 데려가봐야 뭐가 달라지는데?"

그제야 나는 릴리와 코너가 나를 절벽 아래 검은 파도 속으로 던져버리려 한다는 걸 알 수 있었다. 나는 릴리와 코너를 발로 차고 소리 지르고 물어뜯고 싶었는데 아무것도 할 수 없었다.

로즈가 흐느끼며 말했다. "데이지는 우리의 동생이잖아. 이럴 수는 없어."

릴리도 다시 울음을 터뜨리며 말했다. "빌어먹을! 나도 모르겠어."

코너가 다시 완강하게 말했다. "우리에겐 선택의 여지가 없다니까."

코너의 말은 거짓이었다. 인생은 끊임없는 선택의 연속이고, 우리는 매일 선택하고 후회한다. 그날 밤 코너는 인간성을 상실했고, 끝내 되찾을 수 없을지도 모른다.

코너가 말했다. "하나, 둘, 셋에 최대한 멀리 던지는 거야." 로즈가 그 말을 듣고 더욱 크게 흐느꼈다. 내 손목을 잡은 릴리의 손이 부들부들 떨리는 게 느껴졌다. 절벽 아래 철썩이는 파도 소리가 내 귓가에서 천둥처럼 울려 퍼졌다. 코너가 숫자를 세기 시작했고, 그들은 마치 해변에서 줄넘기를 돌리듯이 나를 양옆으로 크게 흔들었다.

"하나……."

"둘……."

"셋."

그 순간 귀에서 내 심장 박동 소리가 들려왔다. 코너가 숫자를 세는 소리보다, 언니들이 흐느끼는 소리보다, 아래쪽 바다에서 울부짖는 파도 소리보다 심장 박동 소리가 더 컸다. 이제 와 생각해보면, 극심한 공포가 아드레날린을 촉발해 심장을 다시 뛰게 한 게 아닐까 싶다.

코너와 릴리가 나를 놓아버리는 순간 나는 번쩍 눈을 떴다.

내가 절벽 아래 얼음장처럼 차가운 검은 바다로 떨어질 때 그들의 표정은 경악 그 자체였다.

48장

10시 31분 오전 6시 40분

간조

인간은 누구나 선과 악을 지니고 있다. 할머니가 자주 했던 말인데 나는 깊이 공감한다.

트릭시가 물었다. "괜찮아요? 잊고 싶은 기억 속으로 빠져들었나봐요. 하지만 이제 다 괜찮아질 거예요."

트릭시의 말에 어떻게 반응해야 할지 모르겠지만 나는 괜찮지 않았다. 내 기억에 속은 적이 몇 번 있긴 해도 이 정도로 혼란스럽지는 않았다. 새로운 배경에서 재생되는 과거의 장면은 마치 중도에 이식된 기억처럼 이질적이었다. 나는 이제껏 기억을 바꾸고 되돌리려고 애썼다. 그날 밤의 진실을 마주하고 싶지 않았다. 하긴 나는 살아 있을 때도 현실보다 허구에 끌렸다.

나는 탄식하듯 말했다. "그들이 나를 죽였어. 로즈, 릴리, 코너가."

"그래요. 우린 지금껏 이런 대화를 여러 번 나누었어요.

그럴 때마다 이모는 번번이 잊어버리곤 했죠."

떠올리기 싫을 만큼 끔찍한 비극은 망각을 부른다. 기억을 떠올리는 순간 또다시 같은 비극을 겪을 것 같아서. 내 경우에는 추락하는 느낌이 들었다. 하지만 나는 그 비극을 결코 완전히 망각의 세계로 던져버릴 수 없었다. 단지 의식적으로 떠올리지 않으려고 했을 뿐이다.

내가 물었다. "그날 밤 나는 죽었는데 왜 아직 여기에 있지? 트릭시, 넌 어떻게 나를 볼 수 있고, 나랑 대화를 나눌 수 있는 거야?"

"자세히는 모르지만 사후 세계와 관련이 있어 보여요."

트릭시가 셔츠 단추를 몇 개 풀었다. 가슴 한가운데 나와 똑같은 분홍색 흉터가 있었다.

"나도 이모처럼 태어날 때부터 선천적 심장질환이 있었어요." 트릭시가 눈물을 흘리며 말을 이었다. "열 살 때까지 아무도 몰랐어요. 학교 운동장에서 뛰다가 가슴이 답답해 기절했는데 그때 처음 심장이 멈춘 거예요. 이틀 후 병원에서 깨어났고, 침대 끄트머리에 앉아 있는 이모를 봤어요. 그날부터 줄곧 볼 수 있었고요."

나는 계속 검은 바다로 추락하는 기분이 들었다.

"다른 사람도 나를 볼 수 있어?"

"아니요. 다만 개들은 볼 수 있어요. 어제 이모가 시글라스에 도착했을 때 포핀스가 달려와 반겨줬죠? 사람은 죽음에 아주 가까웠을 때만 이모를 볼 수 있나봐요. 이모가 자주 방문하는 요양원의 노인들처럼요. 아까 로즈 이모도 죽기 직전에 잠시 이모를 알아봤어요."

트릭시의 얼굴이 어두워졌다. "이모가 처음 보이기 시작했을 때 엄마에게 말했더니 벌컥 화를 냈어요. 엄마는 내 말을 믿지 않았고, 다시는 이모 얘기를 꺼내지도 말라고 으름장을 놓았죠. 그래서 이모와 같이 있을 때면 늘 상상의 친구랑 얘기하는 척했어요. 엄마에게는 절벽에서 바다로 던져버린 동생 얘기보다 더 무서운 건 없었을 테니까. 엄마가 간밤에 우리가 가지고 놀던 스크래블 보드를 뒤집어엎은 것도 무서웠기 때문일 거예요."

트릭시의 말에 따르면 어제 우리 가족이 시글라스에 도착했을 때 나를 안아주지도 않고, 자꾸 내 말을 무시한 건 내가 유령이기 때문이었다. 가족들이 지난 수년간 나를 없는 사람처럼 대한 이유도 내가 유령이라서였다. 내가 유령이라는 자각이 파도처럼 나를 휩쓸었다. 거친 파도가 내 안에서 부서지며 나를 쓰러뜨렸다.

그날의 일은 끝내 지워지지 않았다. 과거나 지금이나 받아

들이기 힘들었다.

"트릭시, 너는 왜 우리 가족을 전부 죽인 거야? 왜 그런 짓을 저질렀어? 너도 우리처럼 겁에 질려 밤새 울고 있었잖아?"

"정말 무서웠어요. 내가 끔찍한 짓을 저지른 걸 알아요. 하지만 난 괴물이 아니에요." 트릭시가 바닥을 응시했다. "비디오테이프의 스크래블 메시지를 보고 이모가 상황을 파악할 줄 알았는데 아니었어요. '나를 봐줘' '내 말을 들어줘' '나를 주목해줘' '나를 알아봐줘'는 이모가 죽기 전부터 가족들에게 늘 하고 싶었던 말이었잖아요. 스크래블 보드게임은 이모와 내가 즐기던 게임이었고요. 그래서 이모가 모든 걸 눈치챌 거라 믿었죠. 데이지 이모, 너무 슬퍼하지 말아요. 살아서도 유령 취급을 당하는 사람들이 있어요. 주방 벽에 분필로 적힌 시도 내 작품인데, 마음에 들던가요?"

나는 소름이 끼쳤고, 내 앞에 있는 트릭시가 괴물처럼 보여 눈을 돌리고 싶었지만 겨우 참았다.

"넌 간밤에 누군가의 도움을 받았다고 했지? 누가 널 도왔어?"

"나를 따라와요. 비밀의 문을 열어줄 테니까."

나는 멍한 상태로 트릭시를 따라 계단을 내려갔다. 계단 아래 벽장 문이 어느새 닫혀 있었다. 로즈의 시체도 복도에서 사라져 있었다. 나는 머릿속이 뒤죽박죽인 상태로 트릭시를 따라 주방으로 들어섰다.

죽은 줄 알았던 할머니가 식탁에 앉아 나를 향해 웃고 있었다.

나는 다시 한번 절벽에서 검은 바다로 추락하는 느낌이 들었다.

"안녕, 데이지."

49장

10월 31일 오전 6시 45분

간조

할머니가 인사를 건넸다. "안녕, 데이지." 내가 늘 신뢰했던 그 미소와 함께.

어떤 말을 해야 할지 생각하느라 시간이 걸렸고, 결국 입을 열긴 했지만 내 의사를 제대로 담은 말은 아니었다. "할머니, 도대체 무슨 일이죠?"

트릭시가 말했다. "증조할머니는 이모의 모습을 볼 수도 없고, 이모의 말을 들을 수도 없어요. 내가 말을 전해줄게요."

"할머니에게 빌어먹을 노망이 나셨는지 물어봐줘."

"방금 데이지가 나에게 욕했니?" 할머니가 물었고, 트릭시는 어깨를 으쓱했다. "데이지, 내가 욕하는 걸 정말 싫어하는 거 알지? 네가 얼마나 속상할지 이해한다만."

할머니는 발밑에서 잠든 포핀스가 깨지 않도록 조심스레 일어나더니 싱크대로 걸어갔다. "네가 허락해준다면 모든 걸 설명해줄게. 일단 차부터 끓여야겠다. 자꾸 갈증이 나서. 그러고 보니 오늘이 바로 공식적인 내 생일이네.”

할머니의 옆머리에 상처와 핏자국이 남아 있었고, 뇌 조직이 흘러나와 있었다.

트릭시가 말했다. “차는 제가 끓일 테니까 두 분은 천천히 이야기를 나누세요. 할 얘기가 정말 많을 텐데.”

“시간이 걸리더라도 처음부터 순서대로 이야기를 시작하는 게 나을 것 같구나.” 할머니가 의자에 앉으며 말을 이었다. “몇 년 전 트릭시가 너를 볼 수도 있고, 너와 대화할 수 있다고 하더구나. 처음에는 너무 황당한 이야기라 믿을 수 없었지. 그런데 듣다보니 네가 말해주지 않았다면 도저히 알 수 없는 일까지 트릭시가 모두 꿰고 있더구나. 생각을 더듬어보니 서재에서 사라진 책이 네 방에서 발견된 적이 몇 번 있기도 했고. 예전에 네가 책을 읽다가 잠시 덮어놓을 때 책갈피가 없으면 책 귀퉁이를 살짝 접어두는 버릇이 있었는데 여전히 남아 있더구나.” 할머니는 그 말을 하며 미소 지었다. “작년 핼러윈 때 트릭시가 너랑 스크래블 보드게임을 한다길래 정신 나간 소리라 생각했는데 정말 네 차례가 되니까 보드 위 알파벳들이 저절로 움직이는 게 보여서 깜짝 놀랐지. 그때 트릭시가 너에게 들었다면서 너의 죽음에 얽힌 진실을 들려주었어.” 할머니의 얼굴이 갑자기 슬픔에 잠겼다.

"그때부터 이 모든 일을 계획하기 시작했다."

내가 물었다. "그 이전에는 제가 어떻게 되었다고 알고 계셨어요?"

트릭시가 내 질문을 할머니에게 전해주었다.

할머니가 서글픈 표정으로 입을 열었다. "로즈와 릴리는 핼러윈 파티에서 돌아오자마자 아무 말 없이 잠자리에 들었어. 네 엄마 아빠와 나는 다음 날이 되어서야 네가 사라진 사실을 알게 되었지. 우리는 간밤에 네가 핼러윈 파티에 가려고 몰래 나간 사실을 아예 몰랐거든. 내 출판 에이전트 기억나지? 그 친구가 저녁 식사를 마치고 나서 너랑 스크래블 보드게임을 했잖아. 내가 마지막으로 본 너의 모습이었지. 아침에 그 친구와 내가 블랙샌드 베이로 떠밀려 온 네 시신을 발견했어. 넌 마치 시글라스까지 헤엄쳐 오려고 했던 것처럼 방조제 근처에 엎드린 자세로 널브러져 있었지. 우린 즉시 경찰에 신고했고, 우리 가족 모두가 경찰서에 출두해 조사를 받았어. 경찰은 브래들리와 코너를 불러 조사했고, 얼마 지나지 않아 브래들리가 자살해 시체로 발견되었지. 사실은 코너가 아빠 차를 몰래 끌고 핼러윈 파티에 갔던 걸 너도 알 거야. 그 사실을 까마득히 몰랐던 브래들리는 헤드라이트에 피가 묻어 있는 걸 발견하고, 자기가 술에 만취한 상태로 운전해 집으로 돌아오다가 실수로 너를 쳤다고 착각한 거야. 얼마나 취했던지 자기가 전날 밤에 차를 운전하지 않았다는 사실도 기억하지 못하고 고통스러워했지. 결국 브래들리는 죄책감에 못 이겨 절벽에서 몸을 던졌고, 끝내 시신을 찾아내지 못했어. 경찰도 그가 너를 차로 치고 달아난 뺑소니범이라 믿었지. 그 당시 난 너를 잃은 슬픔에 몸부림치면서 한동안 코너를 이곳에서 지내게 했어. 아빠를 잃고 슬퍼하는 녀석이 너무 안쓰러워서. 그땐 꿈에도 몰랐던 거야. 그 녀석이 널 살해하고 은폐를 주도했다는 걸. 녀석이 내 초대에 응해줘서 다행이야. 배를 타고 올 줄은 미처 몰랐는데 너희들이 모두 잠자리에 들었을 때 내가 선창에 연결된 배의 밧줄을 잘랐단다."

트릭시가 말했다. "안 그래도 그 배가 어떻게 된 건지 궁금했어요."

"네가 고약한 변을 당한 사실을 전부 알고 나서 낸시를 불러 모든 걸 말해주었단다. 낸시가 경찰도 모르는 사실을 어떻게 알았냐고 묻기에 그저 확신한다고 했지. 그런데 낸시가 울면서 이미 진실을 알고 있었다고 하더라. 몇 년 전 릴리가 술에 취해 모든 사실을 털어놓았다면서. 그리고 너의 심장질환을 완치할 기회가 있었는데 낸시가 수술을 포기했다고 하더라. 그때 수술을 받았더라면 지금까지 네가 살아있을 수도 있었다고.”

“알아요.” 내가 눈물을 글썽이며 속삭였다. 할머니는 듣지 못했지만.

할머니와 엄마가 그 이야기를 주고받을 때 나도 시글라스에 있었다.

할머니와 엄마는 식탁에 마주 앉아 차를 마시면서 비극적인 이야기를 나누었다. 엄마는 하염없이 울고, 할머니는 탄식했다.

나도 주방 한구석에서 슬픔을 참지 못해 흐느꼈지만 아무도 알아채지 못했다.

“나중에 알고 보니 나만 빼고 다 알고 있었던 거야. 그날 밤 무슨 일이 있었는지. 심지어 프랭크조차도 알고 있었지. 모두 네 언니들의 미래와 자기들의 체면, 훗날 물려받게 될 유산을 지키려고 굳게 입을 다물었던 거야. 그래서 나는 내 재산을 단 한 푼도 나눠주지 않기로 마음먹었단다. 내 가족이 얼마나 이기적이고 박정한 인간들인지 모르지 않았어. 그 녀석들은 내게서 너를 앗아갔고, 참혹한 죽음의 진실을 숨겼지. 고민 끝에 그 녀석들이 지은 죄를 결코 용서해서는 안 된다고 결론지었어. 넌 언제나 내가 가장 사랑하는 아이였지.

나는 네가 훌륭한 사람으로 성장하길 바랐는데……."

트릭시가 가스레인지에 올려놓은 주전자의 물이 펄펄 끓어 넘쳤다.

할머니가 주방 벽에 분필로 적어놓은 시를 올려다보았다.

데이지 다커의 가족은 몹시 어두웠네

가족 중 하나가 죽었을 때 모두 거짓말을 하고 못 본 척했네

나이만큼 지혜롭지 못했던 데이지 다커의 할머니 비어트리스는

온 가족을 기분 나쁘게 만든 유언을 남긴 죄로 죽어야 했네

데이지 다커의 아빠 프랭크는 자기만의 리듬에 맞춰 춤을 추며 살았네

자기중심적인 태도와 그가 연주하던 피아노가 그 자신을 파멸로 이끌었네

데이지 다커의 엄마 낸시는 차가운 심장을 가진 배우로

아이들을 편애하고 차별해 맡은 배역을 잃었네

세 자매의 맏이인 데이지 다커의 언니 로즈는

영리하고 아름답지만 외롭게 죽을 운명이었네

누구보다 허영심이 강한 데이지 다커의 둘째 언니 릴리는

이기적이고 오만하고 사악하게 굴었으니 죽어 마땅하다네

원래 조숙한 아이인 데이지 다커의 조카 트릭시는

버려진 새끼 오리처럼 야생에 잘 적응하지 못했네

데이지 다커의 작은 비밀은 슬프지만 꼭 밝혀져야 한다네
자주 멈추는 심장은 영원한 이별의 시작에 불과하다네
데이지 다커의 가족들은 거짓말로 긴 세월을 허비했네
그들은 죽기 전 마지막 시간을 함께하며 교훈을 얻어야 한다네

"트릭시가 적어놓은 시가 마음에 들었니?" 할머니가 물었지만 나는 대답하지 않았다. "트릭시에게 내 계획을 말했더니 나를 돕겠다고 하더구나. 너랑 트릭시는 닮은 구석이 정말 많았어. 게다가 트릭시는 나만큼이나 널 사랑하지. 더 늦기 전에 너와 트릭시를 위해 잘못된 일을 바로잡고 싶었고, 나는 가장 먼저 프랭크를 죽였어. 나에게는 이기적인 아들이었고, 너희들에게는 무책임한 아빠였지. 녀석이 위스키를 좋아해 독살하기 쉬웠어. 음악실에 있는 녀석을 찾아가 내가 핼러윈을 맞아 장난을 쳤을 뿐 아직 멀쩡하게 살아있다고 밝히고 나서 위스키를 따라주었어. 녀석이 독약을 탄 위스키를 마시고 나서 피를 토하는 동안 나는 자동 피아노 연주를 틀어놓았지."

할머니는 바닥을 내려다보며 눈물을 닦았다. 이야기를 듣는 나만큼 할머니도 슬퍼 보였다.

"프랭크의 시신을 트릭시와 함께 벽장으로 옮겼어. 그때

낸시는 내 작업실을 뒤지느라 바빴지. 내가 새 책에 너희들 이야기를 쓸까봐 걱정되었나봐. 너희들은 모두 위층에서 사라진 트릭시를 찾고 있었고, 트릭시는 의심을 피하려고 릴리의 인슐린 주사 키트에서 필요한 걸 빼고 낸시 방에 두었어. 트릭시는 모두가 비디오를 보고 있을 때 몰래 거실을 빠져나간 다음 벽장으로 들어가 마스터키로 문을 잠그고 나랑 합류했지. 트릭시는 저녁 식사 때 로즈가 한 말에 착안해 자기 스스로 발가락에 인슐린 주사를 놓았어. 나는 트릭시를 제때 발견하지 못하는 경우에 대비해 글루카곤 주사를 준비해두었고."

트릭시가 할머니 앞에 찻잔을 내려놓았다.

"나머지는 쉬웠어." 할머니가 차를 한 모금 마시고 나서 말을 이었다. "나는 트릭시를 찾느라 여념이 없는 낸시를 정원으로 불러냈어. 낸시에게도 내가 죽은 체했던 건 핼러윈 기념 장난이라고 했더니 몹시 화를 내더구나. 그래서 차를 한 잔 권했어. 네 엄마가 차를 정말 좋아하잖아. 그 차에 자기가 직접 기른 독초가 들어간 줄은 미처 몰랐지. 우린 계획대로 한 시간에 한 명씩 살해하고 시체가 발견되도록 했어. 트릭시의 아이디어였지. 트릭시가 스릴러 소설을 워낙 좋아해 그런 쪽으로 머리가 비상하더구나. 릴리는 자기 몸에 치명적인 향수를 뿌려서 죽었고, 계단에서 떨어진 코너는 자기가 쓴 신문 기사에 목이 틀어막혀 죽었고, 로즈는 자기 총에 맞아 죽었지. 사실 우린 로즈가 총을 가져올 줄은 미처 몰랐어. 그래서 어쩔 수 없이 계획을 일부 수정해야만 했지.”

“로즈는 잘못한 게 없어요.” 내가 끼어들었다. “총을 가져온 건 불쌍한 동물들을 돕기 위해서였어요. 그런데 왜?”

할머니가 잔뜩 찡그려 있는 트릭시의 얼굴을 보고 물었다. “데이지가 무슨 말을 했니?”

트릭시가 고개를 끄덕였다. “데이지 이모가 생각하기에 로즈 이모는 죽을 만큼 잘못을 저지르지는 않았대요. 하지만 로즈 이모는 엄마와 코너가 데이지 이모를 절벽 아래 검은 바다로 던지게 내버려두었어요. 그런 끔찍한 짓을 저지르는 걸 보고도 끝내 입을 다물고 진실을 밝히지 않았죠. 로즈 이모도 똑같이 나빠요. 사람이든 동물이든 돕기 쉬울 때만 돕길 좋아했죠.”

할머니는 그 말에 동의한다는 뜻으로 고개를 끄덕였다. “어찌 보면 다들 자기가 가장 좋아하던 것에 의해 죽임을 당한 거야.”

내가 말했다. “아직 이해 안 되는 점이 많아요. 이 악몽이 처음 시작된 날 자정에 트릭시가 주방 바닥에 쓰러져 있는 할머니를 발견했어요. 로즈는 할머니를 살펴보고 나서 이미 돌아가셨다고 했고요. 할머니의 머리에 난 상처는 심각해 보였는데 어떻게 된 일이죠?”

트릭시가 내 말을 전하자 할머니는 그럴 만하다는 듯이 고개를 끄덕였다.

“내 머리에 난 상처와 피, 뇌 조직은 에이미와 에이다의 도움을 받아 만들어냈어.” 어제 저녁 식사 재료였던 닭이 떠올랐다. “에이미와 에이다는 마치 우리의 계획을 돕기라도 하듯이 며칠 전 자연사했지. 닭에서 난 피를 머리에 묻히고, 마을 장난감 가게에서 산 라텍스 용액으로 상처를 만들었지. 잡아떼면 벗겨지는 상처야. 잘 봐.” 할머니는 웃으며 머리의 상처를 떼어냈다. “사실은 회색 피부도 분장이었어. 나는 호흡을 조절하는 명상 수련을 오랫동안 해와서 로즈에게 들키지 않고 숨을 쉴 수 있었지. 사람들은 눈에 보이는 대로 믿기 마련이야. 누가 보더라도 그때 내 모습은 죽은 시체처럼 보였을 거야.”

“아직도 왜 반드시 그런 일을 꾸며야 했는지 이해하기 힘들어요.”

“데이지가 이유가 궁금하다고 하지?” 할머니의 물음에 트릭시가 고개를 끄덕였다.

할머니는 생각에 잠긴 얼굴로 차를 한 모금 마셨다.

"그날 밤 네가 느꼈을 공포를 모두 느낄 수 있길 바랐어. 좀 더 솔직히 말하면 난 떳떳하게 죽고 싶었단다. 나는 너와 트릭시, 내가 쓴 책들 말고는 아무것도 자랑스럽지 않아. 죽기 전에 내가 남긴 오물들을 처리하지 않으면 이기적이고 무책임한 방치일 뿐이라는 생각이 들었지. 해변에 오물을 버리고 가는 행위처럼 말이야. 땅끝마을 점술가 말대로 내가 여든 살에 죽게 된다면 잘못을 바로잡을 시간도 얼마 남지 않았고."

할머니는 차에 설탕을 조금 더 탄 뒤에 한 모금 마셨다.

"데이지, 네가 왜 아직 여길 떠나지 못하는지 모르겠어. 넌 이제 편안한 곳으로 가야 해. 널 잃은 뒤로 나는 숨도 제대로 못 쉬고, 거의 매일 밤 잠을 설쳤어. 오랫동안 원고에 손도 못 댔는데, 어제 내 출판 에이전트가 내 생일을 축하하러 왔더구나. 그때 우린 네 애기를 나누었어. 에이전트도 내가 널 가슴에 묻고 살고 있다는 걸 알았을 거야. 네가 죽고 나서 난 계속 똑같은 의문이 들었어. 사람이 죽으면 사랑은 어디로 갈까? 마지막 숨결은 공기 중에 흩어지고, 시신은 땅에 묻히지만 사랑은 어디로 갈까? 혹시 네가 아직 여기 있는 건 사랑이 갇혀 있어서가 아닐까? 나는 널 자유롭게 해주고 싶었고, 내가 일을 바로잡아야 가능한 일이라 생각했어. 하지만 넌 아직 여기에 남아 있어. 트릭시처럼 나도 널 보고 싶어. 어젯밤 코너에게 가족사진을 찍어 달라고 한 건 그래서야. 널 다시 볼 수 있을지도 모른다는 생각에.”

나는 냉장고로 다가가 할머니가 붙여놓은 폴라로이드 사진을 들여다보았다. 할머니, 아빠, 엄마, 로즈, 릴리는 있는데 내가 앉았던 자리는 텅 비어 있었다.

할머니가 이어서 말했다.

“어제 내 에이전트가 그러더라. 그날 밤, 네가 너만의 이야기를 들려주고 싶다고 말했다고. 네가 ‘진짜’ 데이지 다커 이야기를 쓰면 읽어줄 수 있는지 물었다고. 나는 그게 네가 해야 할 일이라고 생각해.”

할머니는 내 대답을 기다린다는 듯이 가볍게 주위를 둘러보았다. “데이지가 뭐라고 하니?”

트릭시가 고개를 저었다.

할머니는 차를 다 마시고 나서 갑자기 나를 똑바로 바라보았다. 마치 내가 실제로 보이는 것처럼.

“데이지?”

“네, 할머니.”

“오, 세상에, 내 새끼! 예전 모습 그대로구나. 아아, 얼마나 보고 싶었는데!"

"제가 보이세요?" 나는 얼떨떨한 표정으로 물었다. "내가 정말 보여요?"

할머니가 흐느껴 울기 시작했다. "네가 보일 뿐만 아니라 목소리도 들려. 내가 옳은 일을 한 게 분명하네. 이제야말로 너와 제대로 된 작별 인사를 나눌 수 있게 되었으니까."

할머니는 떨리는 손으로 찻잔을 내려놓았다. "내가 마지막으로 쓰고 싶었던 책이 있어. 비극적인 일을 겪은 가족 이야기인데 나보다는 네가 써야 마땅해. 넌 그저 진짜 데이지 다커 이야기를 쓰면 돼. 그러면 모든 질문에 대한 해답이 저절로 나오게 되어 있어."

"저는 한 번도 책을 써본 적이 없어요."

"넌 할 수 있고 반드시 해야 할 필요가 있어. 더하지도 빼지도 말고 너의 진실한 이야기를 그대로 쓰면 돼. 그 작업을 마치면 너도 비로소 자유로워질 거야. 내가 도와주고 싶은데 땅끝마을 점술가 말이 맞았어."

"그게 무슨 뜻이에요?"

"우리 가족 가운데 차에 설탕을 넣어 마신 사람은 낸시가 유일했어. 네 엄마를 죽게 만든 독이 찻잔에 묻어 있었나 봐. 생각보다 효과가 빨라. 나는 널 다시 만나보고 싶었고,

이 방법밖에는 없었어. 이 끔찍한 가족들로부터 너를 지켜주지 못해 미안해. 간밤에 내가 계획한 일들은 죄다 너를 위해서였어. 이제 너도 편안한 마음으로 떠날 수 있길 바란다."

"가지 마세요." 나는 할머니의 손을 잡았다. "아직은 안 돼요."

나는 또 한 번 검은 바다로 추락하는 느낌이 들었다.

"나는 죽어서도 언제나 여기에 남아 있을 거야." 할머니가 다른 손을 내 가슴에 얹고 말했다. 진정으로 우리를 사랑하는 사람들이라면 절대로 떠나지 않아. 너는 결코 절벽에서 떨어져 부서진 적이 없어. 내 눈에 너는 항상 완벽했지. 달까지 갔다가 세 번 돌아오고 나서 행운을 빌며 한 번 더 돌아올 수 있을 만큼 너를 사랑해."

나는 눈물을 흘리며 속삭였다. "저도 할머니를 사랑해요."

할머니는 마지막으로 미소 짓고 나서 식탁 위에 머리를 기대고 눈을 감았다. 나는 할머니의 목숨이 다했다는 걸 직감했다. 포핀스는 할머니의 죽음을 받아들일 수 없다는 듯이 낑낑거렸고, 철썩이는 파도 소리가 내 요동치는 마음을 달래주는 듯했다.

50장

10월 31일 오전 6시 55분

간조

슬픔은 좀처럼 멎지 않았다. 조금씩 스며들던 비애는 끝내 가득 차 넘쳐흐르고, 그 물결이 다른 모든 생각과 감정을 삼켜버렸다.

트릭시가 눈물을 글썽이며 말했다. "증조할머니가 이렇게 돌아가시다니, 왜 이런 선택을 하셨을까요?"

복도 벽면에 걸린 시계들의 초침 소리가 그 어느 때보다도 크게 들렸다.

"때가 됐다고 생각하셨나봐." 내가 말을 이었다. "계획한 일이 모두 끝나면 스스로 목숨을 끊을 생각이었던 것 같아. 어차피 그런 일을 저지르고 살아갈 수는 없었을 테니까. 하지만 나는 할머니보다 네가 왜 그랬는지 더 이해가 안 가."

식탁 의자에 앉은 트릭시는 아직도 아이처럼 작아 보였다.

"가족들이 시한부 생명 선고를 받은 이모를 어떻게 대했는지 기억나요?" 트릭시가 작은 목소리로 말을 이었다. "나도 마찬가지였어요. 할머니와 엄마는 나를 보호한답시고 친구들과 놀지도 못하게 했어요. 나를 바라보는 눈에는 사랑이 아니라 연민과 분노만이 가득했죠. 내 심장질환을 마치 더러운 치부인 양 숨겼고, 심지어 둘만 아는 비밀로 하려 했죠. 정말이지 끔찍한 사람들이었어요. 다들 똑같았어요. 이모에게 한 짓을 봐요.”

“다들 내가 열다섯 살을 못 넘길 거라 생각했어.”

“할머니는 이모가 새로운 수술을 받으면 더 오래 살 수 있다는 걸 알고 있었으면서도 건너뛰었어요. 난 이모가 받지 못한 바로 그 수술을 받았죠. 몇 가지 합병증이 있지만 의사들은 내가 스무 살까지 살 수 있을 거라고 하더군요. 운이 좋으면 스물다섯 살까지도 살 수 있대요. 이제 곧 열여섯 살이 되면 학교를 그만두고 세상 구경을 하러 떠날 거예요. 심장이 뛰는 한 열심히 살고 싶어요. 내 말이 무슨 뜻인지 이해하죠? 가족들 가운데 나를 사랑해준 사람은 증조할머니와 이모뿐이었어요. 이모는 이미 죽은 사람이었지만요. 증조할머니는 가족들이 이모한테 저지른 짓을 용서할 수 없었고, 나 또한 마찬가지였어요. 증조할머니는 이모와 내가 둘 다 자유로워지길 바라면서 그들을 죽였어요. 이모는 이제 여기에 있으면 안 돼요. 증조할머니는 이모가 핼러윈 때 죽어서 이승에 발이 묶여 있다고 믿고 있어요. 그래서 오늘로 계획했죠."

나는 무슨 말을 해야 할지 몰라 트릭시를 바라보았다.

"증조할머니 말은 사실이었어요. 이모는 나이를 먹지 않았죠. 봐요, 그날 밤 입은 옷 그대로잖아요. 멜빵 원피스, 무지개색 타이츠, 데이지가 그려진 운동화까지. 내 이모이긴 하지만 여전히 외모는 열세 살 소녀로 보여요. 지금 난 이모보다 두 살이나 많아요."

더는 트릭시의 말을 머릿속에서 처리하기 어려웠다. 아직도 악몽 속에 갇혀있는 느낌이 들었다. 내가 오랜 세월 유령으로 지냈다는 악몽. 포핀스가 내 심정을 대변하듯이 낑낑거렸다.

"잠깐 포핀스를 데리고 산책 좀 다녀올게요." 트릭시가 아무렇지 않게 말했다. "머리가 많이 복잡하겠지만 증조할머니가 한 말을 잘 생각해봐요. 이모가 아직 못 떠나는 이유가 뭘까요? 황당하게 들릴지 몰라도 증조할머니의 생각이 옳다면 이모는 당장 떠날 수 있을지도 몰라요."

"그게 무슨 소리야?"

"증조할머니는 이모가 자기만의 이야기를 써야 한다고 했죠. 생각해봐요. 글을 쓰는 건 이모가 할 수 있는 유일한 일이죠. 유령이 다 그런지는 몰라도 이모는 벽을 통과하긴커녕

문도 못 열어요. 하지만 이모는 스크래블 보드게임 조각을 옮기거나 책을 읽거나 키보드를 두드릴 수는 있어요."

트릭시가 복도로 나섰다.

"잠깐! 여기에 나를 혼자 내버려두고 가지 마!"

"오래 걸리지 않을 거예요." 트릭시가 포핀스의 개 목걸이에 목줄을 연결하며 말했다. "그날 밤 증조할머니의 에이전트가 주었던 펜 아직도 갖고 있어요?" 트릭시의 말대로였다. 내 멜빵 원피스 앞주머니에서 4색 잉크 펜과 함께 에이전트의 명함이 나왔다. 나는 그의 이름과 런던 사무실 주소를 응시했다.

"이모가 이모의 이야기를 쓰는 것만이, 진실을 전하는 것만이 우리가 이곳에서 벗어날 수 있는 유일한 방법일지도 몰라요. 증조할머니의 에이전트도 약속했잖아요, 이모가 진짜 데이지 다커 이야기를 쓰면 꼭 읽어주겠다고요. 그럼 금세 다녀올게요, 데이지 이모. 가자, 포핀스!"

나는 좀 더 희망적인 그림을 찾아 마음 깊은 곳을 들여다보았지만 여전히 끝없는 암흑뿐이었다. 트릭시를 따라잡고 싶었지만 현관문은 이미 닫혀 있었다. 트릭시 말대로 나는 벽을 통과할 수 없었다. 문을 두드려 보았지만 아무런 소리도 나지 않았다. 복도의 작고 둥근 창으로 밖을 내다보니 마치 가라앉는 배에 갇힌 듯했다. 트릭시와 포핀스는 방조제 길을 가로질러 점점 멀어졌다. 내가 예전처럼 조카를 사랑할 수 있을까? 때때로 우리는 괴물을 괴물인 줄 모르고 사랑한다.

나는 이 집도 사랑한다. 떠나고 싶던 적도 없다. 지금까지는.

복도에 있는 여든 개의 시계가 오전 7시를 쩌렁쩌렁 알렸다. 나는 방문 기록기를 바라보다가 내 이름이 적힌 빛바랜 카드를 보았다. 카드에 찍힌 마지막 날짜는 1988년이었다. 계단을 올라가 내 방에 가보니 책상 위에 코너가 놓고 간 노트북이 그대로 놓여 있었다. 화면에서 커서가 깜박였다. 내가 간밤에 쓴 단어가 그대로 있었다.

으악!

글자가 하나씩 지워지고 새로운 글자가 그 자리를 대신했다.

데이지 다커

제목을 입력하고 나니 손가락이 떨려왔다. 나는 주머니에서 명함을 꺼내 출판 에이전트의 이름을 바라보았다.

내가 정말 책을 쓸 수 있을까?

진실을 말할 수 있을까?

세상에는 내가 모르는 일이 너무나 많았다.

바깥은 이제 간조고, 해가 시글라스 위로 막 떠오르면서 하늘에 분홍색과 보라색 줄무늬를 드리우고 있었다. 예전부터 나는 새벽 시간이 가장 아름다워 보였다. 아무것도 적히지 않은 백지 위에 빛을 뿌리는 순간. 다시 시작할 기회였다. 파도 위로 새들이 날며 노래하고, 바다 저 멀리에서 돌고래 몇 마리가 바다 위로 뛰어올랐다. 파도 소리가 내 마지막 모습을 축복하는 듯했다.

나는 자유로워지고 싶다.

아래층 벽에 걸린 여든 개의 시계가 다시 잠잠해졌다. 나는 고요를 즐기며 빈 페이지에 첫 문장을 입력했다.

나는 심장이 자주 멈춰 마치 숙명처럼 죽음의 위기를 겪어야 하는 아이로 태어났다.

현실 세계가 너무 시끄러워지면 나는 언제나 이야기 속으로 숨어들었다. 내가 쓰고 싶은 이야기를 누가 읽어주기나 할까?

오직 시간이 흘러야만 진실을 알 수 있는 이야기들이 있다.

〈끝〉

NEWS